The Hitchhiker's Guide to the Galaxy

은하수를 여행하는 히치하이커를 위한 안내서 2

우주의 끝에 있는 레스토랑 The Restaurant at the End of the Universe

초판 1쇄 발행 2010년 1월 5일
초판 18쇄 발행 2024년 12월 31일

지은이 더글러스 애덤스
옮긴이 김선형 권진아

펴낸이 김준성
펴낸곳 책세상
등록 1975년 5월 21일 제2017-000226호
주소 서울시 마포구 동교로23길 27, 3층(03992)
전화 02-704-1251
팩스 02-719-1258
이메일 editor@chaeksesang.com
광고·제휴 문의 creator@chaeksesang.com
홈페이지 chaeksesang.com
페이스북 /chaeksesang　　**트위터** @chaeksesang
인스타그램 @chaeksesang　　**네이버포스트** bkworldpub

ISBN 978-89-7013-480-2 04840
　　　978-89-7013-343-0 (세트)

• 잘못되거나 파손된 책은 구입하신 서점에서 교환해드립니다.
• 책값은 뒤표지에 있습니다.

2

우주의 끝에 있는 레스토랑 *The Restaurant at the End of the Universe*

더글러스 애덤스 지음 | 김선형 · 권진아 옮김

책세상

옮긴이 **김선형**은 영문학 박사 과정을 수료한 뒤 강의와 번역을 하고 있다. 스스로가 책을 읽고 글을 쓰는 일 외에는 별로 쓸모가 없는 사람이라는 걸 어느 날 깨달은 뒤로 그나마 최대한 잘해보려고 꽤나 노력한 덕분에 그간 토니 모리슨의 《파라다이스》, 《재즈》, 《빌러비드》, 그리고 실비아 플라스의 《실비아 플라스의 일기》 등 엄청나게 훌륭한 책들을 번역하는 행운을 누렸다. 특히 그중에서도 《은하수를 여행하는 히치하이커를 위한 안내서》를 만나게 된 건 제발 무지무지하게 재미있는 책을 번역하게 해달라는 간절한 기도가 응답을 받은 거라 믿어 의심치 않는다. 더글러스 애덤스는 지극히 우주적이면서도 지극히 영국적인 작가인지라, 영국 땅에 체류하는 인생의 짧은 시간 동안 이 책을 작업하게 된 것 또한 잊지 못할 추억이다. 이젠 안녕히, 아서 덴트, 삶과 우주, 그리고 모든 것, 정말 고마웠어요.

옮긴이 **권진아**는 영문학 박사 과정을 수료한 뒤 강의와 번역을 하고 있다. 소위 말하는 사이언스 픽션 마니아라고는 감히 말할 수 없지만 이 장르에 대한 애정을 적잖이 가진 그는, 과거와 현재, 미래가 정신없이 뒤섞인 은하계를 종횡무진하며 우주와 인류의 창조, 진화, 종말 전체를 거대한 농담으로 만들고 마는 '히치하이커' 시리즈야말로 코미디와 사이언스 픽션의 최고의 결합이라고 생각한다. 이 황당무계한 시리즈의 우주적 인기를 뒷받침하는 것은, 과학적 근거는 고사하고 이야기의 개연성과 일관성까지 가차없이 무시하며 모든 거대한 것들을 무심한 듯 신랄하게 희화화하는 더글러스 애덤스의 발군의 유머 감각이다. 하지만 독서란 무릇 진지한 것이라고 고집하는 분들이라도 염려할 것 없다. 정신없이 웃다 보면, 은하계에는 발도 디뎌보지 못하고 국지적 삶을 시들시들 살아가는 원숭이의 후손에게도 어느새 삶과 우주, 그리고 모든 것에 대한 나름대로의 해답이 어렴풋이 떠오르게 될 테니까.

제인과 제임스에게 바침

불가능을 이루어낸 제프리 퍼킨스에게 감사한다.

그를 도와준 패디 킹슬랜드, 리사 브라운, 알릭 헤일 먼로에게 감사한다.

밀리웨이스 대본에 도움을 준 존 로이드에게 감사한다.

이 모든 일을 시작한 사이먼 브렛에게 감사한다.

이 책을 쓰는 동안 끊임없이 틀어댔던 폴 사이먼의 앨범 〈원 트릭 포니 One Trick Pony〉에 감사한다. 오 년은 매우 긴 시간이다.

무한한 인내와 친절을 베풀어주고, 어려운 시기에 먹을 것을 제공해준 재키 그레이엄에게 매우 특별히 감사한다.

이 우주가 무엇을 위해 있고, 또 왜 이곳에 있는지를 누군가가 정확하게 알아낸다면, 그 순간 이 우주는 당장 사라져버리고 그 대신 더욱 기괴하고 더욱 설명 불가능한 우주로 대체된다고 주장하는 이론이 있다.

그런 일은 이미 벌어졌다고 주장하는 이론도 있다.

1

지금까지의 이야기는 이렇다.

태초에 우주가 창조되었다.

이 일은 수많은 사람들을 매우 분노케 했으며, 그들은 대부분 이를 잘못된 조처로 여겼다.

많은 종족들은 우주가 일종의 신 같은 것에 의해서 창조되었다고 믿고 있다. 하지만 빌트보들 제6행성의 자트라바티드인들은 전 우주가 '위대한 초록 아클시저'라는 존재가 재채기할 때 그 코에서 튀어나왔다고 믿는다.

자기네 말로 '위대한 하얀 손수건의 도래'라 부르는 순간을 대단히 두려워하며 사는 자트라바티드인들은 작고 푸른 생물로, 팔이 오십 개도 넘게 달려 있다. 그래서 그들은 특이하게도 바퀴보다 에어로졸 방취제를 먼저 발명해낸 우주 역사상 유일한 종족이다.

하지만 이들의 위대한 초록 아클시저 이론은 빌트보들 제6행성

바깥에서는 널리 받아들여지지 않고 있다. 그래서 —— 게다가 우주라는 곳이 워낙 수수께끼 같은 곳이기 때문에 —— 우주 창조에 대한 다른 설명들이 끊임없이 추구돼왔다.

가령, 초지성적이며 범차원적인 어떤 종족은 한때 '깊은 생각'이라는 이름의 거대한 슈퍼컴퓨터를 만들어, 삶, 우주, 그리고 모든 것에 대한 궁극적인 해답은 무엇인지 계산하는 작업에 종지부를 찍고자 했다.

그 후로 칠백오십만 년 동안 깊은 생각은 계산과 추정을 거듭하더니, 마침내 그 해답이 '42'라고 공표했다. 그리고 그 해답의 질문 자체가 무엇인지 알아내기 위해서는 자신보다도 훨씬 더 큰 컴퓨터를 새로 하나 만들어야 한다고 선언했다.

그 컴퓨터는 지구라고 이름 지어졌는데, 이것은 덩치가 너무 커서 종종 진짜 행성으로 오인되었다. 특히 그 표면을 어슬렁대는 이상한 원숭이 같은 존재들은 자신들이 초대형 컴퓨터 프로그램의 일부라는 사실을 전혀 눈치 채지 못하고 그 오해를 전적으로 믿었다.

이는 굉장히 이상한 일인데, 왜냐하면 꽤나 단순하고 명백한 이 사실을 도외시할 경우에는 지구상에서 벌어진 일들 모두가 도무지 말이 되지 않기 때문이다.

하지만 계산 결과가 출력되려는 결정적인 순간 직전에, 슬프게도 지구는 초공간 이동용 우회로 건설 —— 그들의 주장은 그랬다 —— 을 위해 길을 트려는 보고인들에 의해 뜻하지 않은 파국을 맞이했다. 그래서 인생의 의미를 발견하고자 하는 모든 희망은 영원히 사라져버렸다.

아니, 사라진 것처럼 보였다.

이 이상한, 원숭이 같은 생명체들 중 두 명이 살아남았다.

아서 덴트는 마지막 순간에 그의 오랜 친구인 포드 프리펙트가 그가 여태껏 주장해왔듯이 영국 길퍼드 출신이 아니라 베텔게우스 근방의 어느 작은 행성에서 왔다는 사실이 밝혀졌기 때문에 탈출할 수 있었다. 아니, 그보다는 그 친구가 비행접시를 히치하이크하는 방법을 알고 있었기 때문이라고 하는 게 더 맞는 말이다.

트리시아 맥밀런, 혹은 트릴리언은 그로부터 육 개월 전, 당시 은하계의 대통령이었던 자포드 비블브락스와 함께 지구를 빠져나왔다.

두 명이 생존한 것이다.

우주 역사상 가장 위대한 실험 —— 삶, 우주, 그리고 모든 것에 대한 궁극적인 질문과 궁극적인 해답을 찾아내려는 위대한 실험에서 남은 것이라곤 이들뿐이었다.

그리고 그들의 우주선이 유유자적하며 떠돌고 있던 칠흑 같은 우주 공간에서 채 오십만 마일도 떨어지지 않은 곳에서 보고 행성의 우주선이 서서히 그들을 향해 다가오고 있었다.

2

보고 행성의 우주선들이 다 그렇지만, 그 우주선은 디자인된 우주선이라기보다는 그냥 굳어져버린 덩어리처럼 보였다. 아무렇게나 삐죽삐죽 튀어나와 있는 흉측한 노란 부스럼 같은 덩어리들은 어떤 우주선이라도 볼썽사납게 만들기에 충분했지만, 슬프게도 이 우주선의 경우는 그 핑계를 댈 수조차 없을 정도로 원체 흉측했다. 더 흉측한 것들을 하늘에서 봤다고 주장하는 사람들도 있었다. 하지만 그들의 목격담은 신빙성이 없었다.

사실, 보고인의 우주선보다 더 흉측한 것을 보고 싶다면, 그 우주선 안으로 들어가서 보고인을 보는 수밖에 없다. 그러나 현명한 사람이라면 그런 짓은 절대로 하지 않을 것이다. 보통의 보고인이라면 두 번도 생각해보기 전에 당신에게 달려들어 너무나도 무시무시한 짓을 저지를 테니까. 그 무시무시함이란 당신이 아예 태어나지 않았더라면 좋았을걸 하고 바라게 될 정도로, 혹은 (당신이 좀더 생각을 제대로 할 줄 아는 사람이라면) 그 보고인이 태어나지 않았더라면 좋았을걸 하고 바라게 될 정도로 엄청나다.

사실, 보통의 보고인이라면 아예 한 번도 생각하지 않고 달려들 것이다. 그들은 단순하고 황소 고집에 둔한 머리를 가진 족속이다. 생각이라는 것은 정말이지 그들이 타고난 것이 아니었다. 보고인에 대한 해부학적 분석이 밝혀낸 사실에 따르면 그들의 두뇌는 원래, 끔찍하게 기형인데다 자리를 잘못 잡은 소화불량 상태의 간이라고 한다. 보고인들에 대해 해줄 수 있는 가장 좋은 말은, 그들은 자신이 좋아하는 일이 무엇인지 안다는 것이다. 그들이 일반적으로 좋아하는 일이란, 사람들을 해치는 것과 가능하면 아무 데서든 무지하게 성질을 부리는 것이다.

그들이 싫어하는 일은 일을 하다가 도중에 그만두는 것이다. 그 중에서도 특히 이 보고인이, 그리고 특히 ——여러 가지 이유로 인해——이 일이 그랬다.

이 보고인이란 바로 은하계 초공간 개발 위원회의 프로스테트닉 보곤 옐츠 선장이었다. 소위 지구라는 '행성'을 파괴하는 임무를 맡은 인물이 바로 그였다.

그는 몸에 잘 안 맞는 지저분한 의자 안에서 기념비적으로 혐오스러운 몸을 출렁대면서, 순수한 마음 호를 구석구석 보여주고 있는 전망 스크린을 응시했다.

무한 불가능 확률 추진기를 탑재한 순수한 마음 호가 이제껏 만들어진 어떤 우주선보다도 아름답고 혁명적인 우주선이라는 것은 그와는 아무 상관 없는 이야기였다. 미학이라든지 기술이라든지 하는 것은 그에게는 '닫힌 책'(알 수 없는 일이라는 뜻의 관용구를 직역한 것이다 — 옮긴이주)과도 같았다. 자기 마음대로 할 수만 있다면, 닫힌 정도가 아니라 불에 태워져 땅에 묻힌 책과 같았다.

그 우주선에 자포드 비블브락스가 타고 있다는 사실은 더더구나 그와는 상관없는 일이었다. 자포드 비블브락스는 전(前) 은하계 대통령으로 지금 은하계의 모든 경찰력이 그와 그가 훔쳐낸 그 우주선을 추적하느라 혈안이 되어 있었지만, 옐츠는 관심 없었다.

그의 꿍꿍이는 다른 데 있었다.

바다가 구름 위에 있을 수 없는 것처럼, 보고인들은 작은 뇌물과 부패를 초월해서 존재할 수 없다고 한다. 옐츠의 경우 그 말은 더없이 꼭 들어맞는다. 정직이라든가 도덕적 청렴 같은 단어를 들으면 그는 그게 무슨 말인가 하고 사전을 찾아 손을 뻗는다. 그리고 두둑한 현금이 짤랑거리는 소리를 들으면 그는 규정집에 손을 뻗어 집어던져 버린다.

지구와 그 안에 있는 모든 것을 무자비하게 파괴하는 일에 있어서, 그는 자신의 직업적 의무가 요구하는 바 이상으로 행동했다. 그 우회로라는 것이 실제로 만들어질 것인지에 대해서 다소 의문이 제기되기도 했다. 하지만 그 문제는 그럴싸하게 얼버무려졌다.

그는 만족스러워하며 혐오스럽게 꾸르륵 소리를 냈다.

"컴퓨터, 나의 두뇌 전문 주치의를 연결하라." 그가 쉰 목소리로 말했다.

몇 초 후에 개그 하프런트의 미소 짓는 얼굴이 스크린에 나타났다. 그것은 자신이 바라보고 있는 보고인의 얼굴이 십 광년 떨어진 곳에 있음을 알고 있는 사람의 미소였다. 그 미소의 어딘가에는 약간의 아이러니가 섞여 번득이고 있었다. 이 보고인은 그를 고집스레 '나의 두뇌 전문 주치의'라고 불렀지만, 실상 돌보고 말고 할 두뇌라는 것 자체가 그에게는 별로 없는데다가 사실 오히려 하프런트가 이 보고인을 고용하고 있었기 때문이다. 그는 굉장히 더러운 어떤 일을 해주는 대가로 어마어마한 돈을 이 보고인에게 지불하고 있었다. 은하계에서 가장 저명하고 가장 성공적인 정신분석가의 한 사람으로서, 그와 그의 동료들은 정신분석학의 미래 전체가 위협받는 듯이 보이는 시기에는 얼마든지 돈을 쓸 자세가 되어 있었다.

"안녕하시오, 프로스테트닉 선장. 오늘 기분은 어떤가요?" 그가 말했다.

보고인 선장은 지난 몇 시간 동안 실시한 군기 훈련을 통해 우주선 승무원 중 거의 반을 싹쓸이해버렸다고 말했다.

하프런트의 미소는 한순간도 흐트러지지 않았다.

"뭐…… 알겠지만, 그거야 보고인에게는 전적으로 정상적인 행태입니다. 공격 본능을 의미 없는 폭력 행위로 자연스럽고도 건강하게 배출하는 거죠." 그가 말했다.

"그건 당신이 언제나 하는 얘기잖소." 보고인이 으르렁거리듯 말했다.

"다시 말하지만, 이건 정신분석학자에겐 전적으로 정상적인 행동입니다. 좋아요. 오늘 우린 둘 다 정신 상태가 좋은 것 같군요. 그럼 이제 말해봐요. 우리 일에 무슨 새로운 소식이라도 있나요?" 하프런트가 말했다.

"그 우주선을 찾았소."

"훌륭하군요, 훌륭해요! 그럼 탑승자들은?" 하프런트가 말했다.

"그 지구인이 거기 있소."

"아주 좋아요! 그리고……?"

"같은 행성에서 온 여자 하나. 그들이 마지막으로 남은 것들이지."

"좋아요, 좋아." 하프런트가 눈을 반짝였다. "또 누가 있나요?"

"프리펙트라는 사람."

"그리고?"

"자포드 비블브락스."

잠시 하프런트의 미소가 흔들렸다.

"아, 그렇군요. 이런 일이 있을지 모른다고 예상은 하고 있었어요. 참으로 애석하군요."

"당신 친구요?" 보고인이 물었다. 어디에선가 그런 표현을 한번 들어본 터라 그걸 써먹어 보기로 한 것이었다.

"아, 아니에요. 알다시피 나 같은 직업을 가진 사람들은 친구를 사귀지 않죠." 하프런트가 말했다.

"아아, 직업상 거리를 두는 거군." 보고인이 툴툴댔다.

"아니, 그냥 그런 재주가 없는 거죠." 하프런트가 경쾌하게 답했다.

그는 말을 멈췄다. 그의 입은 계속 미소를 띠고 있었지만, 눈매는 살짝 찌푸려져 있었다.

"비블브락스는 그러니까 내 가장 큰 고객 중 하나죠. 그는 정신분석가조차 상상하기 힘든 성격 장애를 가지고 있거든요." 그가 말했다.

그는 이런 생각을 그저 잠깐 해보다가 내키지 않아하며 본론으로 돌아왔다.

"어쨌거나, 임무를 수행할 준비는 되었습니까?"

"그렇소."

"좋아요. 그 우주선을 당장 파괴해요."

"비블브락스는 어쩌고?"

"음, 자포드야 뭐 별것 아닌 사내 아닙니까?" 하프런트가 명랑하게 답했다.

그가 스크린에서 사라졌다.

보고인 선장은 남은 승무원들과 연결되는 통신 버튼을 눌렀다.

"공격."

바로 그 순간 자포드 비블브락스는 자신의 선실에 앉아 고래고래 욕을 해대고 있었다. 두 시간 전, 그는 동료들에게 우주의 끝에 있는 레스토랑에 가서 간단하게 점심을 먹자고 했다. 그러고 나서 곧

바로 우주선의 컴퓨터와 대판 말다툼을 벌이고는, 자신이 직접 연필로 불가능 확률 수치들을 계산해내겠다고 소리치며 뛰쳐나가 자기 선실로 갔다.

불가능 확률 추진기를 단 순수한 마음 호는 역사상 가장 강력하고 예측 불가능한 우주선이었다. 이 우주선이 할 수 없는 일은 없었다. 이 우주선이 해주기를 기대하는 그런 일이 실제로 일어난다는 게 얼마나 불가능한지를 당신이 정확하게 알고 있다 하더라도 말이다.

대통령으로서 이 우주선을 진수시켜야 했던 그는 정작 그 순간에 우주선을 훔쳤다. 그는 자신이 이 우주선을 훔친 이유를 정확히 알지 못했다. 그저 이 우주선이 좋았을 뿐이다.

그는 자신이 왜 은하계의 대통령이 되어야 했는지도 정확히 알지 못했다. 그저 재미있어 보였을 뿐이다.

그는 뭔가 이보다 더 그럴듯한 이유가 있다는 것을 알고 있었다. 하지만 그것들은 그의 두 개의 뇌 깊숙이 자리한 어두운 폐쇄 구역에 꽁꽁 묻혀 있었다. 그는 그 두 개의 뇌 속 어두운 폐쇄 구역이 영영 사라져버렸으면 싶었다. 그것들은 가끔씩 순간적으로 수면 위로 떠올라 그의 마음속 괴상한 곳에 이상한 생각을 남겨놓았고, 그가 인생의 모토로 삼고 있는 것에서 자꾸 빗나가게 만들었다. 그는 그저 무지하게 즐겁게 살고 싶을 뿐이었다.

지금 이 순간 그는 무지하게 즐거운 시간을 보내고 있지 못했다. 그의 인내심과 연필은 바닥이 났으며 배도 무진장 고팠다.

"젠장!" 그가 소리를 질렀다.

바로 그 순간 포드 프리펙트는 허공에 떠 있었다. 우주선의 인공 중력장에 문제가 있어서가 아니라 그가 선실로 이어지는 계단통을 타고 내려오는 중이었기 때문이다. 그건 한 번에 점프해서 내려오기엔 너무 높았다. 결국 그는 서툴게 내려앉아 바닥에 나뒹굴었고, 이어 자세를 수습한 뒤 서비스용 미니 로봇들을 날리며 복도를 달려 내려갔으며, 끼이익 하고 미끄러지면서 코너를 돈 뒤 자포드의 방문을 쾅 열고 달려 들어가 하려는 말을 했다.

"보고인들이야."

이보다 조금 전, 아서 덴트는 홍차를 한 잔 찾아 마셔보려고 방에서 나왔다. 대단히 낙관적인 마음을 품고 시작한 탐색은 아니었다. 그는 이 우주선에서 뜨거운 음료를 얻어 마실 수 있는 곳이라곤 시리우스 사이버네틱스 주식회사가 만든 멍청하기 짝이 없는 기계 쪼가리밖에 없다는 사실을 알고 있었다. 그것은 뉴트리-매틱 음료 합성기라 불리는 기계로, 그와는 이미 구면이었다.

그 기계는 어떤 사람이 이용하든지 간에 그 사람의 취향과 신진 대사에 딱 맞는 오만 가지 음료를 만들 수 있다고 주장했다. 하지만 시험을 해보니, 그것은 한결같이 홍차와는 거의 전적으로 다른, 그러나 완전히 다르지는 않은 액체를 플라스틱 컵에 담아 내놓았다.

그는 그 기계와 이성적으로 논의를 해보려 했다.

"홍차." 그가 말했다.

"함께 나누고 즐기세요." 기계는 이렇게 대답하고, 예의 그 구역

질나는 액체를 또 한 잔 내놓았다.

그는 그것을 집어던졌다.

"함께 나누고 즐기세요." 기계가 같은 말을 반복하고 또 한 잔을 내놨다.

'함께 나누고 즐기세요'는 엄청나게 성공한 시리우스 사이버네틱스 주식회사 고객 불만 처리 부서의 모토였다. 고객 불만 처리 부서는 현재 중간 크기 행성 세 개를 몽땅 차지하고 있으며, 최근 몇 년간 이 회사에서 지속적으로 이익을 남긴 유일한 부서다.

그 모토는 이드락스에 위치한 고객 불만 처리 부서의 우주 공항 근처에 높이가 삼 마일이나 되는 커다란 전광 글씨로 세워져 있다. 아니, 세워져 있었다. 불행히도 그 무게가 너무나 엄청나서 글씨가 세워진 직후 그 아래 지반이 내려앉아버렸고, 글씨들은 거의 자기 높이의 반 정도를 추락해 내려오면서 그 아래 있는 재능 있는 젊은 중역들의 사무실들을 깔아뭉갰다. 그래서 그들은 현재 고인이 되어 있다.

글씨의 위쪽 반쪽은 아직도 머리를 내밀고 있는데, 그건 그 지역 방언으로 '가서 네 머리를 돼지에게 처박아라'라는 글자처럼 보인다. 게다가 특별한 경축 행사가 있을 때를 제외하고는 더 이상 불도 밝혀지지 않는다.

아서는 여섯 번째 컵을 집어던졌다.

"이봐, 기계 녀석아. 넌 이 세상 어떤 음료도 다 합성할 수 있다면서, 어째서 마시지도 못할 이따위 것들만 계속 내놓는 거냐?"

"쾌감을 주는 감각 데이터와 영양분을 고려했습니다. 함께 나누고 즐기세요." 기계가 꼬르륵대며 말했다.

"더러운 맛이야!"

"이 음료를 즐겁게 드셨다면…… 친구분들과도 함께 나눠보세요." 기계가 계속 말했다.

"난 친구 사이를 끝장내고 싶지는 않거든." 아서가 신랄하게 말했다. "제발 내 말이 무슨 뜻인지 이해하려고 좀 해봐라. 그 음료는……."

"그 음료는 영양분과 쾌감에 대한 당신의 요구에 맞게 특별히 만들어진 개인용 맞춤 음료입니다." 기계가 달콤한 목소리로 말했다.

"아, 그럼 나는 다이어트 중인 마조히스트인가, 응?" 아서가 말했다.

"함께 나누고 즐기세요."

"입이나 닥쳐."

"더 필요한 거 있으십니까?"

아서는 그만 포기하기로 했다.

"없어."

하지만 다음 순간 그는 절대로 포기하지 않겠다고 결심했다.

"아니, 있어. 아주아주 간단하지…… 내가 원하는 것은 그저…… 홍차 한 잔뿐이야. 그걸 네가 만들어주면 되는 거야. 입 다물고 한번 들어봐."

그리고 아서는 자리를 잡고 앉았다. 그는 뉴트리-매틱에게 인도에 대해서 말했다. 그리고 중국과 스리랑카에 대해서 말했다. 그는 태양 아래서 말려지고 있는 넓적한 이파리들에 대해 말했다. 은 주전자에 대해 말했다. 여름날 오후의 잔디밭에 대해 말했다. 뜨거운 물에 데지 않도록, 홍차를 따르기 전에 우유를 먼저 넣어야 한다고 말했다. 심지어 그는 동인도회사의 역사까지 간략하게 개괄했다.

"그래서 원하시는 게 그거예요?" 그가 말을 마치자 뉴트리-매틱이 말했다.

"맞아, 내가 원하는 게 바로 그거야." 아서가 말했다.

"그러니까 물에 넣고 끓인 말린 잎사귀 맛을 보고 싶으시다 이거예요?"

"음, 그래. 우유도 넣고."

"암소한테서 뿜어져 나온다는 거요?"

"음……굳이 말하자면 그런…….."

"이 일에는 도움이 좀 필요하겠는걸요." 기계가 간결하게 말했다.

그 목소리에는 이제 쾌활한 꼬르륵 소리는 온데간데없었고, 뭔가 일을 벌이려는 결연한 태도가 느껴졌다.

"저, 내가 도울 일이 있다면…….." 아서가 말했다.

"당신은 하실 만큼 하셨어요." 뉴트리-매틱이 주지시켰다.

기계가 우주선 탑재 컴퓨터를 불렀다.

"안녕!" 우주선 컴퓨터가 말했다.

뉴트리-매틱은 그 홍차라는 것에 대해서 컴퓨터에게 설명하기 시작했다. 컴퓨터는 난색을 표하다가 뉴트리-매틱과 논리 회로를 연결하더니, 지긋지긋한 침묵 속으로 함께 빠져들었다.

아서는 한참을 지켜보며 기다렸지만 더 이상 아무 일도 일어나지 않았다.

그는 기계를 쿵쿵 두들겨봤지만 여전히 아무 일도 일어나지 않았다.

결국 그는 더 기다리기를 포기하고 브리지를 향해 휘이휘이 걸어 갔다.

텅 빈 황무지 같은 우주 공간 속에 순수한 마음 호가 고요히 떠 있었다. 우주선의 주위에는 은하계 십억 개의 별들이 바늘처럼 빛을 내쏘고 있었다. 그리고 그 우주선을 향해 못생긴 노란 쇳덩어리, 보고의 우주선이 다가오고 있었다.

3

"누구 주전자 가진 사람 있어?" 아서는 브리지로 들어오며 이렇게 묻다가, 어째서 트릴리언이 컴퓨터에게 어서 대답하라고 소리를 지르고 있는지 의아해지기 시작했다. 포드는 컴퓨터를 쿵쿵 두드려대고 있었고, 자포드는 컴퓨터에 발길질을 해대고 있었다. 그리고 어째서 전망 스크린에는 흉측한 노란 덩어리가 보이는 걸까?

아서는 들고 있던 빈 컵을 내려놓고 그쪽으로 걸어갔다.

"친구들?" 그가 말했다.

바로 그 순간 자포드가 보통 광자 추진기를 조작하는 장치들이 들어 있는 반짝거리는 대리석 상판으로 몸을 던졌다. 장치들이 그의 손 아래 모양을 드러내자 그는 수동 조작기에 미친 듯이 달려들었다. 그는 그것들을 당기고 밀고 누르다가 욕을 퍼부었다. 광자 추진기는 골골대며 부들부들 떨다가 다시 먹통이 되어버렸다.

"무슨 일 있어?" 아서가 말했다.

"이봐, 이 소리 들었어? 원숭이가 말을 하네!" 자포드가 이번에는 무한 불가능 확률 추진기의 수동 조작기에 달려들며 투덜거렸다.

불가능 확률 추진기는 조그맣게 징징거리는 소리를 두 번 내더니 나가버렸다.

"역사적 사건이야. 말하는 원숭이라니!" 자포드가 불가능 확률 추진기를 걷어차며 말했다.

"뭔가 기분 나쁜 일이 있다면……." 아서가 말했다.

"보고인들이야! 놈들이 공격하고 있다고!" 포드가 소리쳤다.

아서는 더듬거리며 알아들을 수 없는 말들을 지껄여댔다.

"음, 근데 뭐 하고 있는 거야? 빨리 빠져나가야지!"

"그럴 수가 없어. 컴퓨터가 다운됐다고."

"다운됐어?"

"모든 회로가 사용 중이래. 우주선 동력이 모두 끊겼어."

포드는 컴퓨터 터미널에서 걸어 나와 소매로 이마의 땀을 훔치더니 힘없이 벽에 몸을 기댔다.

"손쓸 방법이 없어." 그가 말했다.

그는 허공을 노려보며 입술을 깨물었다.

아서는 지구가 파괴되기 아주 오래전 어린 학생이었을 때 축구를 하곤 했다. 그는 축구에 전혀 소질이 없었고, 중요한 경기에서 자살 골을 넣는 것이 그의 장기였다. 이런 일이 벌어질 때마다 그는 목 뒤쪽이 특별하게 간지러운 걸 느꼈는데, 그것은 서서히 그의 볼을 가로질러 기어 올라와 이마를 화끈거리게 만들었다. 진흙과 잔디, 그리고 그것들을 던지며 야유하는 수많은 소년들의 영상이 지금 이 순간 갑자기 그의 마음속에 생생하게 되살아났다.

목 뒤쪽의 특별한 간지러움이 그의 볼을 가로질러 기어 올라와 이마를 화끈거리게 하고 있었다.

그는 말을 시작하려다가 멈췄다.

그는 다시 말을 시작하려다가 다시 멈췄다.

마침내 그는 간신히 말을 꺼냈다.

"음……." 그가 말했다. 그리고 헛기침을 했다.

"있잖아……." 그가 말을 이었다. 그 목소리가 어찌나 불안했던지 모두들 시선을 그에게 돌렸다. 그는 전망 스크린에 비치는, 다가오는 커다란 노란 물체를 힐끗 봤다.

"있잖아……." 그가 다시 말했다. "컴퓨터가 지금 무슨 일을 하고 있는지 말했어? 그냥 궁금해서 물어보는 건데 말야……."

그들의 시선이 그에게 꽂혀 있었다.

"음…… 그냥 정말로 궁금해서 그러는 거야."

자포드가 팔 하나를 내밀어 아서의 목덜미를 잡았다.

"컴퓨터에 무슨 짓을 한 거야, 원숭이 인간?" 그가 씩씩거렸다.

"음…… 사실은 별거 아니야. 좀 전까지만 해도 컴퓨터가 뭘 좀 알아내려고 애쓰고 있는 것 같았는데……." 아서가 말했다.

"뭘?"

"홍차 만드는 법을……."

"바로 그렇습니다, 여러분." 컴퓨터가 갑자기 노래하듯 말을 시작했다. "지금 바로 그 문제와 씨름하고 있습니다. 와아, 이것 참 복잡한 일이군요. 잠시 뒤에 돌아오지요." 그것은 다시금 침묵에 빠져들었는데, 그 침묵의 무시무시한 강도에 맞먹는 것은 아서 덴트를 노려보는 세 사람의 침묵뿐이었다.

그 긴장감을 해소시켜주기라도 하려는 듯, 마침 그 순간 보고인들이 포화를 퍼붓기 시작했다.

우주선이 흔들렸다. 우주선은 천둥소리를 냈다. 바깥에서는 우주선을 둘러싼 일 인치 두께의 에너지 방패막이 열두 문의 30-메가허트 필살(必殺) 포트라존 대포의 포격 아래 물집이 생기고, 금이 가고, 구멍이 나기 시작했다. 이러다간 오래 못 갈 것 같았다. 포드 프리펙트의 예상은 사 분이었다.

"삼 분 오십 초 남았군." 그가 잠시 후 말했다.

"사십오 초." 그가 적시에 덧붙였다. 그는 쓸모없는 스위치 몇 개를 쓸데없이 탁탁 눌러대더니 아서를 차갑게 쳐다봤다.

"홍차 한 잔 때문에 죽는다?" 그가 말했다. "삼 분 사십 초."

"카운트 좀 그만 할 수 없어!" 자포드가 으르렁댔다.

"그러지. 삼 분 삼십오 초 뒤에." 포드 프리펙트가 말했다.

보고 우주선에서는 프로스테트닉 보곤 옐츠가 어리둥절해하고 있었다. 그는 추격을 기대했다. 그는 견인 광선과의 짜릿한 밀고 당기기 한판을 기대했다. 그는 순수한 마음 호의 무한 불가능 확률 추진기에 대응하기 위해 특별히 장착한 서브-사이클릭 노맬러티 어서트-아이-트론을 사용할 일이 있기를 바랐다. 그러나 순수한 마음 호가 저렇게 가만히 앉아서 당하고 있으니 서브-사이클릭 노맬러티 어서트-아이-트론은 아무 쓸모가 없었다.

열두 문의 30-메가허트 필살 포트라존 대포는 계속해서 순수한 마음 호를 향해 포화를 뿜어댔다. 하지만 순수한 마음 호는 여전히 망연자실 당하고만 있었다.

그는 뭔가 음흉한 속임수가 있지 않나 하고 가능한 모든 센서들을 시험해봤다. 하지만 어떤 음흉한 속임수도 발견되지 않았다.

물론 그는 홍차 건에 대해서 몰랐다.

또한 그는 순수한 마음 호의 탑승자들이 자신들 인생의 마지막 삼 분 삼십 초의 시간을 어떻게 쓰고 있는지도 몰랐다.

이 시점에서 어쩌다가 자포드 비블브락스가 강령회(죽은 사람의 영혼을 불러오는 의식 ─ 옮긴이주)를 할 생각을 하게 되었는지는 그 자신조차 잘 알지 못했다.

물론 죽음의 냄새가 사방에 가득했지만, 그건 피해야 할 문제였지 타령을 할 문제는 아니었다.

죽은 친척들과 재회할지도 모른다는 생각에 자포드가 느낀 공포심이 그들도 자신에 대해 같은 공포심을 느끼고 있을지도 모른다는 생각으로 이어졌고, 그래서 그들이 이 재회의 순간을 연기하는

데 뭔가 도움을 줄 수도 있으리라는 생각으로 이어졌을 수도 있다.

아니면, 그건 그가 은하계의 대통령이 되기 전에 도무지 알 수 없는 이유로 잠가버린 그의 두뇌 속 어두운 곳에서 때때로 불쑥 떠오르곤 하던 이상한 암시들 중 하나였을 수도 있다.

"네 증조부와 얘길 해보고 싶다고?" 포드가 놀라서 펄쩍 뛰었다.

"응."

"꼭 지금 해야겠어?"

우주선은 여전히 흔들리며 천둥소리를 내고 있었다. 실내 온도가 올라가고 조명은 어두워지고 있었다. 컴퓨터가 홍차 만드는 법을 생각하는 데 투입되지 않은 모든 에너지는 급속도로 힘을 잃어가고 있는 에너지 방패막 쪽에 쏟아 부어지고 있었다.

"그래! 이봐 포드, 난 증조부가 우리를 도와줄 수도 있으리라고 생각해." 자포드가 고집을 부렸다.

"그렇게 '생각한다'는 게 확실해? 어휘는 신중하게 골라 써야지."

"그럼 무슨 다른 방도가 있는지 말해봐."

"어, 음⋯⋯."

"좋아, 중앙 계기판으로 모여. 어서! 트릴리언, 원숭이 인간, 움직이라고."

그들은 얼떨떨한 상태로 중앙 계기판 주위에 모여 앉았고, 엄청나게 바보가 된 기분으로 서로 손을 잡았다. 자포드가 세 번째 손으로 불을 껐다.

어둠이 우주선을 장악했다.

밖에서는 우레와도 같은 필살 대포의 포효가 계속해서 에너지 방패막을 찢어발겼다.

"증조부의 이름에 집중해." 자포드가 목소리를 낮춰 말했다.

"이름이 뭔데?" 아서가 물었다.

"자포드 비블브락스 4세."

"뭐라고?"

"자포드 비블브락스 4세. 집중해!"

"4세?"

"그래. 내가 자포드 비블브락스야. 아버지는 자포드 비블브락스 2세였고, 할아버지는 자포드 비블브락스 3세였고……."

"뭐라고?"

"피임 기구와 타임머신이 관련된 사고가 있었다고. 자, 집중이나 해!"

"삼 분." 포드 프리펙트가 말했다.

"왜……우리가 이 짓을 하고 있는 거지?" 아서 덴트가 말했다.

"닥쳐." 자포드 비블브락스가 말했다.

트릴리언은 아무 말도 하지 않았다. '도대체 할 말이 뭐가 있겠어.' 그녀는 생각했다.

브리지 안의 불빛이라고는 저 구석에 처박혀 앉아 있는 편집증 안드로이드 마빈의 붉은 삼각형 눈에서 나오는 희미한 빛 두 줄기뿐이었다. 그는 모두를 무시하고 모두에게 무시당하며 자신만의 사적이고도 다소 불쾌한 세계에 빠져 있었다.

중앙 계기판 둘레에는 우주선의 무시무시한 흔들림과 우주선 안에까지 울려대는 끔찍한 포효를 마음속에서 몰아내고 정신 집중을 하려 애쓰는 네 사람이 웅크리고 앉아 있었다.

그들은 정신을 집중했다.

여전히 그들은 정신을 집중했다.

그리고 여전히 그들은 정신을 집중했다.

시간은 똑딱똑딱 흘러갔다.

자포드의 이마에는 처음에는 집중하느라, 다음에는 좌절감 때문에, 마침내는 당황해서 땀방울이 맺혔다.

마침내 그는 화가 치밀어 버럭 소리를 지르더니, 트릴리언과 포드와 맞잡았던 손을 빼내 조명 스위치를 홱 켰다.

"오, 나는 네가 절대로 불을 안 켤 거라고 생각하기 시작한 참이었다. 아니, 너무 밝게는 하지 말아라. 내 눈은 예전 같지 않거든." 어떤 목소리가 말했다.

네 사람은 자리에서 펄쩍 뛰어 일어났다. 그들은 목소리의 주인공을 보려고 서서히 고개를 돌렸다. 하지만 그들의 머리 가죽은 원래 자리에 그대로 있고 싶어하는 게 분명했다.

"자아, 이 시간에 누가 날 귀찮게 하는 거냐?" 자그마하고 등이 굽은 빼빼 마른 인물 하나가 브리지 저 끝쪽에 있는 양치류 가지들 옆에 서서 말했다.

머리털이 듬성듬성한 그의 자그마한 머리 두 개는 어찌나 고색창연해 보이는지, 심지어 은하계의 탄생에 대한 희미한 기억까지 들어 있을 것만 같았다. 머리 하나는 축 늘어져 자고 있었고, 다른 하나는 날카로운 눈으로 그들을 곁눈질하고 있었다. 그 눈이 예전 같지 않은 눈이라면 예전에는 다이아몬드 절단기로 사용되었음이 틀림없었다.

자포드는 잠시 어쩔 줄 몰라 하며 말을 더듬어댔다. 그는 베텔게우스인들의 전통적인 가족 인사법대로 복잡한 동작으로 두 번 고개를 살짝 까딱하며 인사했다.

"아……음, 안녕하십니까, 증조부님……." 그가 가쁜 숨을 내쉬었다.

그 조그만 노인이 그들에게 가까이 다가왔다. 그는 희미한 불빛 속에서 그들을 뚫어져라 쳐다봤다. 그가 증손자를 향해 뼈만 앙상한 손가락을 내밀었다.

"아아." 그가 소리쳤다. "자포드 비블브락스구나. 우리 위대한 일가의 마지막 존재. 자포드 비블브락스 0세."

"1세죠."

"0세." 그 인물이 침을 튀기며 말했다.

자포드는 그 목소리가 싫었다. 그것은 항상 자포드가 자신의 영혼이라 생각하는 칠판을 손톱으로 끼이익 하고 긁어대는 소리처럼 들렸다.

그는 자리에서 엉거주춤 몸을 뒤척였다.

"어, 예. 저기요, 그 꽃 문제는 정말 죄송합니다. 꽃을 정말 보내려고 했는데요, 그런데 마침 꽃집에 화환이 똑 떨어져서……." 그가 떠듬거리며 말했다.

"잊어버렸지!" 자포드 비블브락스 4세가 그의 말을 싹둑 자르며 외쳤다.

"저⋯⋯."

"너무 바빴다 이거지? 나른 사람들 생각이라곤 전혀 안 하지. 살아 있는 녀석들은 다 똑같아."

"이 분 남았어, 자포드." 포드가 잔뜩 겁먹은 소리로 속삭였다.

자포드는 안절부절못했다.

"그래요. 하지만 정말 보내려고 했다고요. 그리고 증조모께도 편지를 드릴게요. 여기서 벗어나기만 하면 금방⋯⋯." 그가 말했다.

"네 증조모라⋯⋯." 수척하고 조그마한 노인이 홀로 생각에 잠겼다.

"그래요. 저, 그분은 잘 계신가요? 있죠, 제가 증조모를 찾아뵐게요. 하지만 그 전에 먼저 우리는⋯⋯." 자포드가 말했다.

"'돌아가신' 너희 증조모와 나는 매우 잘 지내고 있다." 자포드 비블브락스 4세가 이를 갈며 말했다.

"아, 그렇군요."

"하지만 너 꼬마 자포드에겐 무척 실망하고 있지⋯⋯."

"예에, 저⋯⋯." 자포드는 이상하게도 이 대화에서 기선을 잡기가 힘들었다. 게다가 그의 옆에 선 포드의 거친 숨소리는 시간이 제각제각 빠른 속도로 지나가고 있다는 사실을 말해주고 있었다. 소음과 진동은 이제 끔찍스러운 경지에 달했다. 그는 어둠 속에서 눈도 깜박거리지 못하고 하얗게 질려 있는 트릴리언과 아서의 얼굴을 봤다.

"저어, 증조부님……."

"우리는 너의 행보를 보면서 얼마나 실망했는지 모른다."

"예에, 하지만, 저, 지금 이 순간에는……."

"경멸한 것은 말할 것도 없고!"

"저기, 잠깐만 제 말 좀 들어보실래요……?"

"너 도대체 인생을 어떻게 살고 있는 거냐?"

"전 보고 함대의 공격을 받고 있습니다!" 자포드가 외쳤다. 이 말은 과장된 것이었지만, 사방에서 무슨 일이 벌어지고 있는지 말할 수 있는 유일한 기회였다.

"난 하나도 안 놀랍다." 조그마한 노인은 어깨를 으쓱하며 말했다.

"문제는 바로 지금 그 일이 일어나고 있다는 거예요. 아시겠어요?" 자포드가 열을 내며 말했다.

선조의 망령은 고개를 끄덕이더니, 아서 덴트가 가지고 들어왔던 컵을 집어 들고 흥미롭게 들여다봤다.

"저……증조부님……."

"너 아느냐?" 유령은 엄한 눈초리로 자포드를 쏘아보며 그의 말을 가로막았다. "베텔게우스 제5행성의 궤도에 조그만 문제가 생겼다는 거?"

자포드는 알지 못했다. 게다가 이 모든 소음과 곧 닥칠 죽음 등의 문제들로 인해 그런 정보에 정신을 집중할 여유가 없었다.

"음, 아니요…… 있잖아요……." 그가 말했다.

"내가 무덤 속에서 핑핑 돌고 있다는 거!" 선조가 고함을 질렀다. 그는 컵을 탁 하고 내려놓더니 꼬챙이 같은 투명한 손가락을 부들부들 떨며 자포드를 가리켰다.

"그건 다 네 잘못이다!" 그가 소리를 꽥 질렀다.

"일 분 삼십 초." 포드가 손으로 머리를 감싼 채 중얼거렸다.

"그래요. 하지만 증조부님, 도와주실 수는 있나요? 왜냐하면……."

"도와?" 노인은 족제비 한 마리를 달라는 부탁이라도 받은 것처럼 소리를 질렀다.

"그래요, 도와주세요. 될 수 있으면 지금요. 왜냐하면, 그렇지 않으면……."

"도와달라고!" 노인이 살짝 구운 족제비 햄버거와 프렌치 프라이를 달라는 말이라도 들은 것처럼 소리를 질렀다. 그는 기가 막힌다는 표정을 하고 서 있었다.

"네 녀석은 이 천박한 친구들이랑 같이"──선조는 경멸스럽다는 듯 손을 휘휘 저었다──"은하계를 제멋대로 돌아다니느라 하도 바빠서 내 무덤에 꽃도 못 놓아주지. 플라스틱 조화라도 괜찮았을 거야. 너라면 조화 같은 걸 보낼 수도 있다고 생각했을 거다. 한데 넌 그것도 안 보냈지. 넌 너무 바쁘고 너무 현대적이고 너무 회의적이지. 그러다가 갑자기 궁지에 몰리게 되니까 갑자기 혼비백산해서 내게 달려와?"

그는 다른 머리의 잠을 방해하지 않기 위해서 조심스레 머리를 흔들었다. 하지만 그 머리는 이미 짜증의 기미를 보이고 있었다.

"글쎄, 나도 모르겠다, 꼬마 자포드야. 생각 좀 해봐야겠어." 그가 말을 이었다.

"일 분 십 초." 포드가 힘없이 말했다.

자포드 비블브락스 4세는 호기심에 찬 표정으로 그를 물끄러미 쳐다보았다.

"저 사람은 왜 계속 숫자를 불러대고 있는 거냐?" 그가 말했다.

"저 숫자는 우리한테 남은 시간이에요." 자포드가 간결하게 대답했다.

"아아." 증조부가 말했다. 그러더니 혼자 투덜댔다. "물론 나하곤 상관없는 일이군." 그는 이렇게 말하더니 다른 구경거리를 찾아 브리지의 어두운 구석으로 걸어갔다.

자포드는 미치기 일보직전이었다. 그는 그냥 확 뛰어들어 끝장내 버리는 게 낫지 않을까 생각했다.

"증조부님, 저희한텐 상관있단 말이에요! 우린 아직 살아 있고, 이제 곧 죽게 될 거라고요." 그가 말했다.

"그거 잘됐구나."

"뭐라고요?"

"네 인생이 뭔데? 네가 네 인생을 망쳐버린 꼴을 생각하면 '돼지 귀'라는 표현밖에 안 떠오른다."

"하지만 전 은하계의 대통령이었다고요!"

"흥, 그게 비블브락스 가문 사람이 할 일이냐?" 그의 선조가 중얼거렸다.

"그게 무슨 말씀입니까? 하나밖에 없는 대통령이란 말입니다! 은하계 진체에서요!"

"건방진 애송이 같으니라고!"

자포드는 당황해서 눈을 껌벅거렸다.

"이봐요, 어, 뭐 하자는 겁니까, 당신? 아니, 증조부님."

꼬부라진 조그만 노인이 증손자에게 천천히 다가와 그의 무릎을 준엄하게 두드렸다. 자포드는 자신이 유령과 이야기하고 있다는 사실을 새삼 깨달았다. 아무것도 느껴지지 않았기 때문이다.

"대통령이라는 게 어떤 건지는 너도 알고 나도 안다, 꼬마 자포드. 너는 대통령이었기 때문에 알고, 나는 죽었기 때문에 알지. 죽음이라는 건 사물을 꿰뚫어 볼 수 있는 놀라운 혜안을 주거든. 여기 명부에는 이런 속담이 있다. '생명은 산 자들에게 쓸데없이 낭비되고 있다'."

"예, 아주 좋아요. 아주 심오하군요. 하지만 지금 당장은 머리에 구멍이 나고 싶지 않은 만큼 그런 경구들은 듣고 싶지도 않다고요." 자포드가 쓸쓸하게 말했다.

"오십 초." 포드 프리펙트가 끙끙거리듯 말했다.

"내가 무슨 얘기를 하고 있었지?" 자포드 비블브락스 4세가 말했다.

"거드름을 피우고 계셨죠." 자포드 비블브락스가 말했다.

"아, 그랬지."

"이분이 정말 우리를 도와줄 수 있을까?" 포드가 자포드에게 나지막이 투덜거렸다.

"다른 사람이 없잖아." 자포드가 속삭였다.

포드는 낙담해서 고개를 끄덕였다.

"자포드! 네가 은하계의 대통령이 된 데에는 까닭이 있다. 잊어버렸느냐?" 유령이 말했다.

"그 얘기는 나중에 하면 안 될까요?"

"잊어버렸느냐?" 유령이 물고 늘어졌다.

"예! 물론 잊어버렸어요! 잊어버려야만 했다고요. 그 직무를 맡게 되면 두뇌 검사를 받아요. 제 머릿속에 별의별 교활한 생각들이 가득하다는 걸 그 사람들이 알아냈으면 전 당장 길거리로 내쫓겼을 겁니다. 두둑한 연금에다 비서진, 함대, 잘린 모가지 두 개만 달랑 가지고요."

"아." 유령이 흡족한 표정으로 고개를 끄덕였다. "그렇다면 기억을 하는구나!"

그는 잠시 말을 멈췄다.

"좋아." 그가 말했고, 소음이 멈췄다.

"사십팔 초." 포드가 말했다. 그는 다시 한번 손목시계를 바라보더니 시계를 두들겼다. 그가 고개를 들었다.

"이봐, 소음이 멎었어." 그가 말했다.

유령의 무정한 작은 눈에 장난스러운 빛이 반짝였다.

"내가 시간을 조금 늦췄지. 말해두겠는데, 아주 잠시뿐이다. 하던 말을 다 끝내고 싶거든." 그가 말했다.

"아니, 할아버지가 제 말을 들으세요." 자포드가 의자에서 벌떡 일어나며 말했다. "첫째, 시간을 멈춰주고 그런 건 다 고마워요. 아주 훌륭하고 굉장하고 멋진 일이에요. 하지만 둘째, 훈계 따위는 필요 없어요. 아시겠어요? 제가 하기로 돼 있는 그 엄청난 일이 뭔지 전 몰라요. 게다가 원래 제가 모르도록 되어 있는 일인 것 같고요. 전 그게 싫어요. 아시겠어요?

물론 과거의 저는 알았죠. 과거의 전 관심이 있었어요. 좋아요. 여기까지는 다 좋다고요. 그런데 그 과거의 저는 관심이 지나친 나머지 실제로 자기 머리 —— 제 머리 말이에요 —— 속에 들어가서는, 뭔가를 알고 있고 관심을 보였던 부분을 잠가버렸어요. 제가 알고 관심을 가지고 있으면 그 일을 할 수 없었기 때문이죠. 그럼 전 대통령이 될 수도 없었을 거고, 이 우주선을 훔칠 수도 없었을 거예요. 그게 바로 그 중요한 일인 게 틀림없어요.

그러나 저의 옛 자아는 제 머리를 바꿔서 자기 자신을 죽여버렸어요. 안 그래요? 뭐 좋아요, 그건 그의 선택이었으니까. 하지만 지금의 새로운 저에게도 선택권이 있잖아요. 희한한 우연의 일치지만, 제가 한 선택은 이 대단한 숫자에 대해 알지도, 신경 쓰지도 말자는 거예요. 그게 뭐든지 간에 말이에요. 그게 바로 그가 원했던 거였으니, 결국 원하던 걸 가지게 된 셈이죠.

문제는 예전의 제가 자신을 통제된 상태로 남겨두려 했다는 거예요. 자신이 잠가놓은 머릿속 한 부분에다가 절 위한 명령을 남겨둔 거죠. 뭐, 전 알고 싶지 않아요. 듣고 싶지도 않고요. 그게 바로 제가 한 선택이에요. 전 누군가의 꼭두각시가 되지 않을 거라고요. 특히 저 자신의 꼭두각시 따위는 말이에요."

자포드는 아연실색한 표정으로 자신을 바라보고 있는 사람들의 표정 따위는 아랑곳하지 않고 분노에 차서 계기판을 주먹으로 쾅쾅 내리쳤다.

"과거의 저는 죽었어요!" 그가 날뛰었다. "자살했다고요! 죽은 사람이 돌아다니면서 산 사람 일에 간섭하면 안 되는 거죠!"

"하지만 너는 이 곤경에서 빠져나가게 해달라고 나를 불렀잖느냐?"

"아, 그건 다른 문제죠, 안 그래요?" 자포드가 다시 자리에 앉으며 말했다.

그는 트릴리언을 향해 희미하게 미소 지었다.

"자포드, 내가 너한테 숨을 낭비하는(허튼 소리를 한다는 뜻의 관용구를 직역한 것이다―옮긴이주) 건 단지 내가 죽어서 달리 숨쉴 필요가 없기 때문이다." 유령이 쉰 목소리로 말했다.

"좋아요, 그럼 그 대단한 비밀이 뭔지 한번 말해보세요. 해보시라고요." 자포드가 말했다.

"자포드, 전임 대통령이었던 유덴 브랭크스와 마찬가지로 너도 재임 당시 대통령은 아무것도 아니라는 사실을 잘 알고 있었다. 허수아비지. 그 뒤의 그림자 속 어딘가에 궁극의 권력을 지닌 어떤 다른 사람, 다른 존재, 다른 무엇이 있는 거야. 그 사람, 혹은 그 존재, 혹은 그 무엇을 네가 찾아내야 하는 거다. 우리 은하계를 지배하는 그 누군가를 말이다. 우리가 보기엔 그가 다른 은하계들도, 어쩌면 우주 전체를 지배하고 있는 게 아닌가 싶다."

"어째서요?"

"어째서냐고?" 유령이 깜짝 놀라 소리쳤다. "어째서냐니? 주위를 둘러봐라, 녀석아. 너한테는 이곳이 제대로 된 사람 손에 맡겨진 것처럼 보이냐?"

"제가 보기엔 괜찮은데요."

늙은 유령이 그를 노려보았다.

"너랑 말다툼하고 싶지 않다. 너는 그저 이 우주선, 이 불가능 확률 추진 우주선을 타고 이 우주선이 필요로 하는 곳으로 가거라. 넌 그렇게 할 거다. 너의 임무를 저버릴 수 있다는 생각 따위는 하지 마라. 이 불가능 확률 자장이 너를 통제할 테니까. 넌 거기 꽉 붙들려 있는 거야. 이건 뭐냐?"

그는 우주선 탑재 컴퓨터인 에디의 터미널 중 하나를 두드리며 서 있었다. 자포드가 그에게 알려줬다.

"이게 뭘 하고 있는 거냐?"

"홍차를 만들려 하고 있죠." 자포드가 놀랄 만한 인내심을 보이며 말했다.

"그거 좋군. 그런 일이라면 찬성이지. 자, 자포드……." 그의 증조부가 돌아서서 그에게 손가락을 흔들며 말했다. "나는 네가 정말로 임무를 성공적으로 수행할 수 있을지는 잘 모르겠다. 하지만 그 일을 피할 수는 없을 게다. 나는 죽은 지 너무 오래돼서 예전처럼 관심을 쏟기엔 너무 피곤해. 내가 너를 도와주는 가장 큰 이유는, 너와 네 현대적인 친구들이 여기 널브러져 있는 걸 참을 수 없기 때문이다. 알겠느냐?"

"예, 정말 감사합니다."

"아, 그리고 자포드?"

"예……."

"다시 도움이 필요하게 되면, 그러니까, 네가 무슨 곤경에 처하거나 궁지에 몰려서 누군가 도와줄 사람이 필요하게 되면……."

"예……."

"제발 주저 말고 냉큼 꺼져버려라!"

일 초도 안 되는 사이에 늙은 유령의 시들어빠진 손에서 번갯불이 나와 컴퓨터에 떨어졌다. 유령은 사라지고 브리지 안에는 연기가 자욱했다. 순수한 마음 호는 시공간의 차원을 뛰어넘어 머나먼 미지의 우주 속으로 사라졌다.

4

거기서 십 광년 떨어진 곳에서는, 개그 하프런트가 단계를 하나하나 올려가며 미소를 짓고 있었다. 그는 보고 우주선의 브리지로부터 서브-에서를 통해 전송되어 그의 전망 스크린에 나타난 영상을 통해 순수한 마음 호의 마지막 에너지 방패막 조각이 갈기갈기 찢겨 나가고 우주선 자체가 한 주먹 연기로 화하는 모습을 지켜보았다.

'좋아.' 그가 생각했다.

'내가 명령했던 지구 행성 파괴에서 살아남은 마지막 뜨내기 생존자들이 드디어 끝장이 났군.' 그가 생각했다.

'삶, 우주, 그리고 모든 것의 궁극적인 해답에 대한 질문을 찾으려는 (정신과 의사들에게) 위험천만하면서도 (역시 정신과 의사들에게) 전복적인 실험이 드디어 최후를 맞이한 거야.' 그가 생각했다.

'오늘 밤에는 동료들과의 축하연이 있을 것이고, 내일 아침이면 그들은 불행하고 혼란스럽고 대단히 돈벌이가 되는 환자들을 다시 만나겠지. 삶의 의미라는 게 이제 영영 깔끔하게 정리되지 않으리라고 안심할 수 있으니까.' 그가 생각했다.

"가족은 항상 좀 당황스러워, 안 그래?" 연기가 가라앉기 시작하자 포드가 자포드에게 말했다.

그는 말을 멈추고 주위를 둘러보았다.

"자포드가 어디 갔지?" 그가 말했다.

아서와 트릴리언은 멍하니 주위를 돌아보았다. 그들은 창백했고 충격을 받은 상태였으며 자포드가 어디 있는지 몰랐다.

"마빈? 자포드 어디 갔니?" 포드가 말했다.

잠시 뒤에 그가 말했다.

"마빈은 어딨어?"

그 로봇이 있던 구석 자리는 텅 비어 있었다.

우주선 안은 완전히 고요했다. 그것은 칠흑같이 깜깜한 공간에 떠 있었다. 때때로 우주선은 이리저리 흔들렸다. 모든 장치가 먹통이었고, 모든 전망 스크린이 깜깜했다. 그들은 컴퓨터에게 물었다. 컴퓨터가 말했다.

"잠시 모든 대화 채널을 닫아서 죄송합니다. 그동안 가벼운 음악이나 들으시지요."

그들은 가벼운 음악을 꺼버렸다.

그들은 점점 더 당황하고 놀라면서 우주선을 샅샅이 살펴보았다.

작동되는 곳은 한 군데도 없었고 사방이 조용했다. 자포드나 마빈의 흔적은 어디에도 없었다.

그들이 마지막으로 확인한 곳은 뉴트리-매틱 기계가 놓여 있는, 기둥 사이의 작은 공간이었다.

뉴트리-매틱 음료 합성기의 배출판에는 작은 쟁반이 하나 놓여 있었고, 그 위에는 세 개의 본차이나 찻잔과 받침, 본차이나 우유 단지, 아서가 마셔본 것 중 최고로 훌륭한 홍차가 그득 담긴 은 주전자, 그리고 '기다리세요'라고 인쇄된 쪽지가 놓여 있었다.

5

혹자는 어사 마이너 베타 행성이, 알려진 우주 공
간에서 가장 섬뜩한 장소 중 하나라고 말한다.

그 행성은 괴로우리만치 부유한 곳이고, 끔찍하게 햇살이 좋은
곳이며, 굉장히 흥미로운 사람들이 석류 열매 안의 씨앗보다도 더
우글우글한 곳이다. 하지만《플레이빙*Playbeing*》최신호가 어떤 기
사에 '어사 마이너 베타가 지긋지긋하게 느껴진다면 당신은 인생
자체에 신물이 난 겁니다'라는 제목을 붙이자 하룻밤 새에 자살률
이 네 배로 증가했다는 것은 무시할 만한 사실이 아니다.

그렇다고 어사 마이너 베타에 밤이 있다는 말은 아니다.

그것은 서쪽 지역의 행성으로, 설명할 수 없는 괴이한 지형상의
변형에 의해 행성 전체가 아열대성 해안으로 이루어져 있다. 그에
못지않게 설명할 수 없고 괴이한 상대적 시간의 변형에 의해, 그 행
성의 시간은 거의 언제나 해안의 바들이 문을 닫기 직전인 토요일

오후였다.

어사 마이너 베타에 거주하는 주요 생명체들은 이에 대해 한 번도 그럴듯한 설명을 내놓은 적이 없다. 그들은 정신적 깨우침을 얻기 위해 수영장 주위를 달리거나 은하계 지형-시간 통제 위원회의 조사빈을 초청해 '멋진 기형적 낮을 누리는' 데 대부분의 시간을 보냈다.

어사 마이너 베타에는 도시가 딱 하나 있는데, 그것이 도시라 불리는 것은 오로지 다른 곳보다 지상에 수영장이 좀더 빽빽하게 있기 때문이다.

공중에서 '빛 시(市)'에 접근하면 —— 다른 식으로 이 도시에 접근할 방법은 없다. 도로도, 항만 시설도 없으니까. 빛 시 주민들은 날아 들어오지 않는 사람은 손님으로 맞이하지 않는다 —— 왜 이 도시가 그런 이름을 갖게 되었는지 알 수 있다. 태양은 그 어느 곳보다 이 도시에서 가장 밝게 빛난다. 햇살은 수영장 위에서 반짝이고, 야자나무들이 늘어선 하얀 대로에 어른거리고, 그 길을 오가는, 조그맣게 보이는 건강하게 그을린 사람들 위에서 반짝이며 부서지고, 빌라들과 흐릿한 비행장들, 해변의 바들 위에서 빛을 발한다.

햇살은 그중 한 빌딩을 유독 밝게 비춘다. 그것은 삼십 층짜리 흰색 건물 두 개로 이루어진 높다랗고 아름다운 빌딩이며, 이 두 건물은 중간쯤에서 다리로 서로 이어져 있다.

그 빌딩은 어떤 책의 본부로, 그 책의 편집진과 어떤 아침 식사용 시리얼 회사 사이의 특이한 저작권 소송에서 나온 수익으로 이곳에 세워졌다.

그 책은 안내서, 여행 안내서다.

그것은 어사 마이너의 대단한 출판사들에서 나온 모든 책들 중 가장 뛰어나고 단연코 가장 성공적인 책에 속했다. 그것은《인생은 오백오십 살부터》보다 더 인기 있고, 엑센트리카 갈룸비츠(에로티콘 제6행성의 가슴 셋 달린 창녀)가 쓴《개인적인 관점에서 본 빅뱅 이론('뱅bang'에는 '성교'라는 뜻도 있다—옮긴이주)》보다 더 잘 팔렸으며, 울론 콜루피드의 최신 초베스트셀러《알고 싶지 않았지만 억지로 알게 된 섹스에 대한 모든 것》보다 더 큰 논쟁을 불러일으켰다.

(은하계의 동쪽 바깥 가장자리에 있는 여유로운 문명계에서는, 모든 지식과 지혜의 표준적인 보고로서 위대한《은하대백과사전》이 차지했던 지위를 이미 이 안내서가 빼앗고 있다. 이 책은 비록 많은 것이 누락되어 있고 출처가 미심쩍은 내용도 많이 담고 있으며, 그게 아니더라도 터무니없이 부정확했지만, 그럼에도 불구하고 더 유서 깊고 단조로운《은하대백과사전》을 두 가지 중요한 점에서 앞서 나가고 있기 때문이다. 첫째로, 이 책의 가격이 조금 더 싸다. 둘째로, 이 책의 표지에는 크고 친근한 서체로 '겁먹지 마세요'라는 말이 적혀 있다.)

그리고 물론 이 책은 알타이리아 달러로 하루 삼십 불도 안 되는 돈으로 알려진 우주 곳곳의 경이를 구경하고 싶어하는 모든 사람들에게는 금쪽 같은 친구다. 이 책은 바로《은하수를 여행하는 히치하이커를 위한 안내서》다.

(당신이 지금쯤 그 도시에 착륙해 수영장에 잠깐 들어갔다가 샤워를 하고 나와 기분 전환이 된 상태라고 가정하고) 당신이 '안내서' 빌딩의 정문 로비를 등지고 서 있다가 동쪽으로 걸어간다고 치자. 그러면 당신은 라이프 대로의 가로수 잎사귀로 그늘진 길을 따라 걸으면서 왼편에 펼쳐진 연한 황금빛 바다에 경탄할 것이고, 이런 건 누워서 떡 먹기라는 듯 파도 위 이 피트 높이에서 태평하게 떠다니는 마인드 서퍼들을 보고 놀랄 것이며, 마침내 낮 시간 내내, 다시 말해 끊임없이 음이 맞지 않는 소리를 흥얼대는 거대한 야자나무들에 약간 짜증이 나게 될 것이다.

그렇게 해서 라이프 대로 끝에 다다르면, 거기서부터는 랄라마틴 구역이 시작된다. 이곳에는 가게들과 볼로넛 나무, 그리고 UM-베타인들이 힘들었던 오후의 해변 휴식을 마치고 쉬러 오는 노상 카페들이 늘어서 있다. 랄라마틴 구역은 영원한 토요일 오후가 아닌 얼마 안 되는 지역 중 하나다. 대신 거기에는 영원한 토요일 이른 아침의 신선함이 있다. 그 뒤로는 나이트 클럽들이 늘어서 있다.

만일 이 특정한 낮에, 오후에, 저녁 시간의 연속에 ── 뭐라고 부르든 상관없다 ── 당신이 오른쪽에서 두 번째 노상 카페에 다가갔다면, 흔히 보는 UM-베타인 한 무리가 굉장히 느긋한 자세로 앉아 잡담을 나누고, 음료를 마시고, 서로의 손목시계가 얼마나 비싼 건지 슬쩍 들여다보는 모습이 보였을 것이다.

또한 당신은 알골 행성 출신의 부스스한 히치하이커 두 명을 만

낳을 것이다. 그들은 며칠 동안 고생고생하면서 아크투란 메가 화물선을 타고 와 최근에 이 행성에 도착했다. 그들은 '은하수를 여행하는 히치하이커를 위한 안내서' 빌딩이 보이는 이 자리에서는 단순한 과일 주스 한 잔이 육십 알타이리아 달러가 넘는다는 것을 알고는 분개하며 당황해하고 있었다.

"배신이야." 그중 한 명이 씁쓸하게 말했다.

만약 당신이 바로 그 순간 그 옆 테이블을 봤다면, 자포드 비블브락스가 굉장히 놀라서 당황해하며 앉아 있는 모습을 봤을 것이다.

그가 당황스러워하는 것은, 불과 오 초 전까지만 해도 그는 순수한 마음 호의 브리지에 앉아 있었기 때문이었다.

"완벽한 배신이라고." 다시 그 목소리가 말했다.

자포드는 옆 테이블에 앉아 있는 부스스한 히치하이커 두 명을 불안스레 곁눈질했다. 도대체 여기가 어디지? 어떻게 여기 온 서지? 내 우주선은 어디 있지? 그는 손으로 자신이 앉아 있는 의자의 팔걸이를 만져보고 앞에 놓인 테이블을 만져봤다. 그것들은 충분히 단단한 것 같았다. 그는 꼼짝도 않고 앉아 있었다.

"어떻게 이런 곳에 앉아 히치하이커를 위한 안내서를 쓸 수가 있지? 저걸 좀 봐, 보라고!" 같은 목소리가 계속 말했다.

자포드는 그곳을 바라봤다. 좋은 곳이군, 그는 생각했다. 하지만 어디일까? 그리고 왜일까?

그는 호주머니를 뒤져 선글라스 두 개를 찾아냈다. 그 호주머니 안에는 딱딱하고 매끈한, 정체를 알 수 없는 굉장히 묵직한 쇳덩어리도 하나 들어 있었다. 그는 그것을 꺼내 살펴보았다. 그러고는 깜짝 놀라 눈을 깜박거렸다. 이게 어디서 났지? 그는 그것을 호주머니에 도로 넣고 선글라스들을 썼다. 자포드는 쇳덩이 때문에 렌즈 하나에 흠집이 난 것을 보고 화가 났다. 그래도 선글라스를 쓰고 있으니 훨씬 기분이 편했다. 그가 쓴 두 개의 선글라스는 주 잔타 200 슈퍼-크로매틱 위험 감지 선글라스였다. 이는 사람들이 위험에 대해서 보다 편안한 태도를 가질 수 있도록 특별히 디자인된 선글라스였다. 문제가 생길 것 같은 기미가 조금이라도 감지되면 그 선글라스는 완전히 깜깜하게 변해서, 놀랄 만한 일은 아무것도 볼 수 없게 만들었다.

흠집을 제외하고는 렌즈는 깨끗했다. 그는 마음을 놓았지만, 아주 조금뿐이었다.

성난 히치하이커는 무지막지하게 비싼 과일 주스를 계속 노려보고 있었다.

"《안내서》에 일어난 일 중 최악의 사건은 어사 마이너 베타로 이사한 거야. 사람들이 물렁해졌다고. 난 심지어 그 사람들이 사무실 하나에다 전자 합성으로 우주 전체를 만들어뒀다는 말도 들었어. 낮 동안은 거기 가서 이야깃거리를 연구하고 그러고도 밤에는 파티에 갈 수 있도록 말이지. 뭐, 이곳에서 낮과 밤이 대단한 의미가 있는 건 아니지만." 그가 으르렁거리듯 말했다.

어사 마이너 베타로군, 자포드는 생각했다. 이제 적어도 자신이 어디에 있는지는 알 수 있었다. 그는 이것이 자신의 증조부가 한 짓이 틀림없다고 생각했다. 하지만 왜?

더욱 짜증나게도, 한 가지 생각이 불쑥 그의 마음에 떠올랐다. 그것은 매우 확실하고 명백한 생각이었고, 이제 그는 이 생각들을 있는 그대로 알아보는 단계에 와 있었다. 그는 본능적으로 그 생각에 저항했다. 그것은 그의 마음속 어두운 폐쇄 구역에서 튀어나오는, 예정된 암시들이었다.

그는 꼼짝 않고 앉아 분노에 차서 그 생각을 무시했다. 하지만 그 생각은 그를 괴롭혔다. 그는 무시했다. 생각이 그를 괴롭혔다. 그는 무시했다. 생각이 그를 괴롭혔다. 그는 항복했다.

젠장, 그냥 흘러가는 대로 가보자, 그는 생각했다. 반항하기에는 너무 피곤하고 혼란스럽고 배가 고팠다. 그는 그 생각이 무엇을 뜻하는지조차 몰랐다.

6

"여보세요? 예, 메가도도 출판삽니다. 알려진 우주 전체에서 전적으로 가장 훌륭한 책인 《은하수를 여행하는 히치하이커를 위한 안내서》의 본부죠. 뭘 도와드릴까요?" 《은하수를 여행하는 히치하이커를 위한 안내서》 본부 로비의 넓은 크롬 안내 데스크를 따라 길게 놓인 칠십 대의 전화기 중 하나에다 대고 분홍색 날개를 단 커다란 곤충이 말했다. 곤충은 날개를 퍼덕거리며 눈알을 굴렸고, 카펫을 더럽히고 손잡이에 더러운 손자국을 남기면서 어수선하게 로비로 들어오는 지저분한 사람들을 노려봤다. 그 곤충은 《은하수를 여행하는 히치하이커를 위한 안내서》를 위해 일하는 것을 좋아했다. 다만 저 모든 히치하이커들을 이곳에 들어오지 못하게 할 방법이 있었으면 하고 바랐다. 저 사람들은 더러운 우주 공항 같은 데서 기웃거리고 있어야 하지 않나? 곤충은 지저분한 우주 공항을 기웃거리는 것이 얼마나 중요한 일인지에 대해 그 책 어딘가에서 분명 읽은 적이 있었다. 불행히도, 그들 대부분은 엄청나게 더러운 우주 공항을 기웃거린 다음, 곧바로 이 멋지고 깨끗하고 윤기 나는 로비로 몰려와 기웃거리는 것 같았다. 그러고는 온통 불평을 늘어놓는 것이었다. 곤충은 날개를 부르르 떨었다.

"뭐라고요? 예, 선생님 메시지를 자니우프 씨에게 전달했습니다만, 그분은 현재 선생님을 만나기엔 너무 멋진 시간을 보내고 계십니다. 지금 은하 간 크루즈 중이시거든요." 곤충이 수화기에 대고 말했다.

곤충은, 화를 내며 자신의 주목을 끌어보려 애쓰는 지저분한 사람들 중 하나에게 짜증스레 촉수를 내둘렀다. 짜증 섞인 촉수는 화내는 사람에게 왼쪽 벽에 붙은 공고를 보라고, 중요한 전화를 방해하지 말라고 손짓했다.

"그렇습니다. 그분은 지금 사무실에 계시지만, 은하 간 크루즈 중이십니다. 전화 주셔서 감사합니다." 곤충이 수화기를 쾅 하고 내려놓았다.

"저 공고를 읽어보세요." 책에 담겨 있는 더 멍청하고 위험한 틀린 정보들 중 하나에 대해 불평하려 하는 화난 사람에게 그것이 말했다.

《은하수를 여행하는 히치하이커를 위한 안내서》는 무한하게 복잡하고 혼란스러운 우주 속에서 인생을 이해해보고자 애쓰는 사람에게는 없어서는 안 될 지침서다. 비록 이 책이 모든 문제에 대해 쓸모가 있고 정보를 줄 수 있기를 기대할 수는 없지만, 적어도 이 책은 이런 든든한 주장은 한다. 즉, 이 책에 틀린 곳이 있을 때는, 적어도 '결정적으로' 틀렸다는 것이다. 중요한 오류가 있을 경우, 잘못된 쪽은 항상 현실이다.

이것이 바로 그 공고의 요점이었다. 공고에는 이렇게 적혀 있었다. 《안내서》가 결정판입니다. 현실이 종종 부정확합니다.'

이것은 몇몇 흥미진진한 결과를 가져왔다. 예를 들어, 한번은 《안내서》의 편집진이, 트랄 행성에 관한 항목을 문자 그대로 해석한 탓에 죽은 사람들의 가족들에게 고소를 당했다(거기에는 '트랄 행성의 레이브너스 버그블래터 비스트들은 종종 여행자들을 맛좋은 식사거리로 삼는다' 대신 '트랄 행성의 레이브너스 버그블래터 비스트들은 종종 여행자들의 맛좋은 식사거리가 된다'라고 적혀 있었다). 그때 《안내서》의 편집진은 두 번째 문장이 미학적으로 더 훌륭하다고 주장하면서, 적당한 시인을 증인으로 소환해 아름다움이 진실이며 진실이 아름다움이라고 증언하게 했다. 그리고 이를 통해 이 사건에 있어서 죄인은 아름답지도 진실되지도 못한 삶 그 자체라는 것을 증명하고자 했다. 재판장은 이에 동의했다. 그리고 감동적인 연설을 통해 삶 자체가 법정 모독죄를 범했다고 판결을 내리고는, 법정에 출두한 모든 이들에게서 지체 없이 삶을 몰수해버렸다. 그런 뒤 그는 상쾌한 저녁 울트라골프를 즐기기 위해 법정을 떠났다.

자포드 비블브락스가 로비에 들어섰다. 그는 곤충 접수원에게 성큼성큼 다가갔다.

"이봐, 자니우프 어딨어? 자니우프를 불러줘." 그가 말했다.

"뭐라고요, 선생님?" 곤충이 쌀쌀맞게 대꾸했다. 곤충은 이런 식으로 대접받는 게 싫었다.

"자니우프 말이야. 그를 불러줘. 알겠어? 지금 당장 불러와."

"저, 선생님, 조금만 진정하시고……." 그 연약하고 작은 생물이 말을 가로챘다.

"이봐, 나는 지금 머리끝까지 차갑다고, 알겠어? 너무너무 차가워서 고깃덩어리를 한 달 동안이나 내 속에 보관할 수 있을 정도야. 너무 '힙hip'(hip은 엉덩이라는 뜻이기도 하고, 멋지다는 의미에서의 cool의 유의어이기도 하다―옮긴이주)해서 골반 너머는 잘 보이지도 않는다고. 자, 내가 다 날려버리기 전에 좀 움직여보시지?" 자포드가 말했다.

"저, 제 설명 좀 들어보세요, 선생님. 죄송하지만, 지금 당장은 그게 가능하지 않거든요. 자니우프 씨는 현재 은하 간 크루즈 중이시란 말이에요." 곤충이 자기 촉수 중에서 가장 짜증스러운 촉수를 들어 톡톡 치면서 말했다.

빌어먹을, 자포드는 생각했다.

"언제 돌아올 예정이지?" 그가 말했다.

"돌아온다고요, 선생님? 그분은 지금 사무실에 계세요."

자포드는 잠깐 말을 멈추고 이 별난 생각을 정리해보려 했다. 그는 성공하지 못했다.

"그 녀석이 자기 사무실 안에서……은하 간 크루즈 중이라고?"

그는 몸을 앞으로 내밀어 책상을 두드리고 있는 촉수를 붙잡았다.

"이봐, 세눈박이, 나보다 기괴하려고 해봤자 소용없어. 난 너보다 더 괴상한 것들을 아침 시리얼이랑 같이 공짜로 얻거든."

"이봐요, 당신 도대체 뭐예요?" 곤충은 화가 나서 날개를 파르르 떨며 버둥거렸다. "당신이 뭐 자포드 비블브락스라도 되는 줄 알아요?"

"내 머리 수를 세어봐." 자포드가 나지막한 쉰 목소리로 말했다.

곤충은 눈을 깜박거리며 그를 쳐다봤다. 다시 한번 눈을 깜박거리며 그를 쳐다봤다.

"당신이 자포드 비블브락스인가요?" 그것이 깩깩거리며 말했다.

"그래. 하지만 소리는 지르지 마. 그럼 모두 날 잡으려 할 테니." 자포드가 말했다.

"그 자포드 비블브락스라고요?"

"아니, 그냥 자포드 비블브락스……내가 여섯 개짜리 팩으로 나온다는 얘기 못 들었나?"

곤충은 흥분해서 촉수들을 마구 휘저어댔다.

"하지만 선생님, 지금 방금 서브-에서 라디오 뉴스에서 들었는데, 돌아가셨다고 하던데요……." 곤충이 깩깩 우는 소리를 냈다.

"그래, 맞아. 아직 움직이는 걸 멈추지 않았을 뿐이지. 자, 어디 가면 자니우프를 볼 수 있지?" 자포드가 말했다.

"저어, 선생님, 그분의 사무실은 십오 층에 있어요. 하지만……."

"하지만 은하 간 크루즈 중이시라 이거지? 알았어, 알았다고. 어떻게 찾아가지?"

"새로 설치된 시리우스 사이버네틱스 주식회사의 '행복한 수직 인간 운반기'가 저쪽 코너에 있어요. 한데 선생님……."

그리로 가려고 몸을 돌리던 자포드가 다시 돌아섰다.

"왜?" 그가 말했다.

"왜 자니우프 씨를 만나려 하시는지 여쭤봐도 될까요?"

"음." 자포드가 말했다. 이 점에 대해서는 그 자신도 이유를 분명히 알지 못했다. "그래야 한다고 나 자신에게 말했기 때문이지."

"다시 오실 거죠, 선생님?"

자포드가 음모라도 꾸미는 듯이 몸을 앞으로 기울였다.

"나는 방금 난데없이 이곳 카페 중 하나에 체현(體現)되었어. 내 증조부의 유령과 논쟁을 벌인 결과로 말이야. 내가 거기 도착하자마자 내 두뇌를 수술했던 예전의 내가 내 머릿속에 불쑥 나타나서는 이렇게 말하더라고. '가서 자니우프를 만나라.' 나는 그런 녀석은 이름도 들어본 적이 없는데 말이야. 그게 내가 아는 전부야. 그거랑 우주를 지배하는 사람을 찾아야 한다는 것, 그게 다야."

그는 윙크를 했다.

"비블브락스 선생님, 선생님은 너무 괴상하셔서 영화에 출연하셔도 될 것 같아요." 곤충이 경외심에 차서 말했다.

"그래. 그리고 그대는 현실 세계에 있어야 할 것 같군." 자포드가 곤충의 반짝거리는 분홍빛 날개를 토닥거리며 말했다.

곤충은 흥분을 가라앉히기 위해 잠시 가만히 있다가 전화를 받으려고 촉수 하나를 내밀었다.

금속 손 하나가 그것을 제지했다.

"실례해요." 금속 손의 소유자가 말했다. 좀더 감성적인 기질의 곤충이라면 그 목소리에 울음이라도 터뜨릴 법했다.

이 곤충은 그런 부류가 아니었다. 게다가 이 곤충은 로봇을 끔찍이 싫어했다.

"예, 선생님, 뭘 도와드릴까요?" 곤충이 딱딱거리며 말했다.

"과연 그럴 수 있을까요?" 마빈이 말했다.

"뭐 그러시다면, 죄송합니다만……."

전화기 여섯 대가 울리고 있었다. 곤충이 돌봐야 할 일이 백만 가지가 밀려 있었다.

"누구도 절 도울 수는 없어요." 마빈이 읊조렸다.

"알았습니다. 선생님, 그럼……."

"도와주려는 사람들이 없었다는 건 물론 아니에요."

제지하던 금속 손이 마빈의 옆구리로 힘없이 떨어졌다. 그의 머리는 아주 약간 앞으로 숙여졌다.

"그렇습니까?" 곤충이 가시 돋친 목소리로 말했다.

"천한 로봇 따위를 돕는 건 시간 낭비죠. 안 그래요?"

"그럼 죄송하지만……."

"감사를 표하는 회로도 없는 로봇한테 친절하게 굴거나 도움을 줘서 무슨 이익이 있겠어요?"

"그럼 그런 회로가 없단 말이에요?" 곤충은 이 대화에서 빠져나오지 못하며 말했다.

"아직 확인해볼 기회가 없었어요." 마빈이 대답했다.

"이봐요, 잘못 조립된 불쌍한 쇳덩이 양반……."

"내가 뭘 원하는지 안 물어볼 건가요?"

곤충은 침묵했다. 그것의 길고 가느다란 혀가 불쑥 튀어나와 눈들을 핥더니 다시 쏙 들어갔다.

"그럴 가치가 있나요?" 곤충이 물었다.

"뭔들 그런가요?" 마빈이 즉시 되받아쳤다.

"뭘……원하는데요?"

"사람을 찾고 있어요."

"누군데요?" 곤충이 말했다.

"자포드 비블브락스요. 저기 있네요." 마빈이 말했다.

곤충은 분노로 몸을 부르르 떨었다. 말도 제대로 나오지 않았다.

"알면서 왜 내게 묻는 거죠?" 곤충이 소리를 질렀다.

"그냥 대화할 상대가 필요해서요." 마빈이 말했다.

"뭐라고요!"

"애처롭죠, 안 그래요?"

기어가 서로 갈리는 삐걱 소리를 내며 마빈은 뒤로 돌아 터덜터덜 걸어갔다. 그는 엘리베이터로 다가가고 있는 자포드를 따라잡았다. 자포드가 놀라서 획 돌아섰다.

"어……마빈? 마빈! 여기 어떻게 왔어?" 자포드가 말했다.

마빈은 억지로라도 뭔가 대답해야 했지만, 그건 대단히 힘들었다.

"저도 몰라요."

"하지만……."

"한순간 전 매우 우울한 기분으로 당신 우주선에 앉아 있었어요. 그런데 다음 순간 더 이상 비참할 수 없는 기분으로 여기 서 있더군요. 아무래도 불가능 확률 자장 때문인 것 같아요."

"그래. 내 증조부님이 너를 내 동행으로 보내주신 것 같구나." 자포드가 말했다.

"대단히 고맙습니다, 할아버지." 그가 작은 목소리로 덧붙였다.

"그래서 기분은 어때?" 자포드가 이번에는 큰 소리로 말했다.

"아, 좋아요. 저 자신인 것을 좋아할 수 있다면요. 개인적으로 전 싫지만." 마빈이 말했다.

"그래, 그래." 엘리베이터 문이 열리는 걸 보며 자포드가 말했다.

"안녕하세요?" 엘리베이터가 상냥하게 말했다. "저는 여러분이 선택하신 층까지 여러분을 모실 엘리베이터입니다. 저는 시리우스 사이버네틱스 주식회사에서 여러분, '은하수를 여행하는 히치하이커를 위한 안내서'를 방문하신 손님들을 사무실까지 모셔다 드리기 위해 제작되었습니다. 저희가 보장하는 신속하고 즐거운 탑승이 마음에 드신다면, 은하 세무서와 부빌루 유아식, 그리고 시리안 국립 정신병원 건물에 새로 설치된 다른 엘리베이터들도 타보십시오. 그 병원에 가시면 여러분의 방문과 동정심, 바깥 세상의 즐거운 이야기들을 고대하고 있는 전(前) 사이버네틱스 주식회사 중역들이 여러분을 환영할 것입니다."

"알았어. 말하는 거 말고 또 뭘 할 수 있지?" 자포드가 안으로 들어서며 말했다.

"저는 올라가거나 내려갑니다." 엘리베이터가 말했다.

"좋아. 우린 올라간다." 자포드가 말했다.

"또는 내려가시고요." 엘리베이터가 그에게 상기시켜주었다.

"그래, 알았어, 올라가줘."

잠시 침묵이 흘렀다.

"내려가시는 것도 아주 좋은데요." 엘리베이터가 희망에 찬 어조로 제안했다.

"아, 그래?"

"굉장해요."

"좋아. 그럼 이제 위로 올라갈까?" 자포드가 말했다.

"내려갔을 때 얻을 수 있는 모든 가능성들을 다 고려해보셨는지 여쭤봐도 될까요?" 엘리베이터가 극도로 상냥하고 합리적인 목소리로 물었다.

자포드는 머리 하나를 엘리베이터 벽에 갖다 박았다. 이런 건 필요 없어, 그는 생각했다. 정말이지 그는 이런 일을 겪어야 할 필요가 없었다. 여기 보내달라고 청한 적도 없었다. 지금 이 순간 어디에 있고 싶으냐는 질문을 받는다면, 그는 적어도 오십 명의 아름다운 여자들과 그에게 친절하기 위한 새로운 방법을 연구하는 일군의 전문가들에게 둘러싸여 해변에 누워 있고 싶다고 말할 것이었다. 그는 이런 질문에는 늘 그런 식으로 대답했다. 여기에 열띤 음식론을 덧붙일 수도 있을 터였다.

그가 하고 싶지 않은 일은 우주를 지배하는 사람을 쫓아다니는 것이었다. 그 사람은 그냥 일자리를 잃기 싫어하면서 자기 일을 하고 있는 것일 수도 있다. 그가 하지 않으면 다른 사람이 할 테니까. 하지만 무엇보다도 그는 사무실 건물에서 엘리베이터와 입씨름을 하며 서 있고 싶지 않았다.

"어떤 가능성들 말이야?" 그가 지친 목소리로 물었다.

"그러니까……." 그 목소리는 비스킷 위에 떨어지는 꿀처럼 조금씩 조금씩 흘러나왔다. "지하실이 있고요, 마이크로 파일들이 있고요, 또 난방 시스템이 있고요……음……."

목소리가 멈췄다.

"특별히 흥미로운 건 없어요. 하지만 그게 올라가는 것 대신 할 수 있는 일이긴 하죠." 그것이 인정했다.

"자쿠온이시여, 제가 언제 실존주의적인 엘리베이터를 달라고 했나요?" 자포드가 중얼거렸다. 그리고 벽을 주먹으로 때렸다.

"이 물건에 도대체 무슨 문제가 있는 거야?" 그가 내뱉었다.

"올라가고 싶지 않은 거예요. 겁이 나는 모양인데요." 마빈이 간결하게 대꾸했다.

"겁이 나? 뭐가? 높은 곳이? 고소공포증 엘리베이터라고?" 자포드가 소리쳤다.

"아니요, 미래가요……." 엘리베이터가 가련하게 말했다.

"미래라고? 이 거지 같은 게 뭘 원하는 거야? 연금이라도 원하나?" 자포드가 고함을 질렀다.

바로 그때 그들 뒤편의 리셉션 홀에서 소동이 벌어졌다. 주위의 벽들에서 갑자기 기계들이 작동하는 소리가 들려왔다.

"우리는 모두 미래를 내다볼 수 있어요. 우리 프로그램의 일부죠." 엘리베이터가 공포에 질린 듯한 목소리로 말했다.

자포드는 엘리베이터 밖을 내다보았다. 흥분한 사람들이 엘리베이터 구역 주위에 모여들어 손가락질을 하며 소리를 질러대고 있었다.

건물 내에 있는 엘리베이터들은 모두 매우 빠른 속력으로 내려오고 있었다.

자포드는 엘리베이터 밖으로 내밀었던 머리를 다시 잽싸게 안으로 들여놓았다.

"마빈, 이 엘리베이터를 올라가게 할 수 있지? 우린 자니우프한테 가야 해." 그가 말했다.

"왜요?" 마빈이 우울하게 말했다.

"나도 몰라. 하지만 그 사람을 만나면, 내가 그를 만나고자 하는 그럴듯한 이유를 그가 설명해줄 거야." 자포드가 말했다.

현대의 엘리베이터들은 이상하고 복잡한 존재다. 옛날의 전동식 윈치나 최대 팔인승 승강기와 시리우스 사이버네틱스 주식회사의 '행복한 수직 인간 운반기'는 혼합 땅콩 한 봉지와 시리안 국립 정신병원의 서쪽 병동 전체만큼이나 서로 관계가 없다.

이는, 이 현대의 엘리베이터들이 '초점이 안 맞는 시간 인식'이라는 이상한 원리에 따라 작동하기 때문이다. 다시 말하자면, 이들은 가까운 미래를 희미하게 볼 수 있는 능력을 가지고 있다. 그래서 엘리베이터는 승객이 엘리베이터를 타야지 하고 생각도 하기 전에 그를 태우러 그 층으로 간다. 덕분에, 예전에 사람들이 엘리베이터를 기다리면서 어쩔 수 없이 해야만 했던 지루한 잡담과 휴식, 친구 사귀기 등은 이제 다 필요 없는 일이 되어버렸다.

그 자연스러운 결과로, 지성과 예지력을 갖춘 많은 엘리베이터들은 그저 위로 아래로, 위로 아래로 왔다 갔다 할 뿐인 단순한 일에 좌절했다. 그래서 그들은 일종의 실존주의적 저항의 표시로 잠깐씩 옆으로 가는 실험을 하기도 하고, 의사 결정 과정에 참여하기를 요구하기도 하다가, 결국엔 뾰로통하게 지하실에 쭈그려 있기로 결심했다.

요즘에 시리우스 성단의 행성을 방문하는 가난뱅이 히치하이커들이라면 노이로제에 걸린 엘리베이터들에게 상담을 해줘서 쉽게 돈을 벌 수도 있다.

십오 층에서 엘리베이터 문이 활짝 열렸다.

"십오 층입니다. 알아두세요, 이건 단지 당신 로봇이 맘에 들어서 한 일입니다." 엘리베이터가 말했다.

자포드와 마빈이 엘리베이터에서 허둥지둥 내리자, 엘리베이터는 즉시 문을 잽싸게 닫더니 가능한 최고의 속도로 내려가버렸다.

자포드는 주의 깊게 주변을 둘러보았다. 복도는 사람 하나 없이 조용했다. 자니우프가 어디 있는지는 도대체 알 길이 없었다. 복도로 난 문들은 모두 아무 표시 없이 꼭 닫혀 있었다.

그들은 한쪽 건물에서 다른 쪽 건물로 이어지는 다리 근처에 서 있었다. 커다란 창을 통해 어사 마이너 베타의 찬란한 태양이 쏟아져 들어왔고 그 빛 속에서 조그마한 먼지 조각들이 춤을 추고 있었다. 잠시 그림자가 스치고 지나갔다.

"엘리베이터가 우리를 곤경에 빠뜨렸군." 자포드가 극도로 저조한 기분으로 중얼거렸다.

그들은 함께 서서 양 방향을 바라봤다.

"뭐 좀 알겠어?" 자포드가 마빈에게 말했다.

"당신이 상상하는 것보다 훨씬 많이요."

"내 장담하는데, 이 빌딩이 원래 이렇게 흔들리는 건 아닐걸." 자포드가 말했다.

그는 발바닥에 미세한 진동이 지나가는 걸 느낄 수 있었다. 그리고 한번 더. 햇살 속의 먼지 조각들이 더 신나게 춤을 췄다. 또 한번 그림자 하나가 스치고 지나갔다.

자포드는 바닥을 내려다보았다.

"둘 중에 하나야." 그가 말했지만 별로 확신에 찬 목소리는 아니었다. "일하는 동안 근육을 강하게 해주려고 무슨 진동 시스템을 설치했거나, 아니면……."

그는 창가로 다가가다 갑자기 휘청거렸다. 그 순간 그의 주 잔타 200 슈퍼-크로매틱 위험 감지 선글라스가 완전히 깜깜해져버렸기 때문이다. 거대한 그림자 하나가 날카롭게 웅 하는 소리를 내며 창가를 스쳐 지나갔다.

지포드는 선글라스를 홱 벗었다. 바로 그 순간 빌딩이 천둥 같은 소리를 내며 크게 흔들렸다. 그는 창가로 달려갔다.

"아니면, 빌딩이 폭격을 당하고 있거나!" 자포드가 말했다.

다시 한번 천둥 같은 소리가 빌딩을 뒤흔들었다.

"이 은하계에서 누가 출판사 건물을 폭격하고 싶어할까?" 자포드가 물었다.

하지만 바로 그 순간 빌딩이 또 한 차례의 폭격으로 크게 흔들렸기 때문에 마빈의 대답은 들리지 않았다. 자포드는 휘청거리며 다시 엘리베이터로 돌아가려 했다. 소용없는 짓이라는 걸 알았지만, 다른 방도가 생각나지 않았다.

갑자기 오른쪽으로 구부러진 복도 끝에서 누군가 쓱 나타나는 것이 자포드의 눈에 들어왔다. 그 남자도 자포드를 봤다.

"비블브락스, 이쪽이야!" 그가 소리쳤다.

자포드가 그를 의심스러운 눈초리로 보고 있을 때 또 한 차례 폭격이 빌딩을 뒤흔들었다.

"싫어. 난 비블브락스야! 당신은 누구야?" 자포드가 외쳤다.

"친구!" 남자가 외치더니 자포드를 향해 달렸다.

"오, 그래? 특정인의 친구야, 아니면 일반적으로 사람들에게 두

루 잘해준다는 의미에서의 친구야?" 자포드가 말했다.

남자가 복도를 달려왔다. 그의 발 아래에서 복도가 미친 담요처럼 날뛰었다. 그는 땅딸막하고 햇빛에 그을린 모습이었으며, 그의 옷은 마치 은하계를 두 바퀴 정도는 돌고 돌아온 사람이 입고 있는 옷 같았다.

"알고 있어? 당신 빌딩이 지금 폭격당하고 있다는 거?" 그가 도착하자 자포드가 그의 귀에 대고 소리쳤다.

남자는 알고 있다는 표시를 했다.

갑자기 빛이 사라졌다. 무슨 일인가 하고 창 쪽으로 고개를 돌린 자포드는 거대한 괄태충 모양의 청록색 우주선이 빌딩을 가로질러 허공을 나는 것을 보고 입이 쩍 벌어졌다. 그 뒤로 두 대가 더 지나갔다.

"자네가 내팽개친 정부가 자네를 잡으러 왔어, 자포드. 그들은 프로그스타 전투기 비행 대대를 보냈어." 남자가 소리 죽여 말했다.

"프로그스타 전투기! 자쿠온이시여!" 자포드가 중얼거렸다.

"이제 상황을 알겠나?"

"그런데 프로그스타 전투기가 뭐지?"

자포드는 대통령이었을 때 누군가 그것에 대해 이야기하는 걸 틀림없이 들어봤겠지만, 당시 그는 공식 업무에 그다지 주의를 기울이지 않았다.

남자가 자포드를 어떤 문 안으로 잡아끌었다. 그는 따라 들어갔다. 작고 검은 거미처럼 생긴 물체가 귀가 먹먹할 정도로 날카로운 소리를 내며 허공을 가르더니 복도 아래쪽으로 사라져갔다.

"방금 그게 뭐였지?" 자포드가 소리 죽여 말했다.

"프로그스타 스카우트 로봇 클래스 A가 자넬 찾고 있는 거지." 남자가 말했다.

"어, 그래?"

"머리 숙여!"

반대쪽에서 더 커다란 검은 거미 모양의 물체가 나타났다. 그것이 그들을 획 지나갔다.

"저건 또……?"

"프로그스타 스카우트 로봇 클래스 B가 자넬 찾고 있는 거야."

"그럼 저건?" 자포드가 공중을 가로질러 날아가는 세 번째 물건을 보고 말했다.

"프로그스타 스카우트 로봇 클래스 C가 자넬 찾고 있는 거야."

"여어, 꽤 멍청한 로봇들이구면, 응?" 자포드가 혼자 키득거리며 말했다.

다리 건너에서 우르르 하는 묵직한 소음이 들렸다. 거대한 검은 물체가 반대쪽 빌딩으로부터 건너오고 있었다. 탱크 정도의 크기와 모양을 한 물건이었다.

"맙소사, 저건 또 뭐야?" 자포드가 숨을 몰아 쉬었다.

"탱크. 프로그스타 스카우트 로봇 클래스 D가 자넬 잡으러 온 거야." 남자가 말했다.

"떠나는 게 좋지 않을까?"

"그러는 게 좋겠지."

"마빈!" 자포드가 소리쳤다.

"뭘 원하세요?"

마빈이 복도 아래쪽 파편 더미에서 몸을 일으켜 그들을 바라보았다.

"저기 우리한테 오는 로봇이 보이지?"

마빈은 다리를 건너 자신들을 향해 천천히 다가오고 있는 거대한 검은 물체를 보았다. 그리고 자신의 자그마한 금속 몸체를 내려다보았다. 그리고 다시 머리를 들어 탱크를 바라보았다.

"저더러 저걸 세우라는 말씀이지요?" 그가 말했다.

"그래."

"당신이 달아나는 동안에요."

"그래. 저리 나가봐!" 자포드가 말했다.

"제 분수를 아는 한 어쩔 수 없겠죠." 마빈이 말했다.

남자가 자포드의 팔을 끌어당기자, 자포드는 그를 따라 복도 아래쪽으로 내려갔다.

이 시점에 그는 핵심적인 사안에 생각이 미쳤다.

"어디로 가는 거지?" 그가 말했다.

"자니우프의 사무실."

"지금 약속 같은 걸 지키고 있을 때야?"

"어서 와."

ㄱ

마빈은 다리 끝에 서 있었다. 사실 그는 특별히 덩치가 작은 로봇은 아니었다. 그의 은빛 몸체는 먼지 자욱한 햇살 속에서 빛나고 있었고, 여전히 빌딩을 향해 쏟아지는 포화로 인해 떨리고 있었다.

하지만 그의 앞에 굴러와 멈춰 선 거대한 검은 탱크에 비하면 그는 불쌍하리만치 작아 보였다. 탱크는 탐침을 내밀어 그를 검사했다. 그러고는 탐침을 거둬들였다.

마빈은 거기 서 있었다.

"길을 비켜라, 꼬마 로봇." 탱크가 호통을 쳤다.

"미안하지만, 난 너를 멈추게 하려고 여기 남겨진걸." 마빈이 말했다.

탱크가 다시 탐침을 내밀어 재빨리 재확인을 했다. 그리고 다시 거두었다.

"네가? 날 막겠다고? 해보시지!" 탱크가 으르렁거렸다.

"정말이라니까." 마빈이 간결하게 대꾸했다.

"무슨 무기가 있는데?" 탱크가 믿을 수 없다는 듯 으르렁댔다.

"맞혀봐." 마빈이 말했다.

탱크의 엔진이 우르르 소리를 내며 움직였다. 기어들이 삐걱거리며 돌아갔다. 그것의 마이크로 두뇌 깊숙이에서 분자 크기의 전자 중계 장치들이 깜짝 놀라 앞뒤로 뛰어다녔다.

"맞혀보라고?" 탱크가 말했다.

자포드와 아직 이름이 밝혀지지 않은 남자는 비틀거리며 복도 하나를 따라 올라가서 두 번째 복도를 내려왔고, 세 번째 복도를 따라 걸어갔다. 빌딩이 계속해서 흔들리자, 자포드는 이상하다는 생각이 들었다. 빌딩을 날려버릴 생각이라면 왜 당장 해치우지 않는 걸까?

그들은 아무 표시도 되어 있지 않은 수많은 문들 중 하나에 어렵사리 도착해 거기에 몸을 던졌다. 문이 갑자기 덜컥 열리자 그들은 방 안으로 쓰러졌다.

이 모든 여정, 이 모든 고생, 해변에 누워 멋진 시간을 만끽하는 것을 방해하는 이 모든 일들은 다 무엇 때문일까, 자포드는 생각했다. 그곳은 의자 하나와 책상 하나, 그리고 더러운 재떨이 하나만 달랑 놓인, 아무 장식도 없는 사무실이었다. 책상 위에는 춤추는 먼지 약간과 혁명적으로 새로운 형태의 페이퍼클립 하나 외에는 아무엇도 없었다.

"자니우프는⋯⋯어디 있는 거야?" 자포드가 말했다. 그는 이 모든 일의 요점이 제대로 파악되지도 않았지만 그나마 이해한 것조차 자기 손아귀에서 빠져나가기 시작하는 느낌이었다.

"그는 은하 간 크루즈 중이지." 남자가 말했다.

자포드는 이 사람을 제대로 파악해보려 했다. 진지한 타입에다 유머 감각이라곤 전혀 없을 것 같았다. 아마도 그는 시간의 상당 부분을 복도들을 위아래로 뛰어다니고 문을 부수고 빈 사무실에서 알 수 없는 소리들을 하며 보낼 것이다.

"내 소개를 하지. 내 이름은 루스타. 그리고 이게 내 타월이야." 남자가 말했다.

"안녕, 루스타." 자포드가 말했다.

"안녕, 타월?" 루스타가 낡고 더러운 꽃무늬 타월을 내밀자 그가 덧붙였다. 타월과 어떻게 인사해야 할지 몰라서 그는 한쪽 끝을 잡고 악수를 했다.

창밖에서는 거대한 괄태충같이 생긴 청록색 우주선 한 대가 으르렁거리며 지나갔다.

"그래, 어서 맞혀봐. 넌 절대 못 맞힐걸." 마빈이 그 커다란 전투 기계에게 말했다.

"에에음음음⋯⋯레이저빔?" 생각이라는 익숙지 않은 일을 하느라 온몸을 떨며 기계가 말했다.

마빈이 엄숙하게 고개를 저었다.

"아니로군. 그럼 너무 뻔하지. 반물질 광선?" 기계가 목청 깊은 곳에서 울려 나오는 소리로 중얼거렸다.

"그건 더 뻔해." 마빈이 깨우쳐줬다.

"그렇군. 에에······ 그렇다면 전자 충격포?" 기계는 조금 창피해 하며 으르렁거렸다.

마빈은 처음 듣는 소리였다.

"그게 뭔데?"

"이런 거야." 기계가 열의에 차서 말했다.

그것의 포탑에서 날카로운 포크 같은 것이 나오더니 치명적인 광선 한 줄기를 뱉어냈다. 마빈의 뒤에서 벽이 우르르 무너져 한 무더기 먼지로 화했다. 먼지는 잠시 소용돌이치더니 가라앉았다.

"아니, 그런 거 아니야." 마빈이 말했다.

"하지만 훌륭하지 않아?"

"아주 훌륭해." 마빈이 동의했다.

"나도 알아." 프로그스타 전투 기계가 잠시 생각에 잠겼다가 말을 이었다. "그렇다면 너는 틀림없이 새로 나온 '크산틴 재구조 불안정화 제논 분출기'를 가지고 있는 거야!"

"멋진 거겠지, 응?" 마빈이 말했다.

"그걸 가진 거야?" 기계가 상당한 경외심을 표하며 말했다.

"아니." 마빈이 말했다.

"아아, 그렇다면 틀림없이······." 기계가 실망하며 말했다.

"넌 계속 헛다리를 짚고 있어. 넌 인간과 로봇의 관계에서 굉장히 기본적인 사항을 고려하지 못하고 있다고." 마빈이 말했다.

"어, 나도 알아. 그건……." 전투 기계가 말하고는 다시 생각에 빠졌다.

"생각해봐." 마빈이 독려했다. "나처럼 평범하고 천한 로봇을, 너처럼 거대하고 튼튼한 전투 기계를 막으라고 두고 갔다고. 자기들이 목숨을 구하려 도망가는 동안 말이야. 그 사람들이 내게 뭘 주고 갔을 것 같아?"

"우우우……뭔진 몰라도 대단히 엄청나게 파괴적인 물건일 것으로 기대되는데." 기계가 놀라서 중얼거렸다.

"기대된다고!" 마빈이 말했다. "좋아, 기대해봐. 그 사람들이 보호용으로 내게 준 게 뭔지 말해줄까?"

"그래, 좋아." 전투 기계가 마음의 준비를 하며 말했다.

"아무것도 없어." 마빈이 말했다.

위험스러운 침묵이 흘렀다.

"아무것도?" 전투 기계가 으르렁거렸다.

"전혀. 전자 소시지 하나 안 줬다고." 마빈이 쓸쓸하게 말했다.

기계는 분노로 치를 떨었다.

"와, 그거 너무 뻔뻔하잖아! 아무것도 안 줬어? 응? 도대체 생각이 있는 놈들이야?" 그것이 울부짖다시피 말했다.

"그리고 난 말이야, 이 왼편의 다이오드들이 몽땅 다 정말 무지하게 아프단 말이야." 마빈이 부드럽고 낮은 목소리로 말했다.

"욕하고 싶지?"

"그래." 마빈이 공감하며 동의했다.

"젠장, 정말 화나는군. 내가 저놈의 벽을 박살 내버릴 거야!" 기계가 으르렁거렸다.

전자 충격포가 다시 한번 광선 줄기를 내뿜더니 기계 옆의 벽을 날려버렸다.

"내 기분이 어떨 것 같아?" 마빈이 씁쓸하게 말했다.

"너만 놔두고 도망쳐버렸다고? 응?" 기계가 버럭 소리를 질렀다.

"그렇다니까." 마빈이 말했다.

"내 저놈의 천장도 날려버릴 거야!" 탱크가 분노에 차서 소리쳤다.

탱크는 다리의 천장도 날려버렸다.

"대단히 인상적인데." 마빈이 중얼거렸다.

"이 정도는 아직 시작도 안 한 거야. 이 바닥도 날려버릴 거야. 문제없다고!" 기계가 장담했다.

탱크는 바닥도 날려버렸다.

"나쁜 놈들!" 기계는 십오 층 아래로 수직 낙하해 바닥에 떨어져 산산조각나면서 소리쳤다.

"기분이 울적해질 정도로 멍청한 기계로군." 마빈은 이렇게 말하고 터덜터덜 걸어가버렸다.

8

"그래서, 우리는 그냥 여기 이렇게 앉아만 있는 거야, 뭐야? 여기 이 사람들은 도대체 뭘 원하는 거야?" 자포드가 화를 내며 말했다.

"바로 자네지, 비블브락스. 자네를 프로그스타로 데려가고 싶어 하는 거야. 은하계에서 가장 사악한 세상으로 말이지." 루스타가 말했다.

"아, 그래? 그러면 먼저 와서 날 잡기부터 해야 할걸." 자포드가 말했다.

"벌써 와서 잡았어. 창밖을 보라고." 루스타가 말했다.

자포드는 창밖을 내다보고 입이 쩍 벌어졌다.

"땅이 멀어지고 있어! 저 사람들, 땅을 어디로 가져가는 거야?" 그가 숨을 헐떡였다.

"저 사람들이 가져가는 것은 이 빌딩이야. 우리가 공중에 떠 있는 거지." 루스타가 말했다.

사무실 창밖으로 구름들이 줄지어 흘러갔다.

창밖 공중에는 뿌리 뽑힌 빌딩을 에워싸고 날아가는 프로그스타 청록색 전투기들이 보였다. 그 우주선들에서 에너지빔들이 그물처럼 뻗어 나와 빌딩을 단단히 붙들고 있었다.

자포드는 어리둥절해하며 고개를 흔들었다.

"내가 무슨 짓을 했다고 이러는 거야? 난 그저 빌딩 안으로 들어왔을 뿐인데, 빌딩을 가져가버리다니." 그가 말했다.

"저 사람들이 걱정하는 것은 자네가 한 짓이 아니야. 자네가 앞으로 할 짓이지." 루스타가 말했다.

"저, 그것에 대해 내가 말 좀 해도 되지 않을까?"

"벌써 했어. 여러 해 진에. 잘 잡고 있는 게 좋을 거야. 우린 지금 매우 빠르고 덜컹거리는 여행을 하고 있으니까."

"내가 다시 나를 만나게 되면, 뭘로 때렸는지도 모를 만큼 세게 나를 때려줄 테다." 자포드가 말했다.

마빈이 문을 열고 터덜터덜 걸어 들어와 원망스러운 눈초리로 자포드를 노려보더니 한쪽 구석에 의기소침하게 앉아 스위치를 꺼버렸다.

순수한 마음 호의 브리지에서는 모든 것이 고요했다. 아서는 자신 앞에 놓인 상자를 응시하며 생각에 잠겨 있었다. 그는 무엇인가 질문하듯 자신을 쳐다보는 트릴리언과 눈이 마주쳤다. 그는 다시 상자로 시선을 돌렸다.

마침내 그는 그것을 보았다.

그는 다섯 개의 작은 플라스틱 사각형을 집어서 그것들을 상자 바로 앞에 놓인 보드 위에 늘어놓았다.

다섯 개의 조각 위에는 E, X, Q, U, I라는 다섯 개의 문자가 새겨져 있었다. 그는 그것들을 S, I, T, E라는 문자 옆에 늘어놓았다.

"절묘한exquisite. 삼 점짜리 단어야. 미안하지만 점수가 꽤 많지." 그가 말했다.

돌연 우주선이 흔들리더니 문자 조각들 몇 개를 n번째로 흩어버렸다.

트릴리언은 한숨을 쉬고 다시 조각들을 정리하기 시작했다.

포드 프리펙트는 먹통이 된 조종 장치들을 두들겨대며 우주선 안을 돌아다니고 있었고, 조용한 복도 위아래로 그의 발자국 소리가 울려 퍼졌다.

우주선이 왜 계속 흔들리지? 그는 생각했다.

왜 이렇게 흔들리지?

현재 위치가 어디인지 왜 알아낼 수 없는 거지?

기본적으로, 여기가 어디지?

은하수를 여행하는 히치하이커를 위한 안내서 빌딩의 왼쪽 건물은 우주의 어떤 사무용 건물도 이제껏 내어본 적 없는 속력으로 항성 간 공간을 가로질러 흘러가고 있었다.

그 건물 중간쯤에 있는 어떤 방에서는 자포드 비블브락스가 성이 나서 어쩔 줄 몰라하며 서성이고 있었다.

루스타는 책상 귀퉁이에 앉아 늘 하는 타월 관리를 하고 있었다.

"이봐, 이 빌딩이 어디로 날아가고 있다고 했지?" 자포드가 물었다.

"프로그스타. 우주에서 가장 사악한 장소지." 루스타가 말했다.

"거기도 먹을 게 있을까?" 자포드가 말했다.

"먹을 거라고? 프로그스타로 끌려가는 이 마당에 먹을 걸 걱정한단 말이야?"

"음식이 없으면 난 프로그스타까지도 못 갈 것 같아."

창밖에 보이는 것이라곤 에너지빔의 깜박거리는 불빛과 흐릿한 녹색 광선밖에 없었는데, 그 광선은 아마도 프로그스타 전투기들의 비틀어진 모양새인 것 같았다. 이런 속력에서는 공간 자체가 보이지 않았고, 그래서 정말로 비현실적이었다.

"여기 이것 좀 빨아봐." 루스타가 자포드에게 타월을 내밀며 말했다.

자포드는, 마치 루스타의 이마에서 작은 스프링이 달린 뻐꾸기가 튀어나올 것을 기대하기라도 하는 듯한 표정으로 그를 뚫어져라 쳐다봤다.

"여기엔 영양분들이 절여져 있거든." 루스타가 설명했다.

"자네, 지저분하게 흘리면서 먹는 따위의 인간인 거야?" 자포드가 말했다.

"노란 줄에는 단백질이 풍부하고, 녹색 줄에는 비타민 B와 C 복합체, 작은 분홍 꽃들에는 맥아 추출물이 들어 있어."

자포드는 그것을 받아 들고 어안이 벙벙해서 살펴보았다.

"갈색 얼룩은 뭐지?" 그가 물었다.

"바비큐 소스. 맥아에 싫증 날 경우를 위해서지." 루스타가 말했다.

자포드가 의심스럽다는 듯이 킁킁 냄새를 맡았다.

더욱 미심쩍어하며 그는 한 귀퉁이를 빨아봤다. 그러고는 다시 뱉어버렸다.

"으윽."

"맞아. 그쪽 끝을 빨면 주로 다른 쪽 끝도 조금 빨아야 해." 루스타가 말했다.

"왜? 거긴 뭐가 있는데?" 자포드가 의심스러운 목소리로 물었다.

"항우울증제." 루스타가 말했다.

"난 이 타월 싫어." 자포드가 타월을 돌려주며 말했다.

루스타는 그것을 받아 들고 책상에서 펄쩍 내려와 그 주위를 한 바퀴 돌더니, 의자에 앉아 다리를 책상 위에 올려놓았다.

"비블브락스. 프로그스타에 가면 어떤 일이 생길지 알고 있나?" 그는 양손을 머리 뒤에서 깍지끼며 말했다.

"밥을 주나?" 자포드가 희망찬 목소리로 허둥지둥 말했다.

"자네를 밥으로 줄 거야. '모든 관점 보텍스'에다 말이지!" 루스타가 말했다.

자포드는 이런 이름을 들어본 적이 없었다. 그는 자신이 은하계 내의 재미있는 것들에 대해서는 모르는 게 없다고 믿고 있었으므로, '모든 관점 보텍스'라는 것은 재미없는 것일 거라고 추측했다. 그는 루스타에게 그게 뭐냐고 물었다.

"아, 그저……지각 있는 존재가 겪을 수 있는 가장 야만적인 심리 고문이지." 루스타가 말했다.

자포드는 체념한 듯이 고개를 끄덕였다.

"그러면, 밥은 안 주나 보네?" 그가 말했다.

"이봐, 사람들은 인간을 죽일 수도 있고, 육체를 파괴할 수도 있고, 정신을 망가뜨릴 수도 있지. 하지만 인간의 영혼을 소멸시킬 수 있는 것은 오로지 '모든 관점 보텍스'뿐이라고! 그 고문은 단 몇 초 동안 행해질 뿐이지만, 그 효과는 평생 간단 말이야!" 루스타가 말했다.

"팬 갈랙틱 가글 블래스터를 마셔본 적 있나?" 자포드가 날카롭게 물었다.

"이건 더 심해."

"맙소사!" 자포드는 감탄하며 인정했다.

"저들이 왜 내게 그런 짓을 하고 싶어하는지 혹시 아나?" 잠시 후 그가 덧붙였다.

"그게 자네를 영원히 파괴시킬 수 있는 최고의 방법이라고 믿는 거지. 자네가 뒤쫓고 있는 게 뭔지 아니까."

"저들이 내게 쪽지라도 보내서 나도 좀 알게 해줄 수는 없었을까?"

"자넨 알고 있어, 알고 있다고, 비블브락스. 자네는 우주를 지배하는 사람을 만나려 하는 거야." 루스타가 말했다.

"그 사람, 요리도 할까?" 자포드가 말했다. 그리고 잠시 후 생각에 잠겨 덧붙였다. "그럴 것 같지 않아. 요리를 잘하는 사람이라면 나머지 우주 따위야 어떻게 되든 걱정하지 않을 테니까. 난 요리사를 만나고 싶어."

루스타는 땅이 꺼져라 한숨을 쉬었다.

"한데 자네는 여기서 뭘 하고 있는 거지? 이 일이 자네랑 무슨 상관인데?" 자포드가 물었다.

"나는 그냥 이 모든 일을 계획했던 사람들 중 하나야. 자니우프와 유덴 브랭크스, 자네의 증조부, 그리고 바로 자네 비블브락스와 함께."

"나?"

"그래, 자네. 나도 자네가 좀 변했다는 말은 들었지만, 이 정도일 줄은 몰랐네."

"하지만……."

"난 한 가지 일을 하러 여기 왔어. 자네와 헤어지기 전에 그 일을 할 거야."

"무슨 일? 도대체 무슨 말이야?"

"자네와 헤어지기 전에 그 일을 할 거야."

루스타는 침범할 수 없는 긴 침묵 속으로 빠져들었다.

자포드는 정말로 기뻤다.

9

프로그스타 성단 두 번째 행성의 대기는 퀴퀴하고 건강에 안 좋았다.

행성의 지표 위를 쉴 새 없이 휩쓸고 지나가는 축축한 바람 때문에 소금 고원 위는 풍화되었고, 늪지는 말라버렸으며, 썩어가는 식물들과 폐허가 되어 허물어져가는 도시의 유적이 뒤엉켜 있었다. 이 행성의 지표에는 어떤 생명체도 지나다니지 않았다. 은하계 이쪽의 많은 행성이 그렇듯, 이 땅은 오랫동안 내버려져 있었다.

허물어져가는 낡은 도시의 집들을 뚫고 지나가는 바람 소리도 황량하기 이를 데 없었지만, 이 세계의 지표 위 여기저기에서 불안하게 흔들리고 있는 높고 검은 빌딩들의 밑바닥을 때려대는 바람 소리는 그보다 더 황량했다. 이 빌딩들의 꼭대기에는 거대하고 앙상하며 불쾌한 냄새를 풍기는 새들의 무리가 살고 있었다. 그들은 한때 이곳에 존재했던 문명의 마지막 생존자들이었다.

하지만 그 바람 소리는 이 버려진 도시들 중 가장 큰 도시의 외곽에 있는 넓은 잿빛 평원 한가운데의 불룩 솟은 지점을 지나갈 때 가장 황량했다.

그 불룩 솟은 지점이야말로 이 세계가 은하계에서 가장 사악한 곳이라는 명성을 갖게 해준 곳이었다. 밖에서 보면 그 지점은 단지 직경이 삼십 피트 정도 되는 강철 돔에 불과했다. 안에서 보면 그것은 인간의 이해를 초월하는 괴물 같은 물건이었다.

얽은 자국으로 가득하고 시들어빠진, 상상할 수 없을 정도로 황폐한 땅을 사이에 두고 그곳에서 백 야드 정도 떨어진 곳에, 일종의 착륙장이라 할 지역이 있었다. 다시 말하면, 그곳에는 넓은 지역에 걸쳐 이삼십 개 정도의 불시착한 빌딩들이 흉측한 몰골로 흩어져 있었다.

이 빌딩들 위와 주위를 어떤 마음 하나가 스쳐 날아다니고 있었다. 이 마음은 무언가를 기다리고 있었다.

그 마음은 허공에 주의를 집중하고 있었다. 오래지 않아 저 먼 곳에서 점 하나가 여러 개의 작은 점 무리에 둘러싸여 모습을 드러냈다.

그 커다란 점은 은하수를 여행하는 히치하이커를 위한 안내서 빌딩의 왼쪽 건물로, 지금 프로그스타 월드 B의 성층권으로 진입하고 있었다.

빌딩이 착륙할 때, 루스타가 갑자기 두 사람 사이에 오랫동안 자리 잡고 있던 길고 불편한 침묵을 깼다.

그는 일어나서 타월을 가방에 집어넣고는 말했다.

"비블브락스, 그럼 이제 내가 하러 온 일을 하겠네."

마빈과 말없는 생각을 나누며 구석 자리에 앉아 있던 자포드가 고개를 들어 그를 바라봤다.

"뭐?" 그가 말했다.

"잠시 후 빌딩이 착륙할 거야. 빌딩을 나갈 때는 문으로 나가지 말고 창으로 나가게." 루스타가 말했다.

"행운을 비네." 이 말을 덧붙인 루스타는 문을 열고 나가, 자포드의 삶에 들어왔을 때처럼 알 수 없는 방식으로 그의 삶에서 사라졌다.

자포드는 벌떡 일어나 문을 열어보려 했지만, 루스타가 이미 잠가놓은 터였다. 그는 어깨를 으쓱하고는 구석 자리로 돌아왔다.

이 분 후에 빌딩은 다른 폐허들 사이에 불시착했다. 프로그스타 전투기 호위대는 에너지빔을 해제하고 다시 공중으로 날아올라, 여기보다 훨씬 쾌적한 프로그스타 월드 A를 향해 날아갔다. 그들은 한 번도 프로그스타 월드 B에 착륙한 적이 없었다. 누구도 그런 적이 없었다. '모든 관점 보텍스'의 희생물로 보내진 사람을 제외하고는 이 행성의 표면을 걸어본 사람이 아무도 없었다.

자포드는 불시착으로 심한 충격을 받았다. 그는 먼지 쌓인 고요한 파편들 위에 잠시 누워 있었다. 방의 대부분이 무너져 내린 것이다. 그는 지금이 자기 인생에서 가장 바닥 가까이 내려온 때라고 느꼈다. 그는 당황스러웠고, 외로웠고, 사랑받지 못한다는 느낌을 받았다. 마침내, 그게 무엇이든 간에 치러내야 할 것이 있다면 치러버리고 싶은 심정이었다.

그는 금이 가고 무너져 내린 방 안을 둘러보았다. 벽은 문틀을 둘러싸고 쪼개져 있었고 문은 활짝 열려 있었다. 창문은 기적처럼 깨지지 않고 닫혀 있었다. 그는 잠시 망설였다. 그러다가, 자기의 마지막 동료였던 그 이상한 사람이 단지 자기에게 해준 그 이야기를 하기 위해 그 모든 일을 겪은 거라면 거기에는 뭔가 중요한 까닭이 있는 게 틀림없다는 생각이 들었다. 그는 마빈의 도움을 받아 창을 열었다. 창밖에는 불시착으로 인해 먼지 구름이 일어나고 있었다. 게다가 이 건물을 둘러싸고 있는 거대한 다른 빌딩들이 효과적으로 시야를 차단하고 있어서 바깥 세상은 조금도 보이지 않았다.

이 때문에 심하게 걱정이 되는 건 아니었다. 그가 진짜 염려스러워하는 것은 아래를 내려다보고 알게 된 사실이었다. 자니우프의 사무실은 십오 층에 있었다. 빌딩이 사십오 도 정도의 각도로 비스듬하게 착륙하긴 했지만, 그래도 그 내리막길은 가슴이 철렁해질 만한 모양새였다.

결국 그는 마빈이 계속해서 그에게 던지는 듯한 경멸스러운 표정에 자극받아, 단단히 심호흡을 하고는 가파르게 기울어져 있는 빌딩 밖으로 기어 나갔다. 마빈이 그 뒤를 따랐고, 그들은 자신들을 땅에서 갈라놓고 있는 십오 층 높이를 함께 천천히 힘들게 기어 내려가기 시작했다.

기어 내려가는 동안 축축한 공기와 먼지가 그의 폐를 찔렀고, 눈은 따끔따끔했으며, 끔찍하게 긴 내리막길 때문에 머리가 빙빙 돌았다.

간혹 마빈이 "이게 당신네 생명체들이 즐기는 일인가 보죠? 그저 정보 차원에서 묻는 거예요" 따위의 말을 해도 기분은 전혀 나아지지 않았다.

무너진 빌딩을 반쯤 내려왔을 때 그들은 멈춰서 휴식을 취했다. 자포드가 두려움과 피로에 지쳐 숨을 헐떡이며 누워서 보니, 마빈은 평소보다 기분이 좋아 보였다. 결국 그는 이게 사실이 아니라는 걸 깨달았다. 그 로봇은 단지 자포드 자신의 기분과 비교했을 때 기분이 좋아 보이는 것일 뿐이었다.

말라빠진 거대한 검은 새 한 마리가 가라앉기 시작하는 먼지 구름을 뚫고 펄럭거리며 날아와 앙상한 다리를 쭉 뻗더니 자포드한테서 이 야드쯤 떨어진 곳에 있는 기울어진 창틀에 내려앉았다. 새는 볼품없는 날개를 접더니 그 횃대 위에서 서툴게 뒤뚱거렸다.

새의 날개의 폭은 육 피트는 족히 되어 보였다. 그리고 머리와 목은 새라고 하기엔 이상하게 컸다. 얼굴은 납작하고 부리는 제대로 발달하지 않았으며, 날개 아래쪽 중간쯤에서는 손처럼 보이는 흔적 기관이 분명하게 보였다.

사실 그 새는 거의 인간처럼 보였다.

새는 음침한 눈을 자포드에게 돌리더니 부리를 산만하게 딱딱 부딪쳤다.

"가버려." 자포드가 말했다.

"알았어." 새는 침울하게 중얼거리더니, 다시 먼지 속으로 펄럭 거리며 날아갔다.

자포드는 새가 떠나가는 모습을 황망히 바라보았다.

"저 새가 방금 나한테 말을 한 거야?" 그가 마빈에게 신경질적으로 물었다. 그는 그것을 부정해주는 설명, 즉 실은 환상을 본 것이라는 설명을 믿을 준비가 되어 있었다.

"그래요." 마빈이 확인해주었다.

"불쌍한 영혼들." 자포드의 귀에 굵직하고 천상에서 울리는 듯한 목소리가 들려왔다.

자포드는 그 목소리가 어디서 오는 것인지 알아보려고 몸을 홱 돌리다가 빌딩에서 떨어질 뻔했다. 그는 튀어나온 적당한 창문을 황급히 잡았지만, 그곳에 손을 베고 말았다. 그는 세차게 숨을 몰아 쉬며 창문에 매달려 있었다.

목소리의 주인은 아무 데도 보이지 않았다. 그곳에는 아무도 없었다. 그럼에도 목소리가 다시 들렸다.

"저 영혼들 뒤에는 슬픈 역사가 있지요, 아주 끔찍한 재난 이야기가."

자포드는 미친 듯이 주위를 둘러보았다. 그 목소리는 깊고 조용했다. 다른 상황에서라면 심지어 마음을 편안하게 해주는 목소리라고 말할 수도 있을 터였다. 하지만 어디서 오는 것인지도 알 수 없는 실체 없는 목소리가 말을 걸어오는 상황에서는 그 무엇도 마음을 편안하게 해줄 수 없었다. 더구나 자포드 비블브락스처럼 기분도 엉망인 상태에서 무너진 빌딩의 팔 층 난간에 매달려 있는 판국이라면.

"이봐요, 음······." 그가 더듬거리며 말했다.

"그 이야기를 해드릴까요?" 목소리가 조용히 물었다.

"이봐요, 당신은 누구요? 어디 있는 거요?" 자포드가 숨을 헐떡거렸다.

"그러면 나중에 해드리죠. 나는 가그라바르입니다. 내가 바로 모든 관점 보텍스의 관리인이죠." 목소리가 웅얼거렸다.

"왜 안 보이는 겁니까······?"

"아래로 굉장히 쉽게 내려올 수도 있을 텐데요······." 목소리가 높아졌다. "당신 왼쪽으로 이 야드 정도만 움직인다면 말이에요. 한번 해보시지그래요?"

자포드가 옆을 보니 짧은 가로 홈들이 빌딩 벽을 따라 저 아래까지 죽 패어 있었다. 고마운 마음으로 그는 그쪽으로 자리를 옮겼다.

"우린 저 아래에서 다시 만나는 게 어떻겠습니까?" 목소리가 자포드의 귀에 대고 말했다. 이와 함께 목소리가 멀어져갔다.

"이봐요, 당신 어디 있는 거요?" 자포드가 소리쳤다.

"이 분 정도면 내려올 겁니다······." 목소리가 희미하게 들려왔다.

"마빈, 방금······ 방금······ 어떤 목소리를······?" 자포드는 자기 옆에 침울하게 쭈그리고 있는 로봇에게 진지하게 말했다.

"네." 마빈이 새침하게 대꾸했다.

자포드는 고개를 끄덕이더니, 다시 위험 감지 선글라스를 꺼냈다. 그것들은 완전히 깜깜했다. 게다가 주머니에 들어 있는 그 난데없는 금속 물체 때문에 이젠 엄청나게 생채기가 많이 나 있었다. 그는 선글라스를 썼다. 사실 자기가 하고 있는 짓을 보지 않아도 된다면 훨씬 편안하게 빌딩 아래로 내려갈 수 있을 것 같았다.

몇 분 후, 그는 갈가리 찢기고 엉망진창이 된 빌딩의 아랫부분까지 기어 내려왔다. 그리고 다시 한번 선글라스들을 벗으며 땅으로 툭 떨어졌다.

잠시 후 마빈이 그의 뒤를 따라 먼지와 파편 더미 속에 얼굴을 박고 엎어졌다. 그는 그 자세 그대로 꼼짝도 하지 않으려는 것 같았다.

"아, 내려오셨군요." 목소리가 돌연 자포드의 귀에 대고 말했다. "그런 식으로 당신을 떠나서 미안합니다. 난 고소공포증이 있거든요." 그리고 생각에 잠긴 듯한 목소리로 덧붙였다. "적어도 있었거든요."

자포드는 혹시 그 목소리의 주인일 수도 있는 것을 자신이 놓치지 않았나 싶어서 천천히 세심하게 주위를 둘러봤다. 하지만 눈에 보이는 것이라곤 먼지와 파편들, 주위를 둘러싼 거대한 빌딩들밖에 없었다.

"이봐요, 왜 눈에 안 보이는 거예요? 왜 여기 없는 겁니까?" 그가 말했다.

"난 여기 있어요." 목소리가 천천히 대답했다. "내 몸도 오고 싶어했지만, 지금은 좀 바빠서요. 할 일도 있고, 사람들도 만나야 하고." 그리고 천상에서 들려오기라도 하는 것 같은 한숨 소리와 함께 이렇게 덧붙였다. "몸이라는 게 어떤 물건인지 아시잖아요."

자포드는 잘 몰랐다.

"안다고 생각했었죠." 그가 말했다.

"그게 어디 휴양이라도 하러 가 있길 바랄 뿐이에요. 요즘 그게 사는 모양새를 보면 팔뚝 하나라도 제대로 남아 있을지 모르겠군요." 목소리가 계속 말했다.

"팔뚝이요? 다리라고 해야 하는 거 아닌가요?"('on one's last legs'는 다 죽어가는 상태를 의미하는 관용구인데, 목소리가 'on its last elbows'라고 말하자 자포드가 교정해주고 있는 것이다 ― 옮긴이주) 자포드가 말했다.

목소리는 잠시 아무 말도 하지 않았다. 자포드는 불안하게 주변을 둘러보았다. 그는 목소리가 가버렸는지, 아직 거기에 있는지, 도대체 뭘 하고 있는지 알 수가 없었다. 그 순간 목소리가 다시 말했다.

"그러니까, 당신이 보텍스에 들어갈 사람이군요, 맞죠?"

"음, 글쎄요." 자포드는 냉정한 척하려 했으나 그 시도는 별로 성공적이지 못했다. "급할 거 전혀 없어요. 난 그냥 주위를 어슬렁거리면서 여기 경치나 구경해도 되는데."

"여기 경치를 봤습니까?" 가그라바르의 목소리가 물었다.

"음, 아뇨."

자포드는 파편들 위를 기어 올라가, 그의 시야를 가리고 있는 부서진 빌딩들의 한 모퉁이를 돌았다.

그는 프로그스타 월드 B의 경치를 봤다.

"아, 좋아요, 그러면 그냥 어슬렁거리기만 하죠, 뭐." 그가 말했다.

"안 됩니다. 보텍스는 당신을 만날 준비가 됐어요. 거기 가야 합니다. 따라오십시오." 가그라바르가 말했다.

"네? 당신을 어떻게 따라가라는 말입니까?" 자포드가 말했다.

"내가 콧노래를 부르죠. 그 소리를 따라오세요." 가그라바르가 말했다.

부드럽고 선명한 소리가 공중을 떠돌았다. 어떤 초점도 없어 보이는 약하고 슬픈 소리였다. 아주 주의해서 들어야만 소리가 들려오는 방향을 감지할 수 있었다. 천천히, 그리고 멍하게 자포드는 그 소리를 따라 비틀비틀 걸어갔다. 달리 무슨 수가 있단 말인가?

10

전에도 말한 바 있지만, 우주는 불안할 정도로 큰 곳이다. 그리고 대부분의 사람들은 평화로운 삶을 위해 이 사실을 무시하고 싶어한다.

많은 사람들은 자신들이 고안해낸 좀더 작은 장소로 기꺼이 이주하려 할 것이고, 실제로 대부분이 그렇게 하고 있다.

예를 들어, 은하계 동쪽 날개의 한구석에는 오글라룬이라는, 숲으로 이루어진 커다란 행성이 있는데, 거기서는 '지성을 가진' 주민들이 모두 조그만 호두나무 한 그루에 바글바글 모여서 영원히 살아간다. 그들은 그 나무 위에서 태어나고, 살고, 사랑에 빠지고, 인생의 의미와 죽음의 허무함, 인구 억제의 중요성 따위들에 관한 짧은 논문들을 나무껍질에 새기고, 극도로 하찮은 전쟁을 몇 번 치르고, 마침내 발길이 잘 닿지 않는 바깥쪽 나뭇가지 아래에 매달려 죽는다.

사실, 오글라룬 사람들 중에서 그 나무를 떠나는 이는 가증스러운 범죄를 저질러서 내동댕이쳐진 사람들뿐이다. 그 범죄란, 다른 나무에서도 살아가는 것이 가능할까, 혹은 다른 나무들은 진짜로 오글라 호두를 너무 많이 먹어서 생긴 환영에 불과할까 하고 궁금해하는 것이다.

이런 행태가 굉장히 기이하게 보일지 몰라도, 은하계의 모든 생명체들은 어떤 식으로든 이와 같은 죄를 저지른다. 바로 그 때문에 '모든 관점 보텍스'가 그처럼 무시무시한 존재가 되는 것이다.

보텍스 안에 넣어지면, 상상도 할 수 없는 무한한 창조물 전체를 한순간에 다 체험하게 된다. 그리고 그 안 어딘가에 아주 작은 표시가, 즉 현미경으로나 볼 수 있는 작은 점 위에 다시 현미경으로나 볼 수 있는 작은 점이 있는데, 거기에는 '너는 여기 있다'라고 쓰여 있는 것이다.

잿빛 평원이 자포드 앞에 펼쳐져 있었다. 황폐하고 산산조각난 평원이었다. 바람이 그 위를 매섭게 채찍질했다.

그 한가운데에는 강철 뾰루지 같은 돔이 하나 보였다. 저것이 내가 가고 있는 곳이구나, 자포드는 짐작했다. 그것이 '모든 관점 보텍스'였다.

그가 서서 그것을 구슬프게 바라보고 있을 때, 육체로부터 영혼이 불태워지는 사람이 지르는 듯한, 인간의 소리가 아닌 것 같은 공포의 울부짖음이 갑작스럽게 거기서 쏟아져 나왔다. 그 소리는 바람 위에서 비명을 지르다가 잦아들었다.

자포드는 공포에 질려 움찔했다. 피가 액화 헬륨으로 변하는 것 같은 느낌이었다.

"이봐요, 저게 뭐였죠?" 그가 숨죽이고 중얼거렸다.

"녹음된 겁니다. 지난번에 보텍스 안에 넣어졌던 사람의 목소리를 녹음한 거죠. 항상 그걸 다음 희생자에게 틀어줍니다. 일종의 전주곡이죠." 가그라바르가 말했다.

"음, 정말 끔찍한 소리군요…… 그냥 어디 파티 같은 데로 잠깐 샐 수 없을까요? 한번 생각해봐요." 자포드가 더듬거리며 말했다.

"내가 아는 한, 나는 파티에 이미 가 있을 겁니다. 그러니까, 내 몸이 말이죠. 녀석은 나 없이 수도 없이 파티에 다니죠. 난 방해만 된다나요. 허, 참." 기그라바르의 공기 같은 목소리가 말했다.

"당신의 몸 운운하는 게 다 무슨 뜻이죠?" 자신에게 무슨 일이 벌어질지는 모르겠지만 그게 무엇이건 간에 시간을 좀 벌어보려고 안달하며 자포드가 말했다.

"글쎄요, 그게…… 그게 좀 바빠요." 가그라바르가 망설이며 말했다.

"그럼 그게 자기만의 생각을 따로 가지고 있단 말입니까?" 자포드가 말했다.

좀 으스스한 침묵이 한참 흐른 뒤 가그라바르가 다시 말했다.

"실례지만, 그 말씀은 좀 기분이 나쁘군요."

자포드는 어리둥절하고 당황해서 사과의 말을 중얼거렸다.

"상관없어요. 당신이 알 일이 아니니까요." 가그라바르가 말했다. 그 목소리는 불쾌하게 떨렸다.

"사실……." 자제하기 위해 엄청나게 애쓰고 있는 게 분명한 어조로 그 목소리가 말을 계속했다. "사실 우린 지금 법적으로 시험 별거 기간을 갖고 있어요. 결국 이혼을 하게 될 것 같습니다."

목소리가 다시 조용해졌다. 자포드는 무슨 말을 해야 할지 몰랐다. 그는 뭐라고 중얼거렸다.

"우린 서로 궁합이 잘 맞지 않았던 것 같아요." 가그라바르가 마침내 다시 입을 열었다. "우린 도통 같은 일을 즐기는 법이 없었지요. 섹스나 낚시 같은 문제를 놓고 늘 죽어라고 말다툼을 하곤 했어요. 결국엔 두 가지를 합쳐보려고 했습니다만, 그 결과는 참담했죠. 아마 짐작하시겠지만. 그래서 지금 내 몸은 나를 받아주길 거부하고 있습니다. 이젠 나를 보려고도 하지 않아요……."

그는 비극적인 태도로 다시 말을 멈췄다. 바람이 평원을 채찍질하고 지나갔다.

"내 몸은 내가 자기 안에서 살기만 할 뿐이라고 말하죠. 난 사실 내가 원래 거기서 살게 되어 있는 거라고 지적했죠. 그랬더니 그게 바로 자기를 신경질나게 만드는 그런 건방진 말이라고 대꾸하더군요. 그렇게 헤어졌어요. 이름에 대한 소유권은 몸이 가지게 될 것 같아요."

"그렇군요……. 이름이 뭔데요?" 자포드가 힘없이 말했다.

"피즈팟. 내 이름은 피즈팟 가그라바르예요. 어때요, 알 만하죠?"

목소리가 말했다.

"아하……." 자포드가 공감한다는 듯이 말했다.

"그게 바로 내가, 육체에서 분리된 마음인 내가 '모든 관점 보텍스'의 관리인 역할을 하게 된 이유죠. 이 행성에 발을 딛고 싶어하는 사람은 아무도 없거든요. 보텍스의 희생물이 될 사람들을 제외하고는요. 안됐지만 그 사람들은 숫자로 치지도 않죠."

"아……."

"아까 하려던 이야기를 해드리죠. 듣고 싶은가요?"

"음……."

"오래전, 이곳은 대단히 번창했고, 행복한 행성이었습니다. 사람들, 도시들, 가게들이 가득한 정상적인 세상이었죠. 이 도시들의 번화가에 좀 필요 이상으로 구두 가게가 많았다는 것만 제외하면요. 그런데 이 구두 가게들의 수가 서서히, 아무도 알아차리지 못하게 늘어난 겁니다. 그건 아주 널리 알려진 경제 현상이지만, 실제로 그런 일이 벌어지는 걸 보는 건 참 비극적이었죠. 즉, 구두 가게들이 늘어나면 늘어날수록 더 많은 구두를 만들어내야 했고, 그러면 그럴수록 구두들은 점점 더 질이 나빠지고 신을 수 없는 구두가 되었고, 구두의 질이 안 좋아질수록 신발을 신고 다니기 위해선 점점 더 많은 구두를 사야만 했죠. 그래서 신발 가게는 더 늘어만 갔고, 결국 전 경제는 신발 파동 수평선이라 불리는 선을 넘어버린 겁니다. 그 시점이 되면 신발 가게 외에 다른 것을 만드는 것이 경제학적으로 불가능해져버리죠. 그 결과는 파국과 폐허, 기근이었습니다.

인구의 대부분이 죽어버렸죠. 그리고 적절한 유전적 불안정성을 지녔던 소수의 사람들은 새들로 변해서 —— 당신도 아까 하나 봤죠? —— 발을 저주하고, 땅을 저주하고, 다시는 이 땅을 두 발로 걷지 않겠다고 맹세했죠. 불행한 일입니다. 오세요, 이젠 당신을 보텍스로 데려가야겠어요."

자포드는 생각에 잠겨 고개를 휘휘 젓고는 평원을 가로질러 비척비척 앞으로 걸어갔다.

"그러면 당신은 이 지옥 구덩이 출신인가요?" 그가 말했다.

"아니, 아니에요." 가그라바르가 놀라며 말했다. "난 프로그스타 월드 C 출신입니다. 아름다운 곳이죠. 낚시하기에는 아주 그만이에요. 난 저녁때면 다시 그곳으로 훌쩍 날아갑니다. 이제는 그저 바라볼 수밖에 없지만요. 이제 이 행성에서 뭔가 기능을 하는 것은 '모든 관점 보텍스'밖에 없습니다. 어느 행성도 이것을 가까이 두고 싶어하지 않아서 여기에 지어진 거죠."

바로 그 순간, 다시 한번 음산한 비명 소리가 공기를 찢었다. 자포드는 몸을 으스스 떨었다.

"도대체 무슨 짓을 하는 걸까?" 그가 숨을 몰아 쉬었다.

"우줍니다." 가그라바르가 간결하게 대답했다. "무한한 크기의 우주 전체, 무한한 태양들, 그 사이의 무한한 공간들. 그리고 보이지 않는 점 위의 보이지 않는 점, 무한하게 작은 당신 자신."

"에에이, 난 자포드 비블브락스란 말입니다, 알면서." 자포드가 자아의 마지막 남은 파편들을 휘날려보려 애쓰면서 중얼거렸다.

가그라바르는 아무런 대꾸도 하지 않고, 그저 구슬픈 콧노래를 다시 시작했다. 마침내 그들은 평원 한가운데의 녹슨 강철 돔에 도착했다.

그들이 그곳에 도달하자 돔의 문이 웅 소리를 내며 한쪽으로 열렸고, 그 안으로 작고 어두운 방이 보였다.

"들어가세요." 가그라바르가 말했다.

자포드는 공포에 질려 움찔했다.

"이봐요, 지금요?" 그가 말했다.

"지금요."

자포드는 안쪽을 초조하게 들여다봤다. 방은 아주 작았다. 방에는 강철이 둘러쳐져 있었고, 겨우 한 사람이 들어갈 정도의 공간밖에 없었다.

"이건……음……보텍슨가 뭔가 하는 물건처럼 안 보이는데." 자포드가 말했다.

"아닙니다. 이건 그냥 엘리베이터예요. 들어가세요." 가그라바르가 말했다.

무한한 공포심을 느끼며 자포드는 안으로 걸어 들어갔다. 그 육체 없는 인간은 아무 말도 없었지만, 자포드는 가그라바르가 자신과 함께 엘리베이터 안에 있다는 것을 느낄 수 있었다.

엘리베이터는 아래로 내려가기 시작했다.

"이번 일에서는 내가 정신을 똑바로 차려야 할 것 같아." 자포드가 중얼거렸다.

"정신을 똑바로 차린다는 것 따위는 없어요." 가그라바르가 엄숙하게 말했다.

"당신 정말 사람을 주눅들게 만들 줄 아는군요."

"내가 아니라 보텍스가 그러는 거죠."

바닥에 도착하자 엘리베이터의 뒤쪽 문이 열렸고, 자포드는 작고 기능적인 강철 방 안으로 비틀거리며 들어갔다.

방 저쪽 끝에 똑바로 선 강철 상자가 하나 있었다. 남자 하나가 서서 들어갈 만한 크기였다.

굉장히 단순한 모양이었다.

그 상자는 굵은 전선 하나로 한 무더기의 부품들과 장비들에 연결되어 있었다.

"이게 그건가요?" 자포드가 놀라며 말했다.

"이게 그겁니다."

아주 나빠 보이지는 않는군, 자포드는 생각했다.

"내가 이 안에 들어가는 거죠?" 자포드가 말했다.

"안으로 들어가세요. 죄송하지만, 지금 하셔야 합니다." 가그라바르가 말했다.

"알았어요, 알았어." 자포드가 말했다.

그는 상자의 문을 열고 안으로 들어갔다.

상자 안에서 그는 기다렸다.

약 오 초 후 찰칵 하는 소리가 들리자, 우주 전체가 그와 함께 상자 안에 있었다.

11

'모든 관점 보텍스'는 추정적 물질 분석의 원리에 의해 전 우주의 상(像)을 만들어낸다.

좀더 설명해보자면, 우주의 모든 물질 조각들은 우주의 다른 모든 물질 조각들에 의해 어떤 식으로든 영향을 받기 때문에, 이론상으로는 모든 창조물을 추정해내는 것이 가능하다. 즉 모든 태양, 모든 행성, 그것들의 궤도, 그것들의 성분, 그것들의 경제 및 사회사를, 가령 케이크 한 조각으로부터 추정해낼 수 있는 것이다.

'모든 관점 보텍스'를 발명한 사람의 기본적인 목적은 아내를 괴롭히는 것이었다.

트린 트라굴라 ──이것이 그의 이름이었다 ── 는 몽상가에, 사상가였으며, 명상적인 철학자였다. 혹은, 그의 아내의 말마따나 바보 천치였다.

그녀는 남편이 우주 공간을 바라보거나, 안전핀의 역학에 대해

숙고하거나, 케이크 조각을 분광 그래프로 분석하는 데 말도 안 되게 엄청난 시간을 소비한다며 쉴 새 없이 바가지를 긁곤 했다.

"균형 감각을 좀 가져요!" 그녀는 이렇게 말하곤 했다. 때로는 하루에 서른여덟 번이나 이런 말을 했다.

그래서 그는 '모든 관점 보텍스'를 만들었다. 그저 아내에게 한번 보여주기 위해서였다.

그는 이 기계 한쪽 끝에 케이크 한 조각으로부터 추정한 현실 세계 전체를 연결하고 다른 쪽 끝에는 아내를 연결했다. 그리고 그가 기계를 작동시키자, 그의 아내는 한순간에 무한한 우주 전체와 그 속에서의 자기 자신을 바라보게 되었다.

트린 트라굴라는 전율했다. 그 충격으로 그녀의 두뇌가 완전히 소멸하고야 만 것이다. 하지만 만족스럽게도 그는 자신이 다음과 같은 사실을 결정적으로 증명해냈다는 사실을 깨달았다. 즉, 이렇게 엄청난 규모의 우주에서 생명이 존재하려면 절대로 균형 감각을 가져서는 안 된다는 것이었다.

보텍스의 문이 활짝 열렸다.

육체에서 분리된 가그라바르의 마음이 이를 침울하게 지켜봤다. 그는 다소 이상한 방식으로 자포드 비블브락스에게 호감을 느꼈다. 자포드는 분명 다양한 자질을 지닌 사람이었다. 비록 그 대부분이 나쁜 것들이긴 했지만.

그는 다른 모든 희생자들과 마찬가지로 자포드가 상자에서 나와 앞으로 고꾸라지기를 기다렸다.

그러나 그는 걸어 나왔다.

"안녕!" 그가 말했다.

"비블브락스……." 가그라바르의 마음은 경악한 나머지 숨을 헐떡였다.

"물 한 잔 주시겠습니까?" 자포드가 말했다.

"당신…… 당신은…… 보텍스 안에 들어갔잖아요?" 가그라바르가 더듬거리며 말했다.

"당신도 봤잖아요, 친구."

"그게 작동되던가요?"

"물론이죠."

"그럼 당신은 무한한 피조물 전체를 봤겠군요?"

"물론이죠. 정말 산뜻한 곳이더군요. 아시죠?"

가그라바르의 마음은 놀라서 비틀거렸다. 그의 몸이 함께 있었다면, 그는 입을 쩍 벌린 채로 털썩 주저앉아버렸을 것이다.

"그리고 당신 자신을…… 그 모두와 관련해서 바라봤습니까?" 가그라바르가 말했다.

"아, 그럼요, 그럼요."

"그렇다면…… 뭘 경험했나요?"

자포드는 점잔을 빼며 어깨를 으쓱했다.

"뭐, 내가 늘 알고 있던 것을 말해주더군요. 내가 정말 멋지고 대단한 놈이라는 것을. 내가 말 안 했던가요? 난 자포드 비블브락스라고!"

그는 보텍스를 작동시키는 기계 장치를 지나 시선을 돌리다가 갑자기 깜짝 놀라며 멈췄다.

자포드는 가쁘게 숨을 몰아 쉬었다.

"이봐요, 지거 진짜 케이크 맞아요?" 그가 말했다.

그는 그 작은 과자 조각을 둘러싸고 있는 센서들을 모두 떼어내 버렸다.

"내가 얼마나 이걸 바랐는지 모를 거예요. 그걸 다 이야기하자면 먹을 틈도 없겠지만." 자포드가 게걸스럽게 말했다.

그는 그것을 먹었다.

12

잠시 후 자포드는 평원을 가로질러 폐허가 된 도시 쪽으로 달리고 있었다.

축축한 대기는 그의 폐 속에서 둔하게 식식댔고, 아직 탈진 상태에서 완전히 회복되지 않은 그는 자주 휘청거렸다. 밤이 다가오고 있었고, 울퉁불퉁한 땅은 위험했다.

하지만 조금 전의 경험 덕분에 자포드는 아직도 의기양양해 있었다. 우주 전체. 그는 전 우주가 자기를 둘러싸고 무한대로 펼쳐져나가는 모습을 보았다. 그 모든 것을. 그리고 그와 더불어 그는 자신이 그 안에서 가장 중요한 인물이라는 분명하고도 특별한 인식을 갖게 되었다. 그가 자만심 강한 자아를 가진 것은 사실이었다. 하지만 기계를 통해 이를 확인하는 것은 또 의미가 달랐다.

자포드는 이 문제에 대해 진지하게 생각해볼 시간이 없었다.

가그라바르는 무슨 일이 벌어졌는지 자기 주인들에게 알려야 한다고 자포드에게 말했다. 하지만 그는 적절한 시간 여유를 둔 뒤에 그렇게 할 작정이라고 했다. 자포드가 휴식을 취하고 몸을 숨길 곳을 찾기에 충분한 시간 여유를.

이제 무엇을 할지 그는 몰랐다. 하지만 자신이 우주에서 가장 중요한 사람이라는 느낌을 가지고 있으니 무엇인가가 곧 나타나리라는 확신이 들었다.

이 황폐한 행성에서 낙관을 품을 만한 근거가 될 수 있는 것은 그것밖에 없었다.

그는 계속해서 달렸고, 곧 폐허가 된 도시의 외곽에 도달했다.

그는 여기저기 금이 가서 입을 쩍 벌리고 있는 길을 따라 걸었다. 길은 앙상한 잡초투성이였고, 구멍들마다 썩어가는 구두들이 가득했다. 그가 지나친 빌딩들은 심하게 부서지고 낡아빠져서 그 안에 들어가는 건 안전하지 않아 보였다. 그렇다면 어디에 숨어야 할까? 그는 서둘러 갔다.

잠시 후 그가 걸어 내려오고 있던 길은 부서진 넓은 도로로 이어졌고, 그 길의 끝에는 나지막하고 커다란 빌딩이 하나 서 있었다. 그 빌딩은 잡다한 작은 빌딩들로 둘러싸여 있었고, 그 전체는 잔해만 남은 울타리로 둘러싸여 있었다. 커다란 메인 빌딩은 아직도 꽤나 견고하게 보였다. 자포드는 그게 혹시 자기에게 뭔가를……그게 뭐든지 간에, 뭔가를 제공해주지 않을까 알아보려고 발걸음을 돌렸다.

그는 그 빌딩을 향해 다가갔다. 빌딩 한쪽 면 —— 그 앞에 널찍한 콘크리트 광장이 있는 것으로 보아 빌딩의 정면인 듯했다——에 세 개의 거대한 문이 있었는데, 높이가 육십 피트 정도 되어 보였다. 그중 맨 끝의 것이 열려 있어서, 자포드는 이 문을 향해 뛰었다.

빌딩 안은 온통 어둡고 먼지가 가득했으며, 혼란스러웠다. 엄청난 거미줄들이 사방에 쳐져 있었다. 빌딩의 토대 일부는 내려앉았고, 뒤쪽 벽의 일부는 함몰되었으며, 바닥에는 숨막히는 먼지가 몇 인치는 쌓여 있었다.

그 캄캄한 어둠을 뚫고 파편으로 뒤덮인 거대한 형상들이 서서히 모습을 드러냈다.

어떤 형체는 원통형이었고, 또 어떤 것은 구근 모양이었으며, 계란, 혹은 깨진 계란 모양도 있었다. 그 대부분이 부서져서 열린 상태이거나 부서져가고 있었고, 어떤 것들은 단지 골격만 남아 있었다.

그것들은 모두 폐기된 우주선들이었다.

자포드는 좌절해서 그 동체들 사이를 이리저리 돌아다녔다. 조금이라도 운항이 가능할 것 같아 보이는 우주선은 하나도 없었다. 심지어 위태위태한 잔해 하나는 그의 발자국 소리의 진동에조차 무너져 내렸다.

빌딩 뒤편에 다른 것들보다 조금 더 커 보이는 낡은 우주선 하나가 먼지 더미와 거미줄에 깊숙이 파묻혀 있었다. 하지만 외형은 부서지지 않은 것 같았다. 자포드는 흥미를 갖고 그 우주선에 접근했다. 그러다가 그는 낡은 송유관에 발이 걸려 넘어졌다.

그는 송유관을 옆으로 치우려다가 그게 아직도 우주선에 연결되어 있는 것을 발견하고는 깜짝 놀랐다.

게다가 더욱 놀랍게도 송유관에서는 희미하게 웅 하는 소리가 들렸다.

자포드는 믿을 수 없다는 표정으로 우주선을 쳐다봤다가 손에 든 송유관을 바라봤다.

그는 재킷을 벗어 옆에 던졌다. 그리고 무릎을 꿇고 송유관을 따라 우주선에 연결된 지점까지 기어갔다. 연결은 제대로 되어 있었다. 그리고 희미하게 웅 하는 울림은 더 분명해졌다.

그의 심장은 빠르게 뛰기 시작했다. 그는 우주선 표면의 먼지를 훔쳐내고 옆구리에 귀를 갖다 댔다. 아주 희미하고 분명치 않은 소음밖에 들리지 않았다.

자포드는 주변 바닥에 널린 파편 더미를 미친 듯이 뒤져서 짧은 관(管) 하나와 생분해되지 않는 플라스틱 컵 하나를 찾아내었다. 그는 그 물건들로 조잡한 청진기를 만들어 우주선 옆구리에 갖다 댔다.

거기서 들리는 소리는 그를 혼비백산하게 만들었다.

그 소리는 이러했다.

"행성 간 크루즈 여객기는 계속되는 비행 지연에 대해 승객 여러분께 사과드립니다. 저희는 현재, 여행 중 승객 여러분의 안락과 원기 회복, 위생을 위해 사용될 레몬수 적신 냅킨의 보급을 기다리고 있습니다. 너그러이 기다려주시는 승객 여러분께 감사드립니다.

곧 승무원들이 다시 한번 커피와 비스킷을 나누어 드리겠습니다."

자포드는 눈을 휘둥그레 뜨고 우주선을 바라보며 비틀비틀 뒤로 물러섰다.

그는 잠시 멍한 상태로 주변을 걸어 다녔다. 그러다가 거대한 출발 안내판이 아직도 걸려 있는 것을 발견했다. 그것은 버팀대 하나에 겨우 의지해 머리 위 천장에 매달려 있었다. 먼지로 잔뜩 뒤덮여 있었지만, 어떤 숫자들은 아직 식별 가능했다.

자포드의 눈이 숫자들을 헤집고 다니며 간단한 계산을 했다. 그의 눈이 휘둥그레졌다.

"구백 년이라……."

자포드는 숨을 크게 몰아 쉬었다. 그게 바로 이 우주선의 출발이 지연되고 있는 시간이었다.

이 분 뒤 그는 그 우주선 안에 있었다.

에어락에서 나오자 시원하고 신선한 공기가 그를 맞이했다. 에어컨이 아직 작동되고 있는 게 틀림없었다.

조명도 여전히 밝혀져 있었다.

자포드는 입구의 작은 방에서 나와 좁고 짧은 복도로 들어섰다. 그리고 불안해하며 복도를 따라 걸어 내려갔다.

갑자기 문이 하나 열리더니 한 사람이 그의 앞에 나타났다.

"좌석으로 돌아가주십시오, 손님."

안드로이드 스튜어디스는 이 말을 하고 돌아서더니 앞장서서 복도를 따라 걸어 내려가기 시작했다.

심장이 다시 뛰기 시작한 자포드는 그녀를 따라갔다. 그녀는 복도 끝의 문을 열고는 그 안으로 들어갔다.

자포드도 그녀를 따라 문 안으로 들어갔다.

그곳은 객실이었고, 자포드의 심장은 다시 한번 잠시 박동을 멈추었다.

좌석마다 승객들이 의자에 동여매진 채 앉아 있었다.

승객들의 머리카락은 덥수룩하게 길었고, 손톱도 길게 자라 있었으며, 남자들의 얼굴은 수염으로 뒤덮여 있었다.

그들은 모두 분명히 살아 있었다. 하지만 잠들어 있었다.

자포드는 등골이 오싹했다.

그는 꿈결처럼 통로를 따라 천천히 걸어 내려갔다. 그가 통로를 반쯤 걸어갔을 때 스튜어디스는 반대쪽 끝에 도착했다. 그녀가 돌아서서 말했다.

"안녕하십니까, 신사 숙녀 여러분. 출발이 다소 지연되고 있습니다. 승객 여러분의 양해에 감사드립니다. 가능한 한 빨리 이륙하도록 하겠습니다. 지금 일어나고 싶으시면, 제가 커피와 비스킷을 드리겠습니다." 그녀가 상냥하게 말했다.

희미하게 웅 하는 소리가 들렸다.

바로 그 순간, 모든 승객이 잠에서 깨어났다.

그들은 깨어나 비명을 지르며 자신들을 좌석에 단단히 동여매고 있는 끈과 생명 유지 장치들을 할퀴어댔다. 그들이 어찌나 비명을 지르고 고함을 쳐대고 불평을 퍼붓던지 자포드는 고막이 터져 나가는 것만 같았다.

그들은 스튜어디스가 한 사람 한 사람 앞에 커피 한 잔과 비스킷 한 봉지를 내려놓으며 참을성 있게 통로를 걸어오는 동안 계속해서 난리법석을 부리며 몸부림을 쳤다.

그들 중 한 명이 자리에서 벌떡 일어났다.

그는 돌아서서 자포드를 바라봤다.

자포드는 온몸의 피부가 벗겨져 흘러내리는 것만 같았다. 그는 돌아섰고, 그 아수라장에서 벗어나려고 달아나기 시작했다.

자포드는 문 안으로 뛰어들어 다시 복도로 돌아왔다.

그 사람이 그의 뒤를 쫓았다.

자포드는 미친 듯이 복도 끝으로 달려가 입구의 방을 통과해 나왔다. 그는 조종실에 도착해 문을 쾅 닫고는 잠가버렸다. 그리고 가쁜 숨을 몰아쉬며 문에 기댔다.

몇 초 지나지 않아서 누군가가 문을 두들겨대기 시작했다.

조종실 안 어디에선가 금속성 목소리가 그에게 말을 걸었다.

"승객은 조종실 안에 들어올 수 없습니다. 좌석으로 돌아가 우주선이 이륙하기를 기다려주십시오. 지금 커피와 비스킷이 제공되고 있습니다. 저는 자동 파일럿입니다. 어서 자리로 돌아가주세요."

자포드는 아무 말도 하지 않았다. 그는 가쁘게 숨을 몰아쉬었다. 그의 등 뒤에서는 여전히 누군가 문을 두드리고 있었다.

"좌석으로 돌아가주십시오. 승객은 조종실 안에 들어올 수 없습니다." 자동 파일럿이 반복해 말했다.

"난 승객이 아니야." 자포드가 헐떡이며 말했다.

"좌석으로 돌아가주십시오."

"난 승객이 아니라니까!" 자포드가 다시 소리를 질렀다.

"좌석으로 돌아가주십시오."

"난 아니라니까……이봐, 내 말 들려?"

"좌석으로 돌아가주십시오."

"자동 파일럿인가?" 자포드가 말했다.

"그렇습니다." 우주선 계기판에서 음성이 들렸다.

"당신이 이 우주선 책임자야?"

"그렇습니다. 이륙이 지연되고 있습니다. 승객들의 안위와 편리를 위해서 생명 활동이 잠시 유보되고 있습니다. 매년 커피와 비스킷이 제공되고 있으며, 그 후에 승객들은 다시 안위와 편리의 지속을 위해 생명 활동 유보 상태로 돌아갑니다. 보급이 끝나는 대로 이륙을 하게 될 겁니다. 지연에 대해서는 사과를 드립니다." 그 목소리가 다시 말했다.

자포드는 기대고 있던 문에서 떨어져 조종 계기판 쪽으로 다가갔다. 문을 두드리던 소리는 이제 멈췄다.

"지연이라고? 이 우주선 바깥이 어떤 상태인지 봤어? 여기는 황무지라고. 사막이야. 문명은 사라지고 없다고, 이 양반아. 레몬수 적신 냅킨 같은 건 어디서도 오고 있지 않다고!" 그가 외쳤다.

"통계학적으로 볼 때, 다른 문명이 생겨날 겁니다. 언젠가는 레몬수 적신 냅킨도 생기겠죠. 그때까지는 잠시 지연이 있을 겁니다. 좌석으로 돌아가주십시오." 자동 파일럿이 새침하게 말했다.

"하지만……."

하지만 바로 그때 문이 열렸다. 자포드는 휙 돌아서서 자신을 쫓아왔던 사람이 거기 서 있는 것을 봤다. 그는 커다란 서류 가방을 들고 있었다. 그는 말쑥한 차림새에다 머리도 짧았다. 수염도 길지 않았고, 손톱도 길지 않았다.

"자포드 비블브락스, 내가 자니우프일세. 자네가 날 만나고 싶어 했지?" 그가 말했다.

자포드 비블브락스는 맥이 쑥 빠졌다. 입에서는 바보 같은 말들이 나왔다. 그는 의자에 털썩 주저앉았다.

"이런, 이런. 도대체 어디서 그렇게 불쑥 나타난 거야?" 그가 말했다.

"여기서 자넬 기다리고 있었지." 그가 사무적인 말투로 대꾸했다.

그는 서류 가방을 내려놓고 다른 의자에 앉았다.

"자네가 지시를 잘 따라주어서 기쁘네. 자네가 내 사무실에서 나갈 때 창문이 아니라 문으로 나갈까 봐 조금 불안했거든. 그랬다면 문제가 생겼을 거야." 그가 말했다.

자포드는 고개를 설레설레 흔들며 뭐라고 지껄여댔다.

"자네가 내 사무실에 들어섰을 때, 자넨 나의 전자 합성 우주에 들어온 것이었네." 자니우프가 설명했다. "만일 자네가 문으로 나갔다면 자넨 진짜 우주로 돌아갔을 거야. 인공 우주는 바로 여기서 작동하고 있지." 그는 점잔을 빼며 서류 가방을 툭툭 쳤다.

자포드는 분노와 증오가 뒤범벅된 심정으로 그를 노려봤다.

"뭐가 다른데?" 그가 투덜거렸다.

"전혀 다르지 않네. 똑같아. 아, 다만 진짜 우주에서는 프로그스타 전투기들이 회색일 테지." 자니우프가 말했다.

"무슨 일이 벌어지고 있는 거야?" 자포드가 내뱉었다.

"간단하네." 자니우프가 말했다.

그의 자신감과 독선 때문에 자포드는 속이 부글부글 끓었다.

"아주 간단해." 자니우프가 반복했다. "난 그 사람이 있는 장소의 좌표를 발견했어. 우주를 통치하는 사람 말일세. 그리고 그의 세계가 비가능 확률 자장의 보호를 받고 있다는 사실도 알아냈어. 그래서 난, 나의 비밀과……나 자신을 보호하기 위해 이 완전 인공 우주 속으로 안전하게 도피해, 잊힌 크루즈 여객선에 숨어 있었다네. 난 안전했어. 한편, 자네와 나는……."

"자네와 나? 당신과 내가 서로 아는 사이라는 거야?" 자포드가 화를 내며 말했다.

"그래. 아주 잘 아는 사이였지." 자니우프가 대답했다.

"내 취향이 형편없었군." 자포드가 이렇게 말하고 다시 뚱하게 침묵했다.

"한편, 자네와 난 자네가 그 불가능 확률 추진 우주선을 훔치도록 일을 꾸몄지. 그 우주선만이 유일하게 우주 통치자의 세계로 갈 수 있으니까. 그리고 자넨 그 우주선을 여기 내게로 가져오기로 한 거고. 자네가 그 임무를 완수했을 것으로 믿네. 축하하네." 그는 이렇게 말하고 굳은 얼굴로 살짝 미소 지었다. 자포드는 그 얼굴을 벽돌로 내리치고 싶었다.

"아, 그리고 자네가 궁금해할까 봐 하는 말인데······." 자니우프가 덧붙였다. "이 우주는 자네를 위해 특별히 제작된 것이네. 그러니 자네는 이 우주에서 가장 중요한 인물이지. 사실 자네는······." 그는 더욱 벽돌로 때리고 싶어지는 미소를 지으며 말했다. "진짜 우주의 '모든 관점 보텍스' 안에서는 살아남지 못했을 거야. 그만 갈까?"

"어디로?" 자포드가 시무룩하게 말했다. 그는 허탈한 기분을 느꼈다.

"자네 우주선, 순수함 마음 호로. 물론 가져왔겠지?"

"아니."

"자네 재킷은 어딨지?"

자포드는 어리둥절해하며 그를 바라봤다.

"내 재킷? 벗어던졌지. 밖에 있어."

"좋아, 가서 찾아보세."

자니우프가 일어서서 자포드에게 따라오라고 손짓했다.

입구의 작은 방으로 다시 나오자, 커피와 비스킷을 제공받는 승객들의 비명 소리가 들렸다.

"자넬 기다리는 일은 별로 재미있지 않았어." 자니우프가 말했다.

"재미가 없었다고!" 자포드가 버럭 소리를 질렀다. "그럼 입장을 바꿔놓고 한번 생각해보지……."

해치웨이가 활짝 열리자 자니우프가 조용히 하라고 손짓했다. 몇 피트 떨어진 곳에 자포드의 재킷이 파편들 위에 놓여 있었다.

"대단히 훌륭하고 대단히 강력한 우주선이지. 보게나." 자니우프가 말했다.

그들이 지켜보는 가운데, 재킷의 호주머니가 갑자기 부풀었다. 호주머니가 찢겨져 나가더니 조각조각 흩어졌다. 자포드가 자기 호주머니에 들어 있는 것을 보고 어리둥절했었던 순수한 마음 호의 금속 미니 모델이 점점 커지고 있었다.

그것은 커지고, 또 커졌다. 그리고 이 분 후, 실물 크기에 도달했다.

"불가능 확률 수치는……어……모르겠군. 하여간 대단히 큰 수치일 거야." 자니우프가 말했다.

자포드는 제정신이 아니었다.

"내가 저걸 내내 가지고 다녔다는 거야?"

자니우프는 미소를 지었다. 그는 서류 가방을 들어 올려 열었다. 그리고 그 안에 있는 스위치 하나를 돌렸다.

"인공 우주여, 이제 그만 안녕. 반갑다, 진짜 우주!" 그가 말했다.

그들 앞의 광경이 잠깐 흐릿해지더니, 전과 완전히 똑같은 모습으로 다시 나타났다.

"봤지? 완전히 똑같다네." 자니우프가 말했다.

"그러니까……내가 저걸 내내 가지고 다녔다는 거야?" 자포드가 팽팽하게 긴장해서 같은 말을 반복했다.

"아, 그럼. 그렇고 말고. 그게 바로 이 일의 핵심인데." 자니우프가 말했다.

"좋아, 그럼 이제 난 빼줘. 이제부턴 나를 제외시키라구. 난 할 만큼 했어. 이제 자네 하고 싶은 대로 하라고." 자포드가 말했다.

"미안하지만, 그럴 수는 없네. 자넨 불가능 확률 자장에 꽉 잡혀 있어. 빠져나갈 수 없네." 자니우프가 말했다.

그는 자포드로 하여금 한 대 치고 싶게 했던 그 미소를 다시 지었다. 자포드는 이번에는 그 얼굴을 한 대 갈겼다.

13

포드 프리펙트가 순수한 마음 호의 조종실로 달려 들어왔다.

"트릴리언! 아서! 작동이 돼! 우주선이 다시 작동된다고!" 그가 소리쳤다.

트릴리언과 아서는 바닥에 누워 잠들어 있었다.

그가 그들을 발로 차 깨우며 말했다.

"이봐, 친구들. 가자고. 떠나는 거야."

"안녕, 친구들! 여러분을 다시 만나니 정말 좋군요. 그래서 말인데요, 이런 말씀을 드리고 싶군요……." 컴퓨터가 재잘거렸다.

"닥쳐. 우리가 도대체 어디 있는 건지나 말해줘." 포드가 말했다.

"프로그스타 월드 B 행성. 친구들, 정말 쓰레기장 같은 곳이라고." 자포드가 브리지로 뛰어 들어오며 말했다. "잘들 있었어? 나를 다시 보니 너무 기뻐서 내가 얼마나 멋진 놈인지 말도 못 하겠나 보지?"

"뭐야, 뭐야?" 아서가 바닥에서 몸을 일으키며 몽롱하게 말했다. 그는 어떤 상황인지 전혀 감을 잡지 못하고 있었다.

"그 기분 잘 알아. 나는 너무 위대한 사람이라 나조차 내게 이야기할 땐 말문이 막히거든. 여어, 정말 반가워. 트릴리언, 포드, 원숭이 인간. 여어, 컴퓨터……." 자포드가 말했다.

"안녕하십니까, 비블브락스 선생님. 영광스럽게도……."

"입 닥치고 여기서 나가기나 하자고. 빨리, 빨리, 빨리."

"알겠습니다. 친구들, 어디로 가고 싶은가요?"

"어디든 상관없어." 자포드가 소리쳤다. "아냐, 상관있어!" 그가 다시 말했다. "가장 가까운 식당에 가서 뭘 좀 먹고 싶어!"

"알겠습니다." 컴퓨터가 기쁘게 답했다. 다음 순간, 엄청난 폭발이 브리지를 뒤흔들었다.

일 분쯤 뒤에 한쪽 눈이 시퍼렇게 멍든 채 들어온 자니우프는 모락모락 피어오르는 네 줄기 연기를 흥미롭게 지켜보았다.

14

축 늘어진 몸뚱이 네 개가 소용돌이치는 암흑 속으로 가라앉고 있었다. 의식은 이미 죽어버렸고, 차가운 망각이 그 몸뚱이들을 무화(無化)의 구덩이 안으로, 아래로 아래로 잡아당겼다. 침묵의 울부짖음이 주위에서 음산하게 메아리쳤고, 그들은 마침내 출렁이는 어둡고 쓰라린 붉은 바다 속으로 가라앉았다. 바다는 서서히 그들을 삼켰다. 마치 영원과도 같이.

영원과도 같은 시간이 흐른 뒤 바닷물이 서서히 빠져나가자, 그들은 차갑고 딱딱한 바닷가에 남겨졌다. 삶, 우주, 그리고 모든 것의 흐름에 떠밀려 온 파편들처럼.

차가운 발작이 그들을 뒤흔들고 지나갔다. 빛들이 현기증이 날 지경으로 그들을 둘러싸고 춤을 췄다. 차갑고 딱딱한 바닷가가 기우뚱하고 빙빙 돌더니 다시 조용해졌다. 해변은 어둡게 빛났다. 매우 윤이 나는 차갑고 딱딱한 해변이었다.

초록색 그림자가 못마땅하다는 듯이 그들을 지켜보고 있었다.

그것이 헛기침을 했다.

"안녕하십니까, 신사 숙녀 여러분? 예약하셨습니까?" 그것이 말했다.

포드 프리펙트의 의식이 고무줄처럼 튀어 돌아와 두뇌를 작동시켰다. 그는 얼빠진 얼굴로 초록색 그림자를 올려다봤다.

"예약이요?" 그가 힘없이 말했다.

"그렇습니다, 선생님." 초록색 그림자가 말했다.

"저승에도 예약이 필요합니까?"

초록색 그림자도 경멸하는 표정으로 눈썹을 찌푸리는 게 가능하다면, 그게 바로 지금 그 초록색 그림자가 한 일이었다.

"저승이라고요, 선생님?"

아서 덴트는 목욕탕에서 미끈거리는 비누를 붙잡으려 애쓰듯이 가물거리는 의식을 잡으려 애쓰고 있었다.

"여기가 저승인가?" 그가 떠듬거리며 말했다.

"글쎄, 난 그렇다고 보는데." 포드는 어느 쪽이 위쪽인지 알아내려 애쓰며 말했다.

그는 자신이 누워 있는 차갑고 딱딱한 해변의 반대쪽이 틀림없이 위쪽일 것이라는 이론에 근거해, 자기 다리였으면 하는 물건을 비틀대며 일어났다.

"누가 그런 폭발에서 살아남을 수 있었겠어, 안 그래?" 그가 약간 휘청거리며 말했다.

"그렇지." 아서가 떠듬거렸다. 그는 팔꿈치에 의지해 일어나보려 했지만 상황이 나아지는 것 같지 않았다. 그는 다시 푹 쓰러졌다.

"그렇지. 절대 살아남을 수 없지." 트릴리언이 일어서며 말했다.

바닥에서 둔탁하고 거칠게 꼴깍거리는 소리가 들려왔다. 자포드 비블브락스가 뭔가 말을 하려는 소리였다.

"난 분명히 죽었어. 난 완전히 갔다고. 쾅, 펑, 그리고 끝장난 거 야." 그가 꼴깍거리며 말했다.

"그래, 네 덕분에. 우린 살 가능성이 전혀 없었어. 아마 다 산산조 각났을 거야. 팔다리가 온통 흩어지고." 포드가 말했다.

"그래." 자포드가 일어서려고 시끄럽게 부산을 떨며 말했다.

"신사 숙녀 여러분께서 음료를 주문하고 싶으시면……." 초록색 그림자가 옆에서 초조하게 맴돌며 말했다.

"쾅, 철썩." 자포드가 계속 떠들었다. "한순간에 정신을 잃고는 구성 분자로 분해되어버린 거지. 이봐, 포드." 서서히 윤곽이 분명 해져가는 흐릿한 형체들 중 하나를 알아보고 그가 말했다. "네 눈 앞에서 인생 전체가 주마등처럼 스쳐 지나가지 않던?"

"너도 그랬어? 네 인생 전체가?" 포드가 말했다.

"응. 적어도 그게 내 인생이었을 거라고 생각해. 알겠지만, 난 많 은 시간을 내 머리 밖에서 보냈잖아." 자포드가 말했다.

그는 주위에 있는 여러 가지 형체들을 둘러봤다. 그것들은 흐릿 하고 흔들거리는 형체 없는 모양 대신 제대로 된 모양을 마침내 갖 추기 시작하고 있었다.

"그래서……." 그가 말했다.

"그래서 뭐?" 포드가 말했다.

"그래서 우린 여기에……죽어 누워 있는 거지……." 자포드가 머뭇머뭇 말했다.

"서 있는 거야." 트릴리언이 정정했다.

"어, 죽어서 서 있구나." 자포드가 계속 말했다. "이 쓸쓸한……."

"레스토랑 안에." 아서 덴트가 말했다.

그는 이제 두 다리로 일어섰고, 놀랍게도 뚜렷이 볼 수 있었다. 다시 말해서, 그가 놀란 것은 자기가 볼 수 있다는 사실 때문이 아니라 자기가 본 것 때문이었다.

"우린 여기에……죽어서 서 있는 거야." 자포드가 고집스레 말을 계속했다. "이 쓸쓸한……."

"별 다섯 개짜리." 트릴리언이 말했다.

"레스토랑 안에." 자포드가 결론을 맺었다.

"이상하지 않아?" 포드가 말했다.

"음, 그래."

"그래도 샹들리에는 멋있네." 트릴리언이 말했다.

그들은 어안이 벙벙해서 주위를 둘러봤다.

"이건 그냥 저승이라기보다는……프랑스식 저승 같아." 아서가 말했다.

사실 그 샹들리에는 겉모양만 번지르르했다. 게다가 그게 달려 있는 낮은 아치형 천장은 이상적인 우주에서라면 그렇게 진한 청록색으로 칠해지지 않았을 것이다. 설사 그랬다 하더라도, 숨겨놓은 무드 조명으로 강조하는 짓 따위는 없었을 것이다. 하지만 이곳은 이상적인 우주가 아니었다. 눈 돌아갈 지경으로 무늬를 박아 넣은 대리석 바닥이나 팔십 야드짜리 대리석 상판을 얹은 바의 앞면 모양새만 봐도 그건 명백했다. 이 바 앞면은 거의 이만 마리에 달하는 안타리아 모자이크 도마뱀의 가죽을 이어 붙여 만든 것이었다. 사실, 그 문제의 안타리아 모자이크 도마뱀 이만 마리도 자기 내장을 감싸자면 그 가죽이 꼭 필요했는데 말이다.

말쑥하게 차려입은 생명체 몇몇이 바에 앉아 할 일 없이 빈둥거리거나, 실내 이곳저곳에 놓인 현란한 색깔의 푹신한 의자에 앉아서 쉬고 있었다. 젊은 브엘허르그인 장교와 녹색 수증기를 뿜어내는 그의 애인이 바의 반대쪽 끝에 있는 커다란 간유리 문을 지나 휘황찬란한 조명이 밝혀진 레스토랑 안으로 들어갔다.

아서의 뒤에는 커튼이 쳐진 커다란 창문이 있었다. 그는 커튼 한 구석을 살짝 젖히고 황량하고 음산한 바깥 경치를 내다봤다. 온통 잿빛에 울퉁불퉁하고 우울한 그 모양새는 정상적인 상황에서라면 오싹 소름이 돋게 하기에 충분했다. 하지만 지금은 정상적인 상황이 아니었다. 왜냐하면, 그의 피를 얼어붙게 하고 그의 가죽이 등을 타고 올라와 머리 위로 벗겨져 나가버릴 것 같은 느낌을 주는 것이 바로 하늘이었기 때문이다. 그 하늘은……

제복 입은 사환이 공손하게 커튼을 다시 닫았다.

"모든 건 때가 있습니다, 손님." 그가 말했다.

자포드의 눈이 번득였다.

"이봐, 잠깐만, 죽은 친구들. 우리가 뭔가 엄청나게 중요한 사실을 놓치고 있는 것 같아. 누군가 무슨 말을 했는데 우리가 그걸 놓친 거라고." 그가 말했다.

아서는 방금 본 광경으로부터 관심을 돌리게 되어 말할 수 없이 마음이 놓였다.

"난 그게 일종의 프랑스식……." 그가 말했다.

"그래, 그런 말 안 했더라면 싶지 않아?" 자포드가 말했다. "포드, 넌?"

"난 이상하다고 했어."

"그래. 현명하지만 재미없는 말이지. 어쩌면 그건……."

"어쩌면……." 초록색 그림자가 끼어들었다. 이제 그것은 짙은 제복을 입은 조그맣고 야윈 초록색 웨이터로 변해 있었다. "어쩌면 술을 한 잔 드시면서 그 문제를 논의해보실 수 있지 않을까요……."

"술! 바로 그거야! 정신 바짝 차리고 있지 않으면 뭘 놓치는지 알겠지?" 자포드가 외쳤다.

"그렇습니다, 선생님. 신사 숙녀 여러분께서 저녁 식사 전에 술을 한 잔 하고 싶으시다면……." 웨이터가 참을성 있게 말했다.

"저녁 식사라!" 자포드가 흥분해서 외쳤다. "이봐, 녹색 꼬맹이 양반, 내 위장은 그 생각만으로도 당신을 집으로 데려가 밤새도록 귀여워해줄 수 있을 거요."

"……그리고 우주는, 이따가 여러분의 여흥을 위해 폭발할 겁니다." 웨이터는 고지가 저긴데 여기서 그만둘 수 없다고 굳게 결심하며 말을 계속했다.

포드가 웨이터에게 천천히 고개를 돌리더니 감동해서 말했다.

"와아, 도대체 여기선 어떤 술을 파는데요?"

웨이터가 웨이터답게 예의 바르면서도 조용하게 미소 지었다.

"아, 아무래도 제 말을 잘못 이해하신 것 같군요." 그가 말했다.

"흠, 그게 아니었으면 좋겠는데." 포드가 한숨을 내쉬었다.

웨이터가 웨이터답게 예의 바르면서도 조용하게 헛기침을 했다.

"저희 손님들 중에는 시간 여행 후 다소 어리둥절해하시는 분들이 많습니다." 그가 말했다. "그래서 제가 권해드리고 싶은 것은……."

"시간 여행?" 자포드가 말했다.

"시간 여행?" 포드가 말했다.

"시간 여행?" 트릴리언이 말했다.

"그럼 이게 저승이 아니란 말이야?" 아서가 말했다.

웨이터가 웨이터답게 예의 바르면서도 조용하게 미소 지었다. 그는 예의 바르고 조용조용한 웨이터용 레퍼토리를 거의 다 써버렸고, 이제 곧 말수 적고 냉소적인 웨이터 역할로 들어갈 것이었다.

"저승이라고요? 아닙니다, 손님." 그가 말했다.

"그럼 우린 안 죽은 건가요?" 아서가 말했다.

웨이터가 입술을 깨물었다.

"으음, 음." 그가 말했다. "손님은 분명 살아 계십니다. 안 그러면 제가 어떻게 주문을 받겠습니까?"

도무지 설명할 수 없는 기이한 동작으로, 자포드 비블브락스가 팔 두 개로는 자기 이마 두 개를, 나머지 팔 하나로는 자기의 넓적다리를 철썩 갈겼다.

"이봐, 친구들, 이거 정말 대단해. 우리가 해낸 거야. 우린 마침내 우리가 오고자 했던 곳에 온 거라고. 여기가 바로 밀리웨이스야." 그가 말했다.

"밀리웨이스!" 포드가 말했다.

"그렇습니다, 손님." 흙삽으로 안내심을 꾹꾹 누르며 웨이터가 말했다. "여기가 바로 밀리웨이스, 우주의 끝에 있는 레스토랑이죠."

"무슨 끝이라고요?" 아서가 말했다.

"우주요." 웨이터가 매우 분명하게, 그리고 필요 이상으로 또렷하게 말했다.

"그게 언제 끝났죠?" 아서가 말했다.

"불과 몇 분 뒤에 끝납니다, 손님." 웨이터가 말했다. 그는 길게 숨을 들이쉬었다. 사실 그는 심호흡을 할 필요가 없었다. 그의 몸은 다리에 부착된 조그마한 정맥 주사 장치를 통해 생존에 필요한 특이한 기체 혼합물을 공급받고 있기 때문이었다. 하지만 어떤 식으로 물질대사를 하든지 간에, 종종 심호흡을 해야 할 때가 있는 법이다.

"자, 마침내 술을 주문하실 준비가 되셨다면, 자리로 안내해드리지요." 그가 말했다.

자포드는 두 개의 얼굴에 광적인 미소를 지으며 어슬렁어슬렁 바로 다가가더니 그 바를 거의 통째로 사버렸다.

15

우주의 끝에 있는 레스토랑은 요식업계 역사상 가장 특이한 모험 중 하나다. 이 레스토랑은 산산조각난 우주의 폐허 위에 세워져 있다……아니, 세워질 것이다……그러니까 우주가 산산조각날 때까지는 세워져 있게 될 것이다. 그리고 사실 세워져 있다.

시간 여행을 하다가 마주치게 되는 중요한 문제는 어쩌다 보니 자신의 아버지나 어머니가 되어버리는 것이 아니다. 자신의 아버지나 어머니가 되는 것 정도는 마음이 넓고 화목한 가족이라면 감당 못할 문제도 아니다. 역사의 흐름을 바꾸어놓는 것도 문제 될 것 없다. 역사의 흐름은 직소 퍼즐처럼 딱 맞아떨어지기 때문에 바뀌지 않는다. 모든 중요한 변화는 그들이 바꾸도록 정해진 일들 이전에 전부 일어났고, 결국은 알아서 정리된다.

가장 큰 문제는 간단히 말해서 문법적인 문제다. 이 문제와 관련해 참조할 수 있는 가장 정통한 논문은 댄 스트리트멘셔너 박사의 《시간 여행자용 천한 가지 시제 구조 핸드북》이다. 이 책은 가령, 과거에 어떤 일이 당신에게 곧 벌어질 상황이었는데 당신이 그 일을 피하기 위해 시간을 이틀 뛰어넘었을 때 그 일을 어떻게 묘사해야 할지 말해준다. 그것은 당신이 현재의 시점에서 그 일에 대해 이야기하는지, 더 미래의 시점에서 이야기하는지, 혹은 먼 과거의 시점에서 이야기하는지에 따라 달라질 것이다. 게다가 당신이 실제로 자신의 아버지나 어머니가 될 작정을 하고 이 시간에서 저 시간으로 시간 여행을 하는 중에 대화를 한다면, 문제는 더욱 복잡해진다.

대부분의 독자들은 '미래 반조건 수식 하위 역전 변격 과거 가정 의지 시제'정도까지 가면 포기한다. 사실 이 책의 나중 판본들은 인쇄 비용을 아끼기 위해 그 지점 이후의 페이지들은 모두 백지로 출판했다.

《은하수를 여행하는 히치하이커를 위한 안내서》는 이런 추상적인 학문상의 혼란은 가볍게 넘겨버린다. 다만 '미래 완료'라는 용어는 그것이 존재하지 않는 것으로 밝혀졌기 때문에 폐기되었다는 언급만 잠깐 하고 있을 뿐이다.

다시 본론으로 돌아가자.

우주의 끝에 있는 레스토랑은 요식업계 역사상 가장 특이한 모험 중 하나다.

이 레스토랑은 거대한 시간의 거품 속에 봉해져(봉해지올 할) 정확하게 우주가 끝나는 순간으로 시간을 가로질러 쏘아 보내져서 결국은 부서져버린 행성의 산산조각난 잔해 위에 만들어졌다.

이건 말도 안 된다고 많은 사람들은 말할 것이다.

그곳에서 손님들은 테이블에 자리를 잡고(잡다에 할) 우주의 모든 피조물들이 폭발하는 광경을 지켜보며(지켜보달 할) 호화스러운 만찬을 든다(든다에 할다).

이것 역시 말도 안 된다고 많은 사람들은 말할 것이다.

당신은 사전에(다음 전-언제) 예약을 하지 않고도 얼마든지 와서(언제에 와단 일수) 원하는 자리에 앉을 수 있다. 왜냐하면 원래 당신의 시간대로 돌아가서 소급 예약이라는 걸 할 수 있기 때문이다(당신은 거슬러 집에 돌아갈었을 곧전에 언제전 예약할 수 있다).

이제 많은 사람들은 이건 절대로 말도 안 된다고 주장할 것이다.

이 레스토랑에서 당신은 시공간을 막론한 모든 인구의 흥미진진한 축도를 만나서 함께 식사를 할 수 있다(언제에 이랑할 저녁한 만나 있게 된다).

참을성을 가지고 설명하자면, 이 역시 불가능하다.

당신은 몇 번이고 원하는 만큼 이 레스토랑을 방문할 수 있고(방문에 재방문할 있게 될……기타 등등 —— 시제 교정에 대해 더 알고 싶다면 스트리트멘셔너 박사의 책을 참고하기 바란다) 그 안에서 자기 자신과 마주칠 일은 전혀 없다고 확신해도 좋다. 그런 일은 대개 난감하기 마련이니까.

나머지 이야기들이 다 사실이라 하더라도 —— 물론 아니지만 ——

이거야말로 명백하게 말이 안 된다고 회의론자들은 말한다.

당신은 그저 자기 시대에 예금 통장에 일 페니만 저금하면 된다. 시간이 끝나는 날에 당신이 도착하면, 복리(複利) 작용에 의해 엄청난 식사 비용은 이미 지불이 되어 있을 것이다.

이건 단순히 말이 안 될 뿐만 아니라 명백히 미친 짓이라고 많은 사람들이 강변한다. 바로 그 때문에 바스타블론 성단의 광고 중역들이 이런 슬로건을 내걸게 된 것이다. '오늘 아침 여섯 가지의 불가능한 일을 하셨다면, 우주의 끝에 있는 레스토랑 밀리웨이스에서 아침 식사를 하면서 마무리하시는 게 어떻습니까?'

16

바에서 자포드는 급속히 취해가고 있었다. 그의 두 개의 머리는 서로 부딪쳐댔으며, 두 머리의 미소는 서로 타이밍이 안 맞고 있었다. 그는 눈물이 날 정도로 행복했다.

"자포드, 아직 말할 정신이 남아 있을 때, 도대체 무슨 일이 있었는지 이야기 좀 해줄래? 어디 있었던 거야? 우린 또 어디 있었고? 별일 아니지만, 좀 분명히 해두고 싶어서 그래." 포드가 말했다.

술독에 빠져 점점 더 몽롱해져만 가는 오른쪽 머리를 내버려둔 채, 자포드의 왼쪽 머리가 정신을 차렸다.

"음, 여기저기 다녔어. 그 사람들은 내가 우주의 지배자를 찾아냈으면 하는데, 나는 그 사람을 만나고 싶지 않아. 내 생각에 그 사람은 요리를 못할 것 같거든." 그가 말했다.

그의 왼쪽 머리는 오른쪽 머리가 이렇게 말하는 걸 보면서 고개를 끄덕였다.

"맞아. 술이나 한 잔 더 해." 왼쪽 머리가 말했다.

포드는 팬 갤랙틱 가글 블래스터를 한 잔 더 마셨다. 이 술은 강도 (強盜)의 술 버전에 해당되는 술이라고 회자되는 술이다. 즉, 대가 가 값비싸고 머리가 빠개진다. 무슨 일이 있었든 실은 별 상관 없지 뭐, 포드는 이렇게 판단했다.

"이봐, 포드, 모든 게 멋지고 차분하다고." 자포드가 말했다.

"그러니까 모든 게 정상이라는 거야?"

"아니, 그런 뜻이 아니야. 그럼 멋지고 차분한 게 아니지. 그래도 무슨 일이 있었는지 알고 싶다면, 뭐, 모든 상황이 내 주머니 안에 들어 있었다고 해두자. 괜찮지?" 자포드가 말했다.

포드는 어깨를 으쓱했다.

자포드는 킥킥거리면서 술을 마셨다. 술잔 입구까지 거품이 끓어 오르더니 대리석 바 표면 위로 흘러넘치기 시작했다.

야성적인 피부를 가진 우주 집시가 그들에게 다가오더니 전자 바 이올린을 연주하기 시작했다. 자포드는 많은 돈을 주고야 집시를 보낼 수 있었다.

집시는 이번에는 바의 다른 쪽에 앉아 있는 아서와 트릴리언에게 다가갔다.

"도대체 여기는 뭐가 뭔지 모르겠어. 하지만 굉장히 무시무시한 곳이란 건 확실해." 아서가 말했다.

"술이나 한 잔 더 해. 즐기자고." 트릴리언이 말했다.

"어느 거 말이야? 그 두 가지는 상호 모순적이라고." 아서가 말했다.

"불쌍한 아서, 넌 정말 이런 생활에는 안 맞는구나. 그렇지?"

"이걸 생활이라고 할 수 있어?"

"넌 점점 마빈같이 말하는구나."

"마빈은 내가 아는 가장 명쾌한 사고의 소유자라고. 그런데 어떻게 하면 이 바이올린 연주자를 내쫓을 수 있지?"

웨이터가 다가왔다.

"테이블이 준비되었습니다." 그가 말했다.

바깥에서 보면 —— 물론 바깥이 아니지만 —— 그 레스토랑은 잊힌 바위 위에 달라붙어 있는 번쩍거리는 거대한 불가사리 모양이었다. 그 팔 하나하나에는 바와 부엌, 그리고 건물 건체와 그 건물이 기반을 두고 있는 무너져가는 행성을 보호하기 위한 에너지장 발생기가 들어 있다. 또, 결정적인 순간을 중심으로 모든 사건을 앞뒤로 천천히 왔다 갔다 하게 하는 타임 터빈이 들어 있다.

그 중심에는 거대한 황금빛 돔이 서 있는데, 그 모양은 거의 완벽한 구체다. 자포드와 포드, 아서와 트릴리언이 지금 들어선 곳이 바로 그곳이었다.

적어도 오 톤은 됨 직한 분량의 반짝이가 먼저 들어가서 덮을 수 있는 곳은 모두 덮어버린 것 같았다. 반짝이가 덮지 못한 부분은 이미 보석과 산트라기누스 행성의 진귀한 조개껍질, 황금 잎사귀, 모자이크 타일, 도마뱀 가죽, 정체를 알 수 없는 수백만 가지의 장식과 치장으로 덮여 있었기 때문에 반짝이가 덮을 수 없었을 뿐이다. 유리가 반짝였고, 은이 빛났으며, 금이 번득였고, 아서 덴트는 눈이 왕방울만 해졌다.

"우와아, 자포." 자포드가 말했다.

"믿을 수 없어! 저 사람들……! 저 물건들……!" 아서가 헐떡이며 말했다.

"저 물건들……역시 사람들이야." 포드 프리펙트가 나직이 말했다.

"저 사람들……다른……사람들…….." 아서가 다시 말했다.

"저 불빛들……!" 트릴리언이 말했다.

"저 탁자들……!" 아서가 말했다.

"저 옷들……!" 트릴리언이 말했다.

웨이터는 이들이 마치 집행관 같은 소리를 한다고 생각했다.

"우주의 끝은 인기가 좋아." 자포드가 줄지어 선 테이블 사이를 비틀비틀 빠져나가면서 말했다.

어떤 테이블은 대리석, 어떤 테이블은 최고급 마호가니로 만들어졌고, 심지어 백금으로 만든 테이블도 있었다. 테이블마다 이국적인 생명체들이 둘러앉아 잡담을 하며 메뉴를 검토하고 있었다.

"사람들은 이곳에 정장을 하고 오는 걸 좋아하지. 무슨 특별한 날 같은 느낌이 들거든." 자포드가 계속 말했다.

테이블들은 중앙 무대 쪽을 중심으로 넓은 원 모양으로 펼쳐져 있었고, 무대에서는 소규모 밴드가 가벼운 음악을 연주하고 있었다. 아서의 눈에는 테이블이 적어도 천 개는 되어 보였다. 테이블 사이사이에는 흔들거리는 야자나무와 쉿 소리를 내는 분수들, 기괴한 조각상들이 군데군데 놓여 있었다. 한마디로, 돈을 아끼지 않고 쏟아 부었다는 느낌을 주기 위해 고급 레스토랑에서 볼 수 있는 장치들은 전부 한데 모아놓은 것 같았다. 아서는, 누군가 아메리칸 익스프레스 카드 광고라도 찍고 있을 것만 같아 주위를 둘러보았다.

자포드가 포드 쪽으로 급히 몸을 기울였다. 포드 역시 자포드에게 몸을 기울였다.

"와아아." 자포드가 말했다.

"자포." 포드가 말했다.

"증조부님이 우리 우주선의 컴퓨터를 정말로 완전히 망가뜨려놨나 봐." 자포드가 말했다. "가장 가까운 데 가서 뭐 좀 먹자고 했더니 우릴 우주 끝으로 보내버렸군. 나중에 컴퓨터 녀석 손 좀 봐주라고 나한테 꼭 말해줘."

그가 말을 멈췄다.

"여어, 모두 모였군. 옛날에 한가락 했던 사람들은 다 모였어."

"했던?" 아서가 물었다.

"우주의 끝에 있는 레스토랑에서는 과거 시제를 많이 써야 한다고." 자포드가 말했다. "모든 일이 벌써 다 끝나버린 상황이거든. 여어, 친구들." 그는 근처에 있는 거대한 이구아나 같은 생명체들에게 소리쳐 말했다. "어떻게 지냈어?"

"저거 자포드 비블브락스 아냐?" 한 이구아나가 다른 이구아나 에게 물었다.

"그런 것 같은데." 두 번째 이구아나가 대답했다.

"음, 보통이 아닌데." 첫 번째 이구아나가 말했다.

"인생이란 참 이상하기도 하지." 두 번째 이구아나가 말했다.

"자기 하기 나름이지." 첫 번째 이구아나가 말했고, 그들은 다시 침묵 속으로 빠져들었다. 그들은 지금 우주 최고의 쇼를 기다리고 있는 중이었다.

"이봐, 자포드." 포드가 그의 팔을 잡으며 말했다. 하지만 이미 팬 갈랙틱 가글 블래스터를 세 잔째 마신 뒤라 그는 그 팔을 놓쳤다. 그는 떨리는 손가락을 들어 뭔가를 가리켰다.

"저기 내 옛 친구가 있어. 핫블랙 데지아토! 백금 옷을 입고 백금 탁자에 앉아 있는 사람 보이지?" 그가 말했다.

자포드는 포드의 떨리는 손가락을 눈으로 따라가보려 했지만, 머리가 어지러웠다. 그는 가까스로 알아볼 수 있었다.

"아, 그래." 그가 말했다. 하지만 제대로 알아본 건 그 다음 순간 이었다. 그가 말했다. "여어, 저 녀석 완전 대박 터뜨린 녀석이잖아! 와, 역사상 최고의 대박이라고. 나를 제외하고 말이지."

"저자가 누군데?" 트릴리언이 물었다.

"핫블랙 데지아토? 몰라? 재앙 지대라고 못 들어봤어?" 자포드 가 깜짝 놀라 말했다.

"아니." 트릴리언이 답했다. 그녀는 들어본 적이 없었다.

"최고로 성공적이고…… 최고로 시끄럽고……." 포드가 말했다.

"최고로 부자인……." 자포드가 덧붙였다.

"……록 밴드지…… 역사상……." 포드가 다음 말을 찾아내려 했다.

"…… 역사 그 자체야." 자포드가 말했다.

"몰라." 트릴리언이 말했다.

"저런. 우린 지금 우주의 끝에 있는 레스토랑에 있어. 넌 아직 제대로 살아보지도 않았는데 말이야. 기회를 놓친 게 아깝지?" 자포드가 말했다.

그는 그녀를 데리고 웨이터가 내내 기다리고 있던 테이블로 갔다. 아서는 매우 혼란스럽고 외로운 심정으로 그 뒤를 따랐다.

포드는 옛 친구를 만나기 위해 테이블 사이를 헤치고 나아갔다.

"여어, 핫블랙." 그가 소리쳐 불렀다. "잘 지냈어? 만나서 반가워. 시끄러운 짓은 잘 돼가고? 신수가 훤한데. 진짜진짜 뚱뚱하고 안 좋아 보이는군. 놀라워." 그는 데지아토의 등을 툭툭 쳤는데, 아무런 반응이 없어서 조금 놀랐다. 하지만 그의 몸 안에서 흐르는 팬 갤럭틱 가글 블래스터가 상관 말고 그대로 나가라고 속삭였다.

"옛날 생각 나나? 우리 같이 잘 놀았잖아? 비스트로 무법자, 기억나? 말라깽이 목구멍 시장(市場)에. 악의 경주로 술집에. 좋은 시절이었지, 안 그래?" 그가 말했다.

핫블랙 데지아토는 그 시절이 좋았는지 안 좋았는지 아무 의견도 내놓지 않았다. 포드는 당황하지 않았다.

"그리고 배고플 때면 공중 보건 조사원인 척했잖아, 기억나지? 그리고 돌아다니면서 음식과 술을 몰수했잖아, 응? 그러다가 결국은 식중독에 걸렸지. 아, 그리고 뉴베텔의 그레첸 타운에 있는 루 카페 위의 그 냄새 고약한 방들에서 밤 새도록 술을 마시면서 떠들곤 했잖아. 자넨 언제나 그 옆방에서 아주타를 뜯으며 곡을 쓰곤 했어. 우린 그 노래들을 정말 싫어했어. 자넨 상관없다고 했지. 하지만 우린 상관있다고 했어. 너무너무 듣기 싫었으니까." 포드의 눈에 눈물이 고이기 시작했다.

"자넨 스타가 되고 싶지 않다고 했지." 포드는 추억에 잠겨 계속 떠들었다. "스타 시스템을 경멸했으니까. 그리고 우린, 그러니까 하드라와 술리주와 나는 그 선택권은 자네한테 있는 게 아니라고 했어. 그런데 지금의 자넬 보라고. 자넨 스타 시스템들을 사고 있잖아!"

그는 돌아서서 가까운 테이블에 앉은 사람들의 관심을 끌려고 했다.

"여기 이 사람이 스타 시스템들을 사는 사람이에요!" 그가 말했다.

핫블랙 데지아토는 이 사실을 긍정도 부정도 하지 않았다. 주변 사람들은 잠시 관심을 보였지만 급속히 흥미를 잃었다.

"누군가 대단히 취한 것 같군." 자줏빛 덤불 같은 생명체가 자기 와인 잔에다 대고 중얼거렸다.

포드는 약간 비틀거리더니, 핫블랙 데지아토의 맞은편 의자에 털썩 주저앉았다.

"그 곡 제목이 뭐라고 했지?" 그가 말했다. 그는 현명치 못하게도 술병을 잡고 몸을 지탱하려 하다가 술병을 엎었다. 우연히도 술은 바로 옆의 술잔에 부어졌고, 이 기막힌 우연을 낭비하지 않기 위해 포드는 그 잔을 비웠다.

"왜 그 대단한 히트 곡 있잖아. 그게 어떻게 되더라? 빰! 빰! 빠밤! 이런 거 말야. 공연할 때는 우주선을 태양에 갖다 박으면서 끝내는 거. 진짜로 말이야!" 그는 계속했다.

포드는 이 묘기를 구체적으로 보여주기 위해 한 손에다 다른 주먹을 부딪쳐 보였다. 그러다가 그는 다시 술병을 넘어뜨렸다.

"배! 태양! 콰광, 꽝!" 그가 소리쳤다. "레이저 광선이라든지 그런 것들은 비교도 안 되지. 자네들은 태양 화염 속으로 들어가 진짜로 지글지글 탄다고. 아, 게다가 그 끔찍한 노래들이라니."

그의 시선은 술병에서 꿀럭꿀럭 흘러나온 술이 테이블 위로 넘치는 모습을 따라가고 있었다. 뭔가 조치를 취해야 하는데, 그는 생각했다.

"여어, 한 잔 할래?" 그가 말했다.

이 재회의 광경에 뭔가가 빠져 있다는 생각이 그의 짜부라진 마음에 들기 시작했다. 그 부족한 뭔가는 백금 양복과 은빛 모자를 쓰고 자기 맞은편에 앉아 있는 뚱보가 아직 "안녕, 포드"라든지 "이거 정말 오랜만이군" 같은 말을 하지 않았다는 사실, 혹은 사실상 아무 말도 하지 않고 있다는 사실과 관련 있었다. 게다가 그는 아직

손도 한번 까딱하지 않고 있었다.

"핫블랙?" 포드가 말했다.

커다란 고깃덩어리 같은 손이 뒤에서 다가와 그의 어깨를 잡더니 그를 옆으로 밀어냈다. 자리에서 볼품없이 미끄러진 포드는 이 무례한 손의 주인이 누군지 보려고 위를 쳐다봤다. 그 손의 주인은 찾기 어렵지 않았다. 그 사람은 키가 칠 피트나 되는데다가 그에 걸맞은 몸집을 하고 있었기 때문이다. 사실 그는 가죽 소파를 만드는 방식으로 만들어져 있었다. 즉 윤기가 흐르고, 울퉁불퉁하고, 속은 든든하게 채워져 있었다. 그 사람의 몸집이 꽉 들어차 있는 양복은 마치 이런 몸을 양복 안에 넣는 것이 얼마나 힘든지를 증명하기 위해 태어난 것 같은 모양새였다. 그의 얼굴은 오렌지 같은 질감에 사과 색깔이었다. 하지만 달콤한 것들과 닮은 점은 거기서 끝이었다.

"꼬마……." 저 아래 가슴속에서 정말 힘든 시간을 보낸 듯한 목소리가 그 사람의 입에서 울려 나왔다.

"응?" 포드가 대화하듯이 말했다. 그는 비틀거리며 다시 일어났지만, 자기 머리 꼭대기가 그 사람의 가슴에도 미치지 못한다는 사실에 실망했다.

"꺼져." 그자가 말했다.

"어, 그래?" 포드는 자신이 지금 현명하게 처신하고 있는 것인지 자문하며 말했다. "근데 넌 누구지?"

그자는 잠시 이 질문에 대해 생각하는 것 같았다. 그는 이런 질문을 받는 데 익숙하지 않았다. 그럼에도 불구하고 그는 잠시 후 답을 내놓았다.

"난 너한테 꺼지라고 말하는 사람이야." 그가 말했다. "맞고 정신 차릴래?"

"이봐." 포드가 안절부절못하며 말했다. 그는 자기 머리가 이제는 그만 좀 빙빙 돌고 진정한 후 사태를 제대로 파악하기를 바랐다. 그가 계속 말했다. "있잖아, 난 핫블랙의 옛 친구고, 그리고……."

그는 핫블랙 데지아토를 힐끗 쳐다보았다. 그는 여전히 눈썹 하나 까딱하지 않고 있었다.

"……그리고……." 포드가 다시 말했다. 그는 '그리고' 다음에 무슨 말을 하는 게 좋을까 궁리하고 있었다.

덩치 큰 남자가 '그리고' 다음에 들어갈 말을 통째로 내놓았다.

"그리고 난 데지아토 씨의 보디가드지." 그의 말은 계속 이어졌다. "그리고 난 데지아토 씨의 몸에 대해 책임을 지고 있지. 그리고 네 몸에 대해서는 책임이 없지. 그러니 몸이 망가지기 전에 어서 가지고 가라고."

"잠깐만 기다려." 포드가 말했다.

"시간 없어!" 보디가드가 버럭 소리를 질렀다. "못 기다려! 데지아토 씨는 아무하고도 말 안해!"

"어, 이 문제에 대해 어떻게 생각하는지 본인에게 말해보라고 하는 게 어때?" 포드가 말했다.

"그는 아무하고도 말 안한다니까!" 보디가드가 으르렁거렸다.

다시 한번 핫블랙을 초조하게 힐끔 쳐다본 포드는 이 보디가드가 사실을 말하고 있는 것 같다고 인정하지 않을 수 없었다. 그는 포드의 안위에 대해 지대한 관심을 보이기는커녕 움직일 기세조차 전혀 없었다.

"왜? 그에게 무슨 문제가 있는 거야?" 포드가 말했다.

보니가드가 이야기했다.

17

《**은**하수를 여행하는 히치하이커를 위한 안내서》는 가그라카카 마인드 존 출신의 플루토늄 록 밴드 '재앙 지대'에 대해 다음과 같이 말하고 있다.

이들은 일반적으로 은하계에서 가장 시끄러운 록 밴드일 뿐만 아니라 사실 종류를 막론하고 가장 시끄러운 소음을 내는 밴드로 알려져 있다. 정기적으로 콘서트에 가는 사람들은, 최고의 음향적 균형은 무대에서 삼십칠 마일 떨어진 콘크리트 벙커 내부에서 연주를 들을 때 얻어진다고 판단한다. 물론 밴드는 행성 궤도상에 있는, 혹은 종종 그렇듯이 완전히 다른 행성의 궤도상에 있는, 철저하게 방음 장치가 된 우주선 안에서 리모컨으로 악기를 연주한다.

이 밴드의 노래는 대체로 매우 단순하며 주제도 친숙하다. 즉 소년 생명체가 소녀 생명체를 은빛 달 아래에서 만나는데, 그 달이 아무 이유도 없이 폭발해버린다는 식이다.

현재 많은 행성이 그들의 공연을 완전히 금지하고 있다. 예술적인 이유 때문인 경우도 종종 있지만, 대체로는 그 밴드의 방송 시스템이 그 지역의 전략 무기 제한 협정에 위배되기 때문이다.

히지만 이런 일들은 그들의 수입이 초수학적인 경계를 넘어서는 것을 막지 못했다. 그 밴드의 수석 연구 회계사는 '재앙 지대'의 세금 공제에 관한 그의 일반 이론과 특수 이론을 인정받아 최근 맥시메갈론 대학의 신(新)수학과 교수로 초빙되었다. 이 이론에서 그는 시공간 연속체의 구조는 그저 굽어 있는 것이 아니라 실제로는 완전히 접혀 있음을 입증하고 있다.

포드는 자포드와 아서, 트릴리언이 쇼가 시작되기를 기다리며 앉아 있는 테이블로 비틀거리며 걸어왔다.

"뭘 좀 먹어야겠어." 포드가 말했다.

"이봐 포드, 그 소음꾼하고 얘기해봤어?" 자포드가 말했다.

포드는 어정쩡하게 고개를 저었다.

"핫블랙 말이야? 뭐, 얘기를 한 셈이지."

"뭐래?"

"글쎄, 뭐 별로. 그는……음…….."

"응?"

"그는 세금 문제로 일 년 동안 죽어 있는 중이야. 나 좀 앉아야겠어."

그는 자리에 앉았다.

웨이터가 다가왔다.

"메뉴를 보시겠습니까, 아니면 오늘의 요리를 만나보시겠습니까?" 그가 말했다.

"뭐?" 아서가 말했다.

"뭐?" 포드가 말했다.

"뭐?" 트릴리언이 말했다.

"그거 좋지. 어디 그 고기를 한번 볼까." 자포드가 말했다.

레스토랑 복합 건물의 한쪽 팔 부분에 있는 작은 방에서 키가 크고 홀쭉한 인물이 커튼을 젖혔다. 그러자 망각이 그의 얼굴을 마주했다.

예쁘장한 얼굴은 아니었다. 어쩌면 망각이 그를 너무 자주 들여다봤기 때문인지도 모르겠다. 우선 그 얼굴은 너무 길었고, 눈은 너무 퀭하니 들어가 있었다. 뺨은 너무 홀쭉했고, 입술은 너무 얇고 길었으며, 그 입이 열렸을 때는 방금 닦은 유리창 같은 치아가 드러났다. 커튼을 붙잡고 있는 손들도 너무 길고 가늘었다. 게다가 차가웠다. 그 손은 커튼의 주름을 따라 가볍게 놓여 있었는데, 그 손들은 마치 그가 그렇게 독수리처럼 감시하지 않으면 자기 혼자 꾸물꾸물 물러나 한쪽 구석에서 입에 담지 못할 짓이라도 할 것만 같은 인상을 주었다.

그는 커튼을 내렸다. 그의 몸을 비추던 굉장한 빛은 더 건전한 곳에서 놀려고 물러났다. 그는 저녁 사냥감에 대해 고민하는 사마귀처럼 작은 방 안을 어슬렁거리다, 마침내 가대식[架臺式] 탁자 옆에 놓인 낡아빠진 의자에 앉았다. 그리고 농담들이 적힌 종이 몇 장을 대충 넘기며 훑어봤다.

벨이 울렸다.

그는 얄팍한 종이 다발을 치우고 자리에서 일어섰다. 그는 재킷을 장식하고 있는 백만 개의 무지갯빛 세퀸 장식들을 흐느적거리는 손으로 가볍게 쓸어보고 문 밖으로 나섰다.

레스토랑 안의 조명은 흐릿하게 낮춰져 있었고, 밴드는 빠른 음악을 연주하기 시작했다. 한 줄기 스포트라이트가 무대 중앙으로 이어지는 계단의 어둠을 뚫고 내리꽂혔다.

현란한 색깔의 옷을 입은 키 큰 인물 하나가 계단 위로 뛰어 올라왔다. 그는 무대로 뛰쳐나와 마이크 쪽으로 가볍게 걸어가더니, 가늘고 긴 손으로 마이크를 잡아 단번에 스탠드에서 빼냈다. 그러고는 잠시 동안 좌우의 관객들에게 인사하며 그들의 환호에 답례하고, 자신의 올챙이배를 보여주며 서 있었다. 그는 관객들 속에 앉아 있는 자기 친구들에게 손을 흔들었다. 비록 그 안에 친구들이라곤 하나도 없었지만. 그리고 그는 함성이 잦아들기를 기다렸다.

그는 손을 들고 미소를 지어 보였다. 그 미소는 귀에 걸린 정도가 아니라 얼굴의 영역을 벗어난 것처럼 보였다.

"감사합니다, 신사 숙녀 여러분! 대단히 감사합니다. 정말 감사합니다." 그가 외쳤다.

그는 반짝이는 눈으로 관객들을 쳐다봤다.

"신사 숙녀 여러분, 우리가 아는 바 우주는 현재까지 약 천칠백 경 년간 존재해왔습니다. 그 우주가 이제 약 삼십 분 후면 끝이 나게 됩니다. 그러므로 모두 우주의 끝에 있는 레스토랑 밀리웨이스에 오신 것을 환영합니다." 그가 말했다.

그는 능란한 손짓으로 다시 한 차례 자발적인 박수를 불러냈다. 그리고 또 한 번의 손짓으로 박수를 멈추게 했다.

"제가 오늘 밤 여러분의 사회자입니다. 제 이름은 맥스 쿼들플린입니다……." 그가 말했다.

모두가 그의 이름을 알고 있었다. 그의 연기는 알려진 은하계 전역에서 유명했지만, 그는 다시 한번 관객의 함성을 자아내려고 자기 이름을 말한 것이었다. 그는 왜들 그러시냐는 듯이 미소를 짓고 손을 흔들면서 관객의 환호에 답했다.

"……전 지금 막 시간의 아주 아주 반대쪽 끝에서 도착하는 길입니다. 거기서는 빅뱅 버거 바에서 쇼를 진행하고 있죠—— 저는 거기서 아주 끝내주는 시간을 보냈다고 말씀드릴 수 있습니다, 신사 숙녀 여러분—— 그리고 이제 여러분과 함께 이 역사적인 순간을 보낼 것입니다. 역사의 종말, 바로 그 순간을요!"

또다시 우렁찬 박수 소리가 터져 나왔고, 조명이 더 낮아지자 재빨리 사그라졌다. 테이블마다 촛불들이 저절로 밝혀졌고, 식사 손님들은 헉 하고 조그맣게 숨을 몰아 쉬었다. 촛불들은 조그맣게 일렁이는 천 개의 불빛과 백만 개의 친밀한 그림자로 그들을 둘러쌌다. 머리 위의 거대한 황금빛 돔은 아주 서서히 희미해지다가 어두워져 마침내 사라졌으며, 어두워진 레스토랑 안에는 흥분의 전율이 휩쓸고 지나갔다.

맥스는 속삭이는 목소리로 다시 이야기를 시작했다.

"자, 신사 숙녀 여러분……." 그가 소곤소곤 말했다. "촛불이 켜졌고, 밴드는 부드러운 음악을 연주하고 있습니다. 에너지장이 쳐진 저 위의 돔이 투명하게 사라져버리니, 으스스하게 부풀어 오른 별들의 고색창연한 빛들을 무겁게 짙어지고 있는 어둡고 침울한 하늘이 드러나는군요. 멋들어진 종말의 밤이 될 것 같습니다!"

과거에 이런 광경을 본 적이 없는 모든 사람들에게 아찔한 충격이 내려앉자, 부드럽게 재잘대는 듯한 밴드의 음악 소리조차 잦아들었다.

괴물같이 섬뜩한 빛이 그들에게 쏟아져 내렸다.

— 무시무시한 빛

— 부글부글 끓어오르는, 역병 같은 빛.

— 지옥마저 볼썽사납게 만들 것 같은 빛.

우주가 끝나가고 있었다.

끝도 없이 느껴진 몇 초 동안 레스토랑은 미친 듯이 날뛰는 텅 빈 공간 속을 고요히 회전했다. 맥스가 다시 입을 열었다.

"터널 끝의 불빛을 보고 싶어하셨던 분들, 이게 바로 그겁니다." 그가 말했다.

밴드가 다시 음악을 연주했다.

"감사합니다, 신사 숙녀 여러분." 맥스가 소리쳤다. "저는 잠시 후에 돌아오겠습니다. 그동안 레그 널리파이 씨와 그의 카타클리즈믹 콤보가 여러분을 즐겁게 해드릴 겁니다. 신사 숙녀 여러분, 박수로 격려해주십시오, 레그와 친구들!"

하늘 위에서는 재앙과도 같은 혼란이 계속됐다.

청중들은 마지못해 손뼉을 치고는, 곧 자기들끼리 대화를 시작했다. 맥스는 농담을 주고받고 호탕하게 웃고 생계를 위한 돈을 벌면서 테이블을 돌기 시작했다.

거대한 낙농 가축 한 마리가 자포드 비블브락스의 테이블로 다가왔다. 그것은 살이 뒤룩뒤룩 찐 소과의 커다란 네 발 짐승으로, 물기 촉촉한 커다란 눈과 작은 뿔을 가졌고, 거의 아양 떠는 듯한 미소를 입가에 띠고 있었다.

그것이 자세를 낮추더니 궁둥이로 털썩 주저앉았다.

"안녕하세요? 제가 바로 오늘의 특별 요리예요. 제 몸에서 마음에 드는 부위가 있으신가요?" 짐승이 헛기침을 하고 꾸르륵 하는 소리를 내더니, 엉덩이를 실룩거리며 좀더 편안한 자세를 취했다. 그러고는 평화로운 눈길로 그들을 응시했다.

그 시선은 아서와 트릴리언의 놀라고 당황한 표정, 포드 프리펙트의 체념한 듯한 어깻짓, 자포드 비블브락스의 노골적인 허기와 차례로 마주쳤다.

"어깨 쪽에서 조금 떼어내는 건 어떨까요?" 짐승이 제안했다. "그래가지고 백포도주 소스에 담가 끓이는 거예요."

"어, 네 어깨에서?" 아서가 공포에 질려 속삭였다.

"당연히 제 어깨죠, 손님." 짐승은 만족스레 음매 하고 대답했다. "제가 다른 짐승 걸 드리겠다고 할 순 없잖아요."

자포드가 벌떡 일어나더니, 무슨 감상이라도 하듯이 그 짐승의 어깨를 찌르고 만져보기 시작했다.

"아니면 엉덩이살도 굉장히 좋아요." 짐승이 중얼거렸다. "전 계속 운동을 했고 곡식도 많이 먹었거든요. 그러니까 그쪽에 좋은 고기가 많이 있어요." 짐승은 부드럽게 꿀꿀거렸다가 다시 꾸르륵 소리를 내고는 되새김질을 하기 시작했다. 그리고 새김질한 것을 다시 꿀꺽 삼켰다.

"아니면 저를 가지고 냄비 요리를 해 드시겠어요?" 짐승이 덧붙였다.

"이 짐승이 정말 자기를 먹어달라고 하는 거란 말이야?" 트릴리언이 포드에게 속삭였다.

"몰라. 난 아무 말도 안 했어." 포드가 흐릿한 눈빛으로 말했다.

"정말이지 무시무시한 일이군. 이렇게 속이 뒤집힐 것 같은 소리는 정말 처음 들어봐." 아서가 소리쳤다.

"뭐가 문제야, 지구인?" 자포드가 이제 짐승의 거대한 엉덩이 쪽으로 관심을 옮겨 가면서 말했다.

"난 자기를 먹어달라고 청하는 짐승을 먹고 싶진 않다고. 냉혹한 짓이야." 아서가 말했다.

"먹히고 싶어하지 않는 짐승을 먹는 것보단 낫지." 자포드가 말했다.

"그게 핵심이 아니라고." 아서가 항의했다. 그러고 나서 그는 잠시 생각에 잠겼다가 말했다. "어쩌면 그게 핵심인지도 모르지. 난 상관 안 해. 지금은 그런 생각 안 할 테야. 난 그냥……음……."

우주가 그의 주위에서 단말마의 비명을 지르고 있었다.

"난 그냥 야채 샐러드나 먹을래." 그가 중얼거렸다.

"제 간을 권해드려도 될까요?" 짐승이 물었다. "지금쯤은 아주 영양분이 풍부하고 부드러울 텐데요. 전 몇 달 동안 억지로 살을 찌워왔거든요."

"야채 샐러드." 아서가 힘주어 말했다.

"야채 샐러드라고요?" 짐승이 못마땅하다는 듯이 아서에게 눈을 굴리면서 말했다.

"너 지금……내가 야채 샐러드를 먹으면 안 된다는 거야?" 아서가 말했다.

"글쎄요. 그 점에 대해 매우 분명한 견해를 가진 야채들을 많이 알고 있거든요. 그 얽히고설킨 문제들을 결국 한 번에 해결하기 위해서, 정말로 먹히길 원하고 그 사실을 분명하고 똑똑하게 말할 수 있는 짐승을 키우게 된 거예요. 여기 있는 저처럼요." 짐승이 답했다.

짐승은 보일락 말락 하게 고개를 숙였다.

"물이나 한 컵 주세요." 아서가 말했다.

"이봐, 우린 먹으려는 거지, 먹는 문젤 가지고 토론하려는 게 아니야. 살짝 익힌 스테이크 사 인분 주게, 빨리. 우린 오조 칠천육백억 년 동안 아무것도 못 먹었거든." 자포드가 말했다.

짐승이 비틀거리며 일어났다. 짐승은 부드럽게 꾸르럭 소리를 내며 말했다.

"대단히 현명하신 선택입니다, 손님. 아주 훌륭해요. 그럼 저는 빨리 가서 자살하지요."

짐승은 돌아서더니 아서에게 친근한 윙크를 보냈다.

"걱정하지 마세요, 손님. 아주 인간적으로 할 테니까요." 짐승이 말했다.

짐승은 급할 것 없다는 듯이 뒤뚱뒤뚱 부엌을 향해 걸어갔다.

몇 분 뒤, 웨이터가 김이 모락모락 피어오르는 커다란 스테이크 사 인분을 가지고 왔다. 자포드와 포드는 조금도 망설이지 않고 즉시 늑대처럼 달려들었다. 트릴리언은 잠시 앉아 있다가 어깨를 으쓱하더니 자기 몫을 먹기 시작했다.

아서는 약간 구역질을 느끼며 자기 음식을 물끄러미 쳐다봤다.

"이봐 지구인, 뭐가 널 먹고 있는 거야(괴롭힌다는 의미의 관용구를 직역한 것이다─옮긴이주)?" 자포드가 음식을 처넣고 있지 않은 쪽 얼굴에 짓궂은 미소를 지으며 말했다.

밴드는 연주를 계속했다.

레스토랑 안 사방에서 사람들과 사물들이 느긋하게 휴식을 취하며 이야기를 나누고 있었다. 공기는 이국적인 화초와 호화로운 음식, 방심하다가는 취하기 딱 좋은 와인들이 뒤섞인 냄새와 이런저런 이야기 소리로 가득 차 있었다. 우주의 대격변은 모든 것을 마비

시킬 절정을 향해 사방으로 끝도 없이 치닫고 있었다. 맥스는 손목시계를 들여다보더니 과장된 동작으로 무대로 돌아왔다.

"자, 신사 숙녀 여러분, 모두들 마지막 시간을 즐겁게 보내고 계십니까?" 그가 밝게 미소 지으며 말했다.

"예에." 코미디언들이 즐거우냐고 물으면 '예에' 하고 외치는 그런 종류의 사람들이 외쳤다.

"아주 좋습니다." 맥스가 열을 내며 말했다. "대단히 좋습니다. 광자 태풍이 최후의 새빨간 뜨거운 태양들을 산산이 찢어버릴 준비를 갖추고 지금 우리 주위로 뭉게뭉게 몰려오고 있습니다. 이제 모두 편안히 앉아서 저와 함께 어마어마하게 흥미진진한 최후의 경험을 즐겨봅시다."

그는 말을 멈추고, 반짝이는 눈으로 청중을 둘러보았다.

"제 말을 믿으세요, 신사 숙녀 여러분. 이건 절대 아슬아슬하게 마지막까지 가는 척만 하는 그런 게 아닙니다." 맥스가 말했다.

그가 다시 말을 멈췄다. 오늘 밤 그의 시간 계산은 흠잡을 데가 없었다. 그는 밤마다 몇 번이고 이 쇼를 진행해왔다. 여기, 시간의 끝점에서 '밤'이라는 말에 무슨 특별한 의미가 있다는 건 아니다. 이곳에는 오로지 종말의 끝없는 반복만이 있을 뿐이었다. 레스토랑은 시간의 끝의 가장자리에서 천천히 앞으로, 그리고 다시 뒤로 흔들거리고 있었다. 오늘 '밤'은 괜찮았다. 청중은 그의 창백한 손아귀 속에서 몸부림치고 있었다. 그의 목소리가 낮아졌다. 청중은 바짝 긴장하고 그의 목소리에 귀를 기울였다.

"이것이……바로 그 절대적인 종말입니다. 그 모든 장엄한 피조물들이 일거에 멸종하게 되는 최후의 으스스한 폐허죠. 이것이……신사 숙녀 여러분……바로 그 유명한 '그것'입니다." 그가 말했다.

그는 목소리를 더욱 바짝 낮췄다. 그런 고요함 속에서라면 파리조차 감히 헛기침을 하지 못할 것 같았다.

"이 다음에는……아무것도 없습니다. 공허. 허공. 망각. 절대적인 무(無)……." 맥스가 말했다.

그의 눈이 다시 번쩍거렸다. 혹은 반짝거렸나?

"아무것도 없습니다……물론, 디저트와 알데바란 행성의 고급 술은 제외하고요!"

밴드가 그의 말에 짧게 간주를 넣었다. 맥스는 그러지 않기를 바랐다. 그는 음악이 필요 없었다. 자신과 같은 대단한 예술가는 그런 게 필요 없었다. 그는 청중을 자신의 악기처럼 연주할 수 있었다. 그들은 그의 농담에 마음을 놓으며 웃었다. 그는 말을 계속했다.

"게다가 이번만은……." 그가 쾌활하게 외쳤다. "내일 아침의 숙취 문제를 염려하지 않으셔도 됩니다. 아침이란 건 이제 더 이상 없을 테니까요!"

그는 행복해하며 웃고 있는 청중에게 활짝 미소 지었다. 그는 매일 밤 똑같은 죽음의 일상을 되풀이하는 하늘을 올려다봤다. 하지만 이것은 일 초의 한 조각에 불과한 시간 동안의 일이었다. 한 명의 프로가 다른 프로를 믿듯이, 그는 하늘이 오늘도 자기 역할을 제대로 하리라고 믿었다.

"자, 이제, 오늘 밤 이곳의 좋은 분위기, 이 운명적이고 허무한 분위기를 망칠 위험을 무릅쓰고, 이곳에 오신 손님 몇 분을 환영하고자 합니다." 맥스가 무대 위를 서성이며 말했다.

그는 주머니에서 카드 하나를 꺼냈다.

"지금 여기……." 그는 환호 소리를 제지하기 위해 한 손을 들었다. "크반의 보트보이드 행성 너머에서 오신, 잔셀쿼슈어 플라마리온 브리지 클럽 분들 계신가요? 어디 계십니까?"

저 뒤쪽에서 떠들썩한 환호성이 일었지만 그는 못 들은 체했다. 맥스는 클럽 사람들을 찾는 체하며 사방을 열심히 둘러봤다.

"안 오셨나요?" 그는 더 큰 환호성을 이끌어내기 위해 다시 한번 물었다.

그는 목적한 바를 얻어냈다. 항상 그랬듯이.

"아, 저기 계시는군요. 자, 마지막 배팅을 하세요, 친구들. 속임수는 안 됩니다. 아주 엄숙한 순간이라는 걸 아셔야죠."

그는 한바탕 일어난 웃음소리를 음미했다.

"에, 그리고 또……아스가르트의 이류 신들 오셨나요?"

그의 오른편에서 우르릉 하고 천둥소리가 일었다. 무대 위로 곡선을 그리며 번개가 쳤다. 헬멧을 쓴 털북숭이 남자 몇 명이 매우 만족스러운 표정으로 앉아서 그에게 술잔을 들어 보였다.

퇴물들, 그는 생각했다.

"그 망치 조심하십시오, 선생님." 그가 말했다.

그들은 다시 한번 번개 기술을 선보였다. 맥스는 그들에게 억지로 미소를 지어 보였다.

"그리고 세 번째는, 시리우스 B 행성에서 오신 젊은 보수주의자 모임입니다. 여기 계신가요?" 그가 말했다.

말쑥하게 차려입은 젊은 개들 무리가 서로에게 롤빵을 던지다가 멈추고는 무대 위로 롤빵을 던지기 시작했다. 그들은 알아들을 수 없는 소리로 멍멍 짖어댔다.

"맞아요, 이 모든 게 당신들 잘못이에요. 이제 아셨나요?" 맥스가 말했다.

"그리고 마지막으로……." 맥스가 청중을 조용히 시키고 다시 엄숙한 표정을 지으며 말했다. "마지막으로, 위대한 예언자 자쿠온의 재림을 믿는 교회의 신도들, 매우 독실한 신도들이 와 계시다고 알고 있습니다……."

신도 이십 명가량이 와 있었다. 그들은 수도자 차림을 하고 초조한 듯 광천수를 홀짝거리면서, 잔치 분위기와는 상관없이 바닥 구석에 앉아 있었다. 그들은 자기들에게 스포트라이트가 비치자 못마땅하다는 듯이 눈을 껌벅거렸다.

"저기 계시군요. 저기 참을성 있게 앉아 계시군요. 자쿠온님은 다시 오겠다고 하시고선, 여러분을 참 오래도 기다리게 하셨습니다. 그러니 좀 서두르시라고 모두 빌어볼까요? 이제 팔 분밖에 시간이 안 남았으니까요!" 맥스가 말했다.

자쿠온 신도들은 자신들에게 쏟아지는 무자비한 웃음소리의 파도에 휩쓸리길 거부하면서 고집스레 앉아 있었다.

맥스는 청중을 진정시켰다.

"아니에요, 여러분. 정말이지, 정말이지 화나게 하려고 드린 말씀이 아닙니다. 마음속 깊숙이 자리 잡고 있는 믿음을 놀림감으로 삼아서는 안 되죠. 그러니 위대한 예언자 자쿠온님을 위해 큰 박수 한 번 보냅시다……."

청중은 존경을 표하며 박수를 쳤다.

"……그분이 어디 가셨든지 말입니다!"

그는 딱딱하게 표정이 굳은 자쿠온 신도들을 향해 손으로 키스를 날리고는 무대 중앙으로 돌아왔다.

맥스는 높다란 의자를 가져와 거기 앉았다.

"네, 정말 좋군요." 그가 계속 주절거렸다. "이렇게 많은 분들이 오늘 밤 여기 오시다니요. 좋지 않습니까? 네, 정말 엄청나게 좋습니다. 여러분 중 많은 분들이 오시고 또 오신다는 걸 알고 있습니다. 정말 멋진 일이죠. 여기 와서 모든 것이 최종적으로 끝나는 것을 지켜본 다음, 여러분 자신의 시대로 다시 돌아가서……가정을 가꾸고, 새롭고 더 나은 사회를 만들기 위해 애쓰고, 옳다고 믿는 바를 위해 끔찍한 전쟁을 치르고 하는 것 말입니다. 그건 정말 모든 생명체의 미래에 대해 희망을 품게 만듭니다. 물론……." 그는 자기 위와 주변에서 벌어지고 있는 혼란을 향해 손을 흔들었다. "희망이 없다는 것을 알지만요……."

아서는 포드에게 고개를 돌렸다. 그는 아직도 이곳이 도대체 뭐

하는 곳인지 제대로 이해가 되지 않았다.

"이봐, 있잖아…… 우주가 곧 끝장난다면…… 우리도 같이 끝장 나는 거 아냐?" 그가 말했다.

포드는 팬 갤럭틱 가글 블래스터 세 잔을 마신 표정을 그에게 지어 보였다. 다시 말해서 매우 불안정해 보이는 표정이었다.

"아니지. 이 말도 안 되는 술집에 들어오는 순간, 너는 에너지 방패막이 쳐진 비비 꼬인 시간 영역 속으로 들어온 거라고." 그가 말했다.

"아." 아서가 말했다.

그는 웨이터에게서 끝내 스테이크 대신 받아낸 수프로 관심을 돌렸다.

"내가 보여주지." 포드가 말했다.

그는 테이블에서 냅킨 하나를 집더니 뭘 하는지 모르게 만지작거렸다.

"이봐, 이 냅킨을, 어, 시간의 우주라고 상상해봐. 알겠어? 그리고 이 스푼을 물질 곡선의 에너지 변환 모드라고 생각하고……." 그가 다시 말했다.

포드가 이 마지막 부분을 이야기하는 데는 시간이 좀 걸렸다. 아서는 그를 방해하고 싶지 않았다.

"그건 내가 쓰던 스푼인데." 아서가 말했다.

"그래 알았어." 포드가 양념통에서 작은 나무 스푼 하나를 찾아 들고 말을 이었다. "상상해봐, 이 스푼이……." 하지만 그건 좀 잡기가 힘들었다. "아니, 이 포크가 낫겠다……."

"야아, 내 포크 좀 놔둘래?" 자포드가 끼어들었다.

"알았어, 알았어, 알았어. 그럼…… 그럼 이 와인 잔이 시간의 우주라고 해보자고……." 포드가 말했다.

"뭐, 네가 방금 바닥에 떨어뜨렸던 그 잔?"

"내가 그랬어?"

"그래."

"알았어." 포드가 말했다. "그럼 그건 잊어버려. 그러니까 내 말은……내 말은, 이봐…… 넌 우리 우주가 실제로 맨 처음에 어떻게 시작되었는지 알아?"

"모르는 것 같은데." 아서가 말했다. 그는 자기가 왜 이 문제를 끄집어냈을까 후회하고 있었다.

"좋아, 그럼 이렇게 상상해보라고. 그래, 이런 목욕통이 있다고 쳐. 그래, 커다랗고 둥그런 목욕통. 흑단으로 만들어진 거." 포드가 말했다.

"그게 어디서 나서? 해로즈(영국 런던에 있는 백화점 — 옮긴이주)는 보고인들이 파괴해버렸는데." 아서가 말했다.

"상관없어."

"말을 계속하려고 그러는 거지?"

"듣기나 해."

"알았어."

"이런 목욕통이 있는 거야, 알겠어? 이런 목욕통이 있다고 상상해봐. 흑단으로 만들어졌고, 원추형이야."

"원추형? 무슨 목욕통이 그렇게……." 아서가 말했다.

"쉬이이! 그건 원추형이야. 네가 할 것은, 자 봐, 거기에다 가는 하얀 모래를 채우는 거야. 알겠어? 아니면 설탕. 아주 가는 흰 모래 그리고/또는 설탕. 아무거나. 상관 없어. 설탕도 괜찮아. 그리고 목욕통이 가득 차면 마개를 뽑는 거야……. 내 말 듣고 있어?" 포드가 말했다.

"듣고 있어."

"마개를 뽑는 거야. 그러면 모래가 전부 빙빙 돌면서 나가겠지. 수챗구멍을 통해 빙빙 돌면서 말이야"

"알겠어."

"아니, 넌 몰라. 전혀 모르고 있다고. 기막힌 부분까지는 아직 가지도 않았어. 기막힌 부분 듣고 싶어?"

"기막힌 부분을 말해봐."

"기막힌 부분을 얘기해주지."

포드는 기막힌 부분이 무엇이었나 기억하려고 애쓰면서 잠시 생각에 잠겼다.

"기막힌 부분은……바로 이거야. 네가 그 장면을 찍는 거지." 그가 말했다.

"기막히군." 아서가 동의했다.

"비디오 카메라를 가져다가 그 장면을 찍는 거야."

"기막히네."

"그건 기막힌 부분이 아냐. 이게 기막히지. 이제야 기막힌 부분이 생각나는군. 기막힌 부분은 그러고 나서 네가 그 필름을 영사기에 감는 거야……거꾸로 말이지!"

"거꾸로?"

"그래. 그걸 거꾸로 감는 거야말로 단연코 기막힌 부분이지. 그러고 나서 앉아서 보는 거야. 그러면 모든 것이 수챗구멍에서 소용돌이치며 올라와 목욕통을 가득 채우는 것처럼 보이겠지, 알겠어?"

"그렇게 해서 우주가 처음 시작된 거구나, 그렇지?" 아서가 말했다.

"아니, 하지만 긴장을 풀고 쉬기에는 아주 좋은 방법이지." 포드가 말했다.

그는 와인 잔에 손을 뻗었다.

"내 와인 어디 갔지?" 그가 말했다.

"바닥에 있어."

"아아."

와인을 찾느라 의자를 뒤로 빼다가 포드는 무선 전화를 들고 테이블로 다가오고 있던 자그마한 녹색 웨이터와 부딪쳤다.

포드는 자기가 몹시 취해서 그렇다고 설명하며 웨이터에게 사과했다.

웨이터는 괜찮다며, 자신은 얼마든지 이해한다고 말했다.

포드는 웨이터의 친절한 너그러움에 감사를 표하고, 필요 이상으로 정중하게 인사하려다가 그만 균형을 잃고 테이블 아래로 쓰러졌다.

"자포드 비블브락스 씨?" 웨이터가 물었다.

"네, 왜요?" 자포드가 세 번째 스테이크를 먹다 말고 고개를 들었다.

"전화 왔습니다."

"네, 뭐라고요?"

"전화가 왔다고요, 손님."

"나한테? 여기로? 하지만 내가 여기 있는 걸 아는 사람이 누구지?"

그의 머리 중 하나가 재빨리 생각해봤다. 다른 머리는 그것이 퍼넣고 있는 음식을 가지고 사랑스럽다는 듯이 노닥거리고 있었다.

"난 계속 먹고 있어도 괜찮겠지?" 먹고 있던 머리가 이렇게 말하고 계속 먹었다.

이제는 하도 많은 사람들이 그의 뒤를 쫓고 있어서, 그는 그 수를 세기를 포기했다. 그렇게 눈에 띄게 들어서지 말았어야 했다. 젠장, 하지만 안 될 건 또 뭐야, 그는 생각했다. 아무도 봐주는 사람이 없다면 자기가 재미가 있는지 어떻게 알 수 있단 말인가?

"여기 있는 누군가가 은하 경찰에 언질을 줬나 보네. 네가 들어오는 걸 모두들 봤으니까." 트릴리언이 말했다.

"그럼 전화로 날 체포하려고 하는 거란 말이야? 뭐, 그럴 수도 있지. 난 코너에 몰리면 꽤나 위험스러운 녀석이니까." 자포드가 말했다.

테이블 아래에서 목소리가 들려왔다.

"그래. 네가 너무 빨리 산산조각이 나기 때문에 사람들은 그 유탄에 맞게 되지."

"이봐, 도대체 뭐야? 최후의 심판일이라도 돼?" 자포드가 딱딱거렸다.

"우리도 그걸 보게 되는 거야?" 아서가 불안해하며 말했다.

"난 급할 거 하나 없어." 자포드가 중얼거렸다. "좋아, 전화 건 사람이 누구지?" 그가 포드에게 발길질을 했다. "이봐, 거기서 좀 나와. 네가 필요할지도 몰라."

"저는……문제의 금속 신사분과 개인적으로 아는 사이가 아닙니다, 손님……." 웨이터가 말했다.

"금속?"

"그렇습니다, 손님."

"지금 금속이라고 했어요?"

"예, 손님. 전 제가 문제의 금속 신사분과 개인적으로 아는 사이가 아니라고 했습니다……."

"좋아요, 계속 해봐요."

"하지만 제가 듣기로 그 사람은 손님께서 돌아오시길 수백만 년 동안 기다리고 있었다고 합니다. 아마 손님께서 여기를 다소 급하게 떠나셨던 것 같습니다."

"여기를 떠났다고? 좀 이상하지 않아요? 우린 지금 막 여기 도착했을 뿐인데." 자포드가 말했다.

자포드는 한쪽 머리로, 그 다음에는 다른 쪽 머리로 이 문제에 대해 생각해보려 했다.

"당신 말은…… 우리가 여기 도착하기 전에 우리가 여기를 떠났다는 거예요?" 그가 말했다.

이거 힘들어지겠는걸, 웨이터는 생각했다.

"바로 그렇습니다, 손님." 그가 말했다.

"당신 정신과 의사에게 위험 수당을 줘야겠는데." 자포드가 충고했다.

포드가 테이블 위로 다시 고개를 내밀며 말했다.

"아니, 잠깐 기다려봐. 여기가 정확히 어디지?"

"철저하게 정확히 말씀드리자면, 여긴 프로그스타 월드 B입니다."

"하지만 우린 방금 거기서 떠났는데? 우린 거기를 떠나서 우주의 끝에 있는 레스토랑에 도착한 거라고." 자포드가 항변했다.

"그렇습니다, 손님." 웨이터가 말했다. 그는 이제 자기가 고지가 보이는 지점에 들어섰고 순조롭게 달리고 있다는 느낌이 들었다. "후자는 전자의 폐허 위에 세워졌습니다."

"아아, 그러니까 우린 시간 여행을 했지만, 공간적으로는 움직이지 않았단 말이군." 아서가 명랑하게 말했다.

"이봐, 너, 이 진화되다 만 원숭이 녀석." 자포드가 그의 말을 잘랐다. "어디 가서 나무에나 올라가지그래?"

아서는 화가 나서 머리칼이 쭈뼛 섰다.

"네 머리들이나 서로 박지그래, 네눈박이야." 그가 자포드에게 충고했다.

"아니, 아닙니다. 원숭이 얘기가 맞습니다, 손님." 웨이터가 자포드에게 말했다.

아서는 화가 나서 뭐라 떠듬거렸지만, 어떤 적절한 말도, 앞뒤가 맞는 소리도 하지 못했다.

"여러분은 미래로 점프하신 겁니다······오조 칠천육백억 년을 말이죠. 공간상으로는 완전히 똑같은 곳에 있었지만 말입니다." 웨이터가 설명했다.

그는 미소를 지었다. 그는 자신이 마침내 무적의 난관처럼 보이던 일을 이겨냈다는 멋진 기분이 들었다.

"바로 그거야! 이제 알겠다. 내가 컴퓨터에게 가장 가까운 식당에 보내달라고 했더니, 그놈이 바로 그렇게 한 거야. 오조 칠천육백억 년이든 뭐든 간에 우린 거기서 꼼짝도 안 한 거야. 명쾌하군." 자포드가 말했다.

그들은 모두 이것이 상당히 명쾌하다는 데 동의했다.

"그러면······전화는 누가 건 거야?" 자포드가 말했다.

"마빈은 대체 어떻게 된 거야?" 트릴리언이 말했다.

자포드는 손으로 자기 머리들을 철썩 갈겼다.

"아, 편집증 인조 인간! 내가 울적하며 돌아다니는 그놈을 프로그스타 월드 B에 남겨두고 왔지."

"그게 언제였는데?"

"글쎄, 음, 오조 칠천육백억 년 전쯤. 이봐, 그 떠들기 막대 좀 줘봐요, 접시 대장." 자포드가 말했다.

자그마한 웨이터의 눈썹이 혼란에 빠져 이마 위를 이리저리 헤맸다.

"뭐라고 하셨나요, 손님?"

"전화 달라고, 웨이터 양반." 자포드가 그의 손에서 그걸 낚아채며 말했다. "쳇, 여기 사람들은 너무 재미가 없어. 어떻게 매상이 안 주는지 몰라."

"지당하신 말씀입니다, 손님."

"여어, 마빈, 너야? 어떻게 지냈어, 이 친구야?" 자포드가 전화에 대고 말했다.

긴 침묵이 흐르더니 가느다랗고 나지막한 목소리가 전화선을 타고 들려왔다.

"제가 지금 매우 우울한 상태라는 걸 아셔야 할 것 같아요."

자포드는 손으로 수화기를 가렸다.

"마빈이야." 그가 말했다.

"이봐, 마빈." 그가 다시 전화에 대고 말했다. "우린 지금 엄청 재밌게 놀고 있어. 음식에, 와인에, 약간의 폭언, 우주가 끝장나는 것까지. 어디 가면 널 볼 수 있지?"

다시 침묵이 흘렀다.

"저한테 관심 있는 척하실 필요 없어요. 저는 제가 천한 로봇에 불과하다는 걸 잘 알고 있어요." 마빈이 마침내 말했다.

"좋아, 좋아. 그래도, 어디 있는데?" 자포드가 말했다.

"사람들은 저한테 이렇게 말하죠. '제1추진기를 후진시켜, 마빈. 3번 에어락을 열어, 마빈. 마빈, 저 종이 좀 집어줄 수 있어?' 종이를 집을 수 있냐고요? 절 보세요, 행성 하나만 한 크기의 두뇌를 가지고 있다고요. 그런데 제게 시키는 일이라는 게……."

"그래, 그래." 자포드는 전혀 공감하지 못했다.

"하지만 전 모욕당하는 데 꽤나 익숙해 있죠. 원하신다면 심지어 물통 속에 머리를 처박을 수도 있어요. 물통 속에 머리를 처박을까요? 여기 물통도 하나 있는데. 잠깐만요." 마빈이 침울하게 읊조렸다.

"에에, 저, 마빈……." 자포드가 끼어들었지만, 이미 너무 늦었다. 조그맣게 풍덩 하는 소리와 뽀글거리는 슬픈 소리가 전화선을 타고 들려왔다.

"뭐라고 그래?" 트릴리언이 물었다.

"아무 말도 안 해. 그저 자기 머리를 감으려고 전화했나 봐." 자포드가 말했다.

"자아, 만족하셨기를 바라요……." 마빈이 전화기로 돌아와 조금 뽀글거리면서 말했다.

"그래, 그래. 이제 제발 네가 어디 있는지 말해줄래?" 자포드가 말했다.

"전 주차장에 있어요." 마빈이 말했다.

"주차장? 거기서 뭘 하는 거야?" 자포드가 말했다.

"차를 주차시키죠. 주차장에서 그거 말고 뭘 하겠어요?"

"그래, 거기서 기다리고 있어. 우리가 당장 내려갈게."

자포드는 자리에서 벌떡 일어나 전화기를 내팽개치고, 계산서에다가 '핫블랙 데지아토'라고 서명했다.

"가자, 친구들. 마빈이 주차장에 있대. 내려가자고." 그가 말했다.

"주차장에서 뭘 한대?" 아서가 물었다.

"주차를 하지 뭘 해? 바보, 바보."

"우주 끝은 어떻게 하고? 엄청난 순간을 놓칠 텐데."

"난 봤어. 쓰레기야. 그저 '뱅빅'일 뿐이야." 자포드가 말했다.

"뭐라고?"

"빅뱅을 거꾸로 한 말이야. 자, 서두르자고."

그들이 레스토랑 출구를 향해 이리저리 사람들을 뚫고 나가는 동안 그들에게 관심을 보이는 손님은 거의 없었다. 그들의 눈동자는 하늘에서 벌어지는 끔찍한 광경에 고정되어 있었다.

"놓치지 말고 잘 보셔야 할 재미있는 광경은……." 맥스가 그들에게 말하고 있었다. "하늘 좌측 상단 사분면에 있습니다. 자세히 보시면 하스트로밀 성단이 지글지글 끓어 사라지면서 자외선으로 변하는 것을 보실 수 있을 겁니다. 하스트로밀에서 오신 분 계신가요?"

뒤쪽 어딘가에서 약간 머뭇거리며 한두 차례 손뼉 치는 소리가 들렸다.

"그래요, 이젠 혹시 가스를 켜두고 오지 않았나 걱정하기엔 너무 늦은 겁니다." 맥스가 그들을 향해 쾌활하게 미소 지으며 말했다.

18

메인 로비는 거의 텅 비어 있었지만, 그럼에도 불구하고 포드는 사람들을 헤치고 나가듯이 걸어갔다.

자포드가 그의 팔을 단단히 붙잡더니 현관 옆에 있는 작은 칸막이 방 안으로 데리고 들어갔다.

"포드한테 무슨 짓을 하려고?" 아서가 물었다.

"술 좀 깨게 하려고." 자포드가 말하더니, 구멍에 동전을 집어넣었다. 빛이 번쩍이고 가스가 뿜어져 나왔다.

"이봐, 우리 어디 가는 거지?" 잠시 후 포드가 걸어 나오며 말했다.

"지하 주차장에. 어서 가자."

"왜 직원용 타임 텔레포트를 안 타는데? 그걸 타면 직통으로 순수한 마음 호에 갈 텐데." 포드가 말했다.

"그래, 하지만 난 그 우주선에서 마음이 떠났어. 자니우프나 가지라고 해. 그 녀석 게임에 놀아날 생각 없다고. 내려가서 뭐가 있나 한번 보자."

시리우스 사이버네틱스 주식회사의 '행복한 수직 인간 운반기'가 그들을 레스토랑의 지하 깊숙한 곳으로 내려갔다. 그들은, 엘리베이터가 망가져서, 그들을 데리고 내려가는 일과 그들을 기쁘게 해주는 일을 동시에 하려고 애쓰지 않는 걸 보고 기뻤다.

바닥에 도착해 엘리베이터의 문이 열리자 차갑고 퀴퀴한 한 줄기 바람이 얼굴을 때렸다.

엘리베이터를 나와 그들이 처음으로 본 것은 긴 콘크리트 벽을 따라 나 있는 오십 개의 문이었다. 그것은 오십 종의 주요 생명체를 위한 화장실 시설이었다. 그럼에도 불구하고, 주차장의 전 역사를 통틀어 은하계에 존재했던 다른 모든 주차장들과 마찬가지로, 이 주차장에서도 역시 인내심 부족의 냄새가 강렬하게 풍겼다.

그들은 모퉁이를 돌아 움직이는 통로 위에 올라섰다. 그것은 거대한 동굴 같은 공간을 가로지르며 아득하게 뻗어 있었다.

그곳은 여러 개의 구획으로 나누어져 있었는데, 그 각각의 구획 안에는 위층에서 식사를 하고 있는 손님들의 우주선이 들어 있었다. 어떤 것들은 선체가 자그마하고 실용적인 대량 생산 모델들이었고, 어떤 것들은 엄청난 부자들의 장난감인, 번쩍번쩍 빛나는 거대한 리무진 우주선이었다.

그것들을 지나가는 자포드의 눈은 탐욕일 수도 있고 아닐 수도 있는 무엇인가로 번득였다. 사실 이 시점에서 분명히 해두는 게 좋을 것 같은데, 그것은 분명 탐욕이었다.

"저기 마빈이 있네. 저기 아래에." 트릴리언이 말했다.

그들은 그녀가 가리키는 곳을 바라보았다. 작은 금속 형상이 조그만 걸레를 들고 거대한 은빛 선크루저의 한쪽 구석을 열의 없이 문질러대고 있는 모습이 어렴풋이 보였다.

움직이는 통로에는 바닥으로 내려가는 넓고 투명한 관 모양의 통로가 일정한 간격을 두고 나 있었다. 자포드는 통로에서 내려 그 관 안으로 들어가 아래로 부드럽게 떠내려갔다. 다른 사람들도 뒤를 따랐다. 아서 덴트는 훗날 이를 회고하며, 자신의 은하계 여행 중 이게 유일하게 재미있었던 경험이라고 생각했다.

"여어, 마빈. 꼬마야, 만나서 정말 반갑다." 자포드가 그를 향해 성큼성큼 걸어가며 말했다.

마빈이 고개를 돌렸다. 전혀 생기 없는 강철 얼굴도 원망의 표정을 짓는 게 가능하다면, 마빈이 지은 것이 바로 그런 표정이었다.

"아니요, 반가울 리 없어요. 반가워할 사람은 없어요." 그가 말했다.

"맘대로 생각해라." 자포드는 이렇게 말하고 돌아서서 우주선들에게 추파를 던졌다. 포드가 그 뒤를 쫓았다.

트릴리언과 아서만이 실제로 마빈에게 다가갔다.

"아냐, 우린 진짜 반가워." 트릴리언이 이렇게 말하고, 마빈이 질색하는 방식으로 그의 등을 톡톡 두드렸다. "그동안 내내 우리를 기다리고 있었구나."

"오조 칠천육백억하고도 삼천오백칠십구 년이죠. 다 세고 있었어요." 마빈이 말했다.

"자, 이제 우리가 여기 왔잖아." 트릴리언은 좀 바보 같은 말이라고 생각하며 말했다.

마빈의 견해도 물론 같았다.

"처음 천만 년은 최악이었어요." 마빈이 말했다. "다음 천만 년은, 그것도 역시 최악이었어요. 그 다음 세 번째 천만 년도 전혀 재미없었어요. 그 후로 제 상태는 계속 조금씩 나빠졌어요."

그는 그들이 무슨 얘기든 좀 해야 하지 않을까 하고 느끼게 될 정도만큼만 말을 멈추었다가, 그들이 막 입을 열려는 순간 가로막고 나섰다.

"정말 우울해지는 건 이 일을 하면서 만나는 사람들 때문이에요." 그는 이렇게 말하고 다시 말을 멈추었다.

트릴리언이 침을 꼴깍 삼켰다.

"그게……."

"제가 해본 최고의 대화는 사천만 년도 더 전에 한 거예요." 마빈이 말을 이었다.

다시 침묵.

"어, 너……."

"게다가 커피 자판기랑요."

그가 기다렸다.

"그건……."

"저하고 얘기하는 게 싫으시죠, 그렇죠?" 마빈이 낮고 쓸쓸한 음성으로 말했다.

트릴리언은 대신 아서에게 말을 걸었다.

그 방 저 아래에서 포드 프리펙트는 무척 마음에 드는 모양의 우주선을 하나 찾아냈다. 사실은 여러 개였다.

"자포드, 이 조그만 스타 트롤리들을 좀 봐⋯⋯." 그가 목소리를 낮춰 말했다.

자포드도 보고 마음에 들어했다.

그들이 보고 있는 우주선은 사실 꽤 조그마했지만 특이했다. 어느 부잣집 자식의 장난감인 게 틀림없었다. 별로 볼 만한 것은 없었다. 그것은 이십 피트 정도 길이에, 모양은 종이 다트처럼 생겼고, 얇지만 강한 금속 박편으로 만들어져 있었다. 뒤쪽 끝에는 작고 평평한 이인용 조종실이 있었다. 우주선에는 대단한 속력은 절대 낼 수 없는 조그마한 예쁜이 추진 엔진이 달려 있었다. 하지만 이 물건에는 대단하게도 열 흡수 장치가 달려 있었다.

그 열 흡수 장치는 무게가 이만억 톤 정도 됐고, 우주선의 중간쯤에 위치한 전자기장 내부에 설치된 블랙홀 안에 들어 있었다. 이 열 흡수 장치가 장착된 우주선은 노란 태양에서 불과 몇 마일 떨어지지 않은 곳까지 날아가서 그 표면에서 터져 나오는 태양 불꽃을 낚아채서는 거기에 올라탈 수 있다.

불꽃 타기는 가장 이국적이고도 유쾌한 스포츠 중 하나다. 이걸

할 정도의 배짱과 돈이 있는 사람들은 은하계에서 가장 명사 취급을 받는 사람들이다. 그건 또한 정신이 아득해질 정도로 위험천만한 놀이이기도 하다. 불꽃 타기를 하다 죽지 않은 사람들은 다이달로스 클럽에서 벌어지는 불꽃 타기 뒤풀이 파티 중에 과도한 성행위로 인한 탈진으로 죽는다.

포드와 자포드는 다음 것으로 넘어갔다.

"그리고 요 녀석은……검정 선버스터를 장착한 오렌지색 스타 버기네……." 포드가 말했다.

이 스타 버기 역시 조그만 우주선이었다. 사실 그 이름은 정말 잘못 붙은 건데, 왜냐하면 이건 항성 간 여행을 감당할 수 없는 우주선이었기 때문이다. 기본적으로 이 우주선은 행성 내 이동용이었으며, 다만 자신의 본질보다 그럴듯하게 치장되어 있었을 뿐이었다. 하지만 선은 정말 미끈했다. 그들은 계속 나아갔다.

그 다음 것은 길이가 삼십 야드나 되는 커다란 우주선이었다. 그건 보는 사람들을 질투심으로 괴로워하게 만들려는 단 하나의 목적으로 디자인된 게 틀림없는 코치-리무진이었다. 도장과 세부 액세서리들은 '나는 이 우주선을 살 수 있을 정도로 부자일 뿐만 아니라, 이 우주선을 대수롭지 않게 생각할 정도로 부자다'라는 메시지를 분명히 전달하고 있었다. 멋들어지게 가증스러운 물건이었다.

"이것 좀 봐. 멀티클러스터 쿼크 추진 장치에다, 퍼스플렉스 발판이야. 이건 라즐라 리리콘사의 주문 제작 우주선일 거야." 자포드가 말했다.

그는 구석구석 살펴봤다.

"맞아. 여기 봐. 뉴트리노 엔진 커버에 인프라핑크색 도마뱀 표시가 있잖아. 라즐라의 상표라고. 이 사람 뻔뻔스럽구먼." 그가 말했다.

"악셀 성운 근처를 지날 때 이런 대단한 물건이 옆을 지나간 적이 있어." 포드가 말했다. "난 거의 납작해졌는데, 녀석은 그냥 어슬렁대듯이 지나가더라고. 항성 추진기에서 소리도 거의 나지 않고 말이야. 정말 대단하더군."

자포드가 감탄의 휘파람 소리를 냈다.

"십 초 후에 녀석은 자글란 베타의 세 번째 달에 곧장 처박혔지." 포드가 말했다.

"와, 그랬어?"

"하지만 모양새는 끝내줬다고. 물고기 같은 생김새에, 물고기 같은 움직임에, 조종간은 거의 황소처럼 힘이 좋지."

포드는 우주선의 다른 쪽으로 고개를 돌렸다.

"이봐, 여기 와서 좀 봐." 그가 외쳤다. "이쪽에 큼지막한 그림이 있어. 타오르는 태양 – 재앙 지대의 마크군. 이거 핫블랙의 우주선이 틀림없어. 재수 좋은 놈. 녀석들은 스턴트 우주선이 태양 속으로 뛰어드는 걸로 끝나는 끔찍한 노래를 한다고. 대단한 장관을 연출하려는 의도였지. 하지만 그 스턴트 우주선 값이 꽤나 들 거야."

하지만 자포드의 관심은 다른 데 있었다. 그의 눈은 핫블랙 데지아토의 리무진 우주선 옆에 서 있는 다른 우주선에 못 박혀 있었다.

그는 입이 쩍 벌어졌다.

"저거, 저거야말로……정말 눈에 안 좋은 물건이야……." 그가 말했다.

포드가 돌아봤다. 포드 또한 경악했다.

그것은 고전적이고, 납작해진 연어처럼 디자인이 간결하고, 길이는 이십 야드고, 매우 깨끗하고 매우 맵시 좋은 우주선이었다. 그 우주선에는 한 가지 엄청난 특징이 있었다.

"이건……너무……새까맣군! 모양을 알아보는 것조차 힘들 지경이야……빛이 그 안으로 빨려 들어가는 것만 같군!" 포드 프리펙트가 말했다.

자포드는 아무 말도 하지 않았다. 그는 그만 사랑에 빠져버렸다.

그 우주선의 검은색은 너무나 극도로 까매서 사람들은 자신이 그 우주선에 얼마나 가까이 서 있는지조차 알 수 없다.

"시선이 그대로 미끄러져 내려오는 것 같군……." 포드가 경이에 찬 표정으로 말했다.

가슴 벅찬 순간이었다. 그는 입술을 깨물었다.

자포드는 뭔가에 홀린 사람처럼 ── 더 정확하게 말하면, 뭔가에 홀리기를 원하는 사람처럼 그 앞으로 천천히 다가갔다. 그는 우주선을 쓰다듬어보려고 손을 내밀었다. 그의 손이 멈췄다. 그는 다시 우주선을 쓰다듬어보려고 손을 내밀었다. 그의 손은 다시 멈췄다.

"이리 와서 이 표면을 한번 만져봐." 그가 숨죽여 말했다.

포드가 손을 내밀어 만져보려 했다. 그의 손이 멈췄다.

"이런……이럴 수가…….." 그가 말했다.

"봤지? 마찰력이 전혀 없어. 정말 쏜살같이 움직일 수 있는 대단한 녀석인걸…….." 자포드가 말했다.

그는 심각한 표정으로 포드를 돌아보았다. 적어도 그의 머리 중 하나는 그랬다. 다른 하나는 경이로운 눈으로 그 우주선을 계속 쳐다보고 있었다.

"네 생각은 어때, 포드?" 그가 말했다.

"네 말은 그러니까……음……이걸 타고 가자는 거지? 우리가 그래야 한다고 생각해?" 포드가 자포드의 어깨 너머를 힐끗 보며 말했다.

"아니."

"나도 아냐."

"하지만 그렇게 될 거야, 안 그래?"

"어떻게 안 그럴 수가 있겠어?"

그들은 우주선을 좀더 바라보았다. 그러다가 자포드가 갑자기 정신을 수습했다.

"빨리 움직이는 게 좋겠어. 조금 있으면 우주가 끝장날 테고, 그러면 모든 선장 녀석들이 여기로 쏟아져 나와 자기의 부르주아 우주선을 찾을 테니까." 그가 말했다.

"자포드." 포드가 말했다.

"응?"

"어떻게 하는 거지?"

"간단해." 자포드가 말하고는, 돌아서서 소리쳤다. "마빈!"

천천히, 그리고 힘겹게, 그리고 자기가 흉내 내는 법을 익힌 백만 가지의 철커덕 소리와 삐걱 소리들을 조그맣게 내면서, 마빈이 소환에 응하기 위해 돌아섰다.

"이리 와봐. 네가 할 일이 있어." 자포드가 말했다.

마빈이 터덜터덜 다가갔다.

"재미있을 것 같지 않은데요." 그가 말했다.

"아니, 재미있을 거야. 네 앞에 완전히 새로운 인생이 펼쳐져 있다고." 자포드가 열중해서 말했다.

"아, 더 이상은 싫어요." 마빈이 신음 소리를 냈다.

"입 닥치고 좀 들어봐! 이번에는 진짜로 전율과 모험과 굉장한 일들이 생긴다니까." 자포드가 씩씩댔다.

"끔찍한 소리군요." 마빈이 말했다.

"마빈! 내가 부탁하려는 것은 단지……."

"이 우주선 문을 열어달라는 거겠죠, 뭐."

"뭐? 아…… 그래. 그래, 맞아." 자포드가 흥분하며 말했다. 그는 적어도 세 개의 눈으로 입구를 지켜보고 있었다. 시간이 없었다.

"저어, 저한테 열성을 불러일으키려 하지 마시고 그냥 말씀해주셨으면 좋겠어요. 제겐 열성이란 게 없으니까요." 마빈이 말했다.

그가 우주선에 다가가 만지자 해치웨이가 활짝 열렸다.

포드와 자포드는 입구를 뚫어져라 쳐다봤다.

"고마울 거 없어요. 참, 그런 말은 하지도 않았지?" 마빈이 말했다.

그는 다시 터덜터덜 걸어가버렸다.

아서와 트릴리언이 모여들었다.

"무슨 일이야?" 아서가 물었다.

"이걸 좀 봐. 이 우주선 안을 좀 보라고." 포드가 말했다.

"점입가경이군." 자포드가 숨을 몰아 쉬었다.

"까맣군. 안에 있는 모든 게 온통 새까매……." 포드가 말했다.

레스토랑 안에서는, 더 이상 시간이라는 것이 없게 되는 순간을 향해 모든 것이 빠르게 접근하고 있었다.

핫블랙 데지아토의 보디가드와 핫블랙 데지아토 자신을 제외한 모든 사람들의 눈은 돔에 고정되어 있었다. 그 보디가드의 눈은 핫블랙 데지아토만을 뚫어져라 쳐다보고 있었고, 핫블랙 데지아토의 눈은 감겨 있었다. 보디가드가 존중하는 의미에서 감겨놓았기 때문이다.

보디가드는 테이블 위로 몸을 숙였다. 핫블랙 데지아토가 살아 있었다면, 지금 같은 때 그는 느긋하게 뒤로 기대고 앉아 있거나 아니면 잠깐 산책이라도 했을 것이다. 그의 보디가드는 옆에 딱 붙어 있는다고 해서 더 잘하는 사람이 아니었다. 그러나 핫블랙 데지아토는 자신의 불행한 상황으로 인해 꼼짝도 안 하고 앉아 있을 뿐이었다.

"데지아토 선생님?" 보디가드가 속삭였다.

그가 말을 할 때마다, 그의 입 양쪽의 근육들은 서로 걸리적거리지 않으려고 상대방 위로 기어 올라가려고 애쓰는 것처럼 보였다.

"데지아토 선생님? 제 말 들리십니까?"

핫블랙 데지아토는 당연히 아무 말도 하지 않았다.

"핫블랙?" 보디가드가 씩씩댔다.

당연하게도, 역시 마찬가지로 핫블랙 데지아토는 아무 대답도 하지 않았다. 하지만 초자연적인 방식으로는 대답했다.

그의 앞에 있는 테이블 위에서 와인 잔이 달그락거렸고 포크가 일 인치 정도 떠오르더니 와인 잔을 톡톡 두드렸다. 그러더니 다시 테이블에 내려앉았다.

보디가드는 만족한 듯이 그르렁 소리를 냈다.

"데지아토 씨, 그만 가셔야 할 시간입니다." 보디가드가 중얼거렸다. "선생님 상태에서는 사람들이 몰리는 시간에 나가는 건 좋지 않습니다. 다음 공연장에 좋은 컨디션으로 가시고 싶으시죠? 대단히 많은 청중이 왔었죠. 최고의 공연 중 하나였습니다. 카크라푼 행성 공연이요. 오조 칠천육백억하고도 이백만 년 전에 말이에요. 그 공연 기다리고 계셨죠?"

포크가 다시 떠올라 잠깐 멈추더니 정처 없이 흔들리다가 다시 떨어졌다.

"아, 그런 말 마세요. 공연은 아주 성공적이 되었을 예정이라고요. 선생님이 청중들을 아주 보내버렸죠." 보디가드가 말했다.

댄 스트리트멘셔너 박사가 이 보디가드를 만났다면 놀란 나머지 중풍 발작이라도 일으켰을 것이다.

"검정 우주선이 태양으로 달려드는 장면은 항상 청중을 사로잡죠. 게다가 그 새 우주선은 정말 환상이에요. 그게 폭파되는 걸 보다니 정말 슬프군요. 주차장에 내려가면, 제가 그 검정 우주선을 자동 항법으로 돌리죠. 우리는 리무진을 타고 가고요. 됐죠?"

포크가 동의한다는 뜻으로 다시 한번 톡톡 쳤고, 와인 잔은 희한하게도 저절로 비워졌다.

보디가드는 핫블랙 데지아토의 휠체어를 밀고 레스토랑을 빠져나갔다.

"자, 여러분, 이제 모두가 기다리던 순간입니다!" 맥스가 무대 중앙에서 외쳤다. 그는 양팔을 허공에 활짝 벌렸다. 그의 뒤편에서는 밴드가 미친 듯이 드럼을 두드리며 같은 코드를 우르르 쳐댔다. 맥스는 이 문제를 가지고 그들과 언쟁했지만, 밴드는 이게 자기네가 할 일이라고 계약서에 명시되어 있다고 주장했다. 맥스의 에이전트가 이 문제를 해결해야 할 것이라고 그들은 말했다.

"하늘이 부글부글 끓기 시작합니다! 자연은 비명을 지르며 무(無)로 화해 무너져 내리고 있습니다! 이제 이십 초만 있으면 우주 그 자체가 종말을 맞이하게 됩니다! 무한의 빛이 우리 위에서 터져 내려오는 것을 보십시오!" 그가 외쳤다.

무시무시하게 격렬한 파괴의 힘이 그들을 둘러싸고 섬광을 내뿜었다. 그 순간 무한히 먼 곳에서 실려 오는 듯한 희미한 트럼펫 소리가 들렸다. 맥스는 밴드를 노려보기 위해 눈을 휙 돌렸다. 밴드에서는 아무도 트럼펫을 연주하고 있지 않았다. 갑자기 무대 위 그의 바로 옆에서 한 줄기 연기가 소용돌이치며 피어오르더니 희미하게 빛났다. 트럼펫 소리에 다른 트럼펫 소리들이 합세했다. 맥스가 이 쇼를 진행한 지 오백 년이 넘었지만 이런 일은 한 번도 없었다. 그는 놀라서 소용돌이치는 연기로부터 물러났다. 그 순간, 연기 안에서 서서히 어떤 인물이 모습을 드러냈다. 수염이 길고, 치렁치렁한 예복을 입고, 빛으로 둘러싸인 고색창연한 인물이었다. 그의 눈 속에서는 별들이 반짝이고, 그의 이마에는 황금빛 왕관이 씌워져 있었다.

"이게 뭐야? 대체 무슨 일이야?" 맥스가 왕방울눈을 하고 속삭였다.

레스토랑 뒤편에서 굳은 얼굴을 하고 앉아 있던, 위대한 예언자 자쿠온의 재림을 믿는 교회의 신도들이 환희에 젖어 벌떡 일어나더니 찬송을 하고 울부짖기 시작했다.

맥스는 얼이 빠져 눈만 껌벅이고 있었다. 그는 청중을 향해 팔을 들었다.

"신사 숙녀 여러분, 큰 박수 부탁드립니다. 위대한 예언자 자쿠온이십니다! 그분이 오셨습니다! 자쿠온님이 돌아오셨어요!" 그가 외쳤다.

맥스가 무대를 가로질러 성큼성큼 걸어가 마이크를 예언자에게 넘기는 동안 우레 같은 박수가 일어났다.

자쿠온은 헛기침을 했다. 그는 모여든 사람들을 둘러보았다. 그의 눈 속에 들어 있는 별들이 다소 어색하게 깜박거렸다. 그는 어쩔 줄 몰라하며 마이크를 쥐었다.

"에에……안녕하십니까? 아, 제가 좀 늦었습니다. 아주 난리가 났었거든요. 온갖 일들이 마지막 순간에 다 터지는 바람에." 그가 말했다.

그는 기대와 경외심에 찬 침묵을 좀 불편해하는 것처럼 보였다. 그가 침을 꿀꺽 삼켰다.

"아, 시간이 어떻게 되죠? 내가 한 일 분 정도……." 그가 말했다.

그때 우주가 끝장났다.

19

비교적 값이 싸다는 것과 표지에 친근감을 주는 커다란 글자로 '겁먹지 마세요'라는 말이 적혀 있다는 것 외에, 그 엄청나게 대단한 여행서인 《은하수를 여행하는 히치하이커를 위한 안내서》가 잘 팔리는 주된 이유 중 하나는 간결하면서도 때로는 정확한 용어 풀이에 있다. 예를 들어, 우주의 지리사회적 성격과 관련된 통계는 구십삼만 팔천삼백이십사쪽과 구십삼만 팔천삼백이십육쪽 사이에 솜씨 좋게 들어가 있다. 그것이 그렇게 간결한 문체를 가지게 된 이유의 일부는, 편집자들이 출판 마감일을 맞추기 위해 어떤 아침 식사용 시리얼 상자에서 정보를 베껴놓고는 포용력이라고는 없이 비비 꼬인 은하계 저작권법에 저촉되지 않기 위해서 각주 몇 개를 달아 허둥지둥 윤색해놓았기 때문이다.

그런데 재미있는 사실은, 후대의 교활한 편집자 하나가 그 책을 타임워프로 과거로 보낸 다음 그 아침 식사용 시리얼 회사를 저작권법 위반으로 고소해 이기는 데 성공해냈다는 것이다.

여기 샘플이 하나 있다.

우주―그 안에서 사는 것을 돕기 위한 정보 몇 가지.

1. 구역 : 무한대

《은하수를 여행하는 히치하이커를 위한 안내서》는 '무한대'라는 단어를 다음과 같이 정의하고 있다.

무한대 : 지금까지 본 가장 큰 것보다 더 큰 것. 사실 그것보다 훨씬 더 큰 것, 정말 놀랄 만큼 광대한 것, 완전히 정신이 아찔할 정도의 크기, 정말로 "와아, 그거 정말 크네" 하고 말하게 되는 때. 무한대는 그저 너무나 커서, 거기다가 대면 크다는 말 자체가 정말로 보잘것없어 보일 정도다. 거대함 곱하기 어마어마함 곱하기 혼비백산할 정도로 거대함이 지금 우리가 전달하려고 하는 개념 정도에 해당된다.

2. 수입 : 없음

무한한 공간 안으로 물건을 수입한다는 것은 불가능하다. 물건을 수입해 올 그 바깥의 공간이 없으니까.

3. 수출 : 없음

'수입'을 보라.

4. 인구 : 없음

여기에는 무한한 수의 세계가 있다고 알려져 있다. 이유는 간단하다. 그만큼의 세계가 들어갈 만한 무한한 공간이 있으니까. 하지만 그 모든 세계에 다 사람이 살고 있는 것은 아니다. 그러니 사람이 살고 있는 세계의 숫자는 한정되어 있는 게 틀림없다. 한정된 숫자를 무한으로 나누면 거의 영과 다를 바 없는 숫자가 나온다. 그러므로 우주 안에 있는 모든 행성의 평균 인구는 영이라고 말할 수 있다. 이에 따르면, 전 우주의 인구 역시 영이라는 결론이 도출된다. 따라서 당신이 때때로 마주치는 사람들은 혼란에 빠진 상상력의 산물에 불과하다.

5. 화폐 단위 : 없음

사실 은하계에는 자유롭게 교환 가능한 화폐가 세 가지 있지만, 중요한 건 하나도 없다. 알타이리아 달러화는 최근 붕괴되었다. 플레이니아 행성의 염주알 화폐는 다른 플레이니아 염주알하고만 교환 가능하다. 트리가니의 푸화에는 또 그것만의 문제가 있다. 팔 닝기가 일 푸라는 환율 자체는 굉장히 간단하다. 하지만 닝기라는 것은 각 변이 육천팔백 마일씩 되는 삼각형 고무 동전이기 때문에, 일 푸와 교환할 정도의 닝기를 모은 사람은 아직 아무도 없다. 은하 은행은 잔돈을 가지고 노닥거리길 거부하기 때문에, 닝기는 교환 가능한 화폐가 아니다. 이와 같은 기본 전제들로 볼 때, 은하 은행 역시 혼란에 빠진 상상력의 산물에 불과하다는 것이 간단히 증명된다.

6. 예술 : 없음

예술의 기능은 자연에 거울을 들이대는 것이다. 하지만 그 정도로 큰 거울은 없다. 제1항을 보라.

7. 섹스 : 없음

음, 사실 이것은 무지하게 많다. 대체로 우주의 존재하지 않는 사람들이 관심을 쏟을 화폐, 무역, 은행, 예술 등등의 것들이 없기 때문이다.

하지만, 이 문제는 사실 끔찍하게 복잡하기 때문에, 이 문제를 놓고 기나긴 토론을 시작할 가치가 없다. 이에 대해 더 알고 싶다면, 《안내서》의 제 7·9·10·11·14·16·17·19·21~84장, 그리고 사실상 《안내서》의 나머지 장 거의 모두를 참조하기 바란다.

20

레스토랑은 여전히 존재했지만, 그 외의 모든 것은 사라져버렸다. 비교 시간 탄성이 무(無) 속에서 레스토랑을 붙들어지켰다. 그건 단순한 진공과는 달랐다. 그저 아무것도 없었다. 진공이 존재한다고 말할 수 있는 공간조차 없는 것이다.

에너지 방패막이 쳐진 돔은 다시 불투명해졌다. 파티는 끝났고, 식사 손님들은 자리를 떠났다. 자쿠온은 나머지 우주와 함께 사라졌고, 타임 터빈은 점심 손님을 맞이하기 위해 시간의 가장자리를 넘어 레스토랑을 다시 당겨올 준비를 하고 있었다. 맥스 쿼들플린은 커튼이 쳐진 자기의 조그만 분장실로 돌아가 템포폰(시간을 가로질러 연락할 수 있는 전화—옮긴이주)으로 자신의 에이전트를 깨우려 하고 있었다.

주차장에는 예의 검정 우주선이 문을 닫은 상태로 고요히 서 있었다.

고(故) 핫블랙 데지아토 씨가 그의 보디가드의 도움을 받아 움직이는 통로를 타고 주차장으로 내려왔다.

그들은 튜브 하나를 미끄러져 내려왔다. 그들이 리무진 우주선에 다가가자, 옆구리에서 해치웨이가 활짝 열리더니 휠체어의 바퀴를 붙잡아 안으로 끌어들였다. 보디가드가 그 뒤를 따랐다. 그는 주인이 죽음 유지 장비에 제대로 잘 연결됐는지 확인하고는 조그만 조종석으로 옮겨 갔다. 그는 여기서 리무진 옆에 서 있는 검정 우주선의 자동 항법 장치를 작동시키는 리모컨을 조종했고, 그럼으로써 우주선의 시동을 걸려고 십 분이 넘도록 기를 쓰고 있던 자포드 비블브락스의 짐을 크게 덜어주었다.

그 검정 우주선은 주차 구획에서 천천히 미끄러져 나와 한 바퀴 돌더니 신속하고도 조용하게 중앙 통로를 따라 움직였다. 통로 끝에서 우주선은 급가속하며 시간 여행실로 날아 들어가 머나먼 과거를 향한 긴 여행을 시작했다.

밀리웨이스의 점심 메뉴는 《은하수를 여행하는 히치하이커를 위한 안내서》에서 한 구절을 인용하고 있다. 물론 허가를 받은 것이다. 그 구절은 다음과 같다.

은하계의 모든 주요 문명은 다음과 같이 뚜렷하고 확연한 세 단계를 거친다. 즉 생존, 의문, 그리고 세련의 단계다. 다른 말로 하면 어떻게, 왜, 그리고 어디의 단계라고 할 수 있다.

예를 들어, 첫 번째 단계를 특징짓는 질문은 '어떻게 먹을까'이고, 두 번째 단계는 '우리는 왜 먹는가'이고, 마지막 단계는 '어디서 점심을 먹을까'이다.

이어서 메뉴는, 우주의 끝에 있는 레스토랑인 밀리웨이스야말로 세 번째 질문에 대한 매우 적절하면서도 세련된 해답이라고 말하고 있다.

그런데 그것이 말하지 않는 것이 있다. 커다란 문명이 어떻게, 왜, 어디의 단계를 거치는 데는 대개 수천 년의 세월이 걸리지만, 스트레스에 시달리는 작은 사회 집단의 경우 엄청난 속도로 이 단계들을 거칠 수도 있다는 사실이 바로 그것이다.

"우리 괜찮은 거야?" 아서 덴트가 물었다.

"안 좋아." 포드 프리펙트가 답했다.

"우리 어디로 가는 거야?" 트릴리언이 물었다.

"나도 몰라." 자포드 비블브락스가 답했다.

"왜 몰라?" 아서 덴트가 물었다.

"입 닥쳐." 자포드 비블브락스와 포드 프리펙트가 권고했다.

"너희 말의 요점은 우리가 조종 불능 상태라는 거지?" 아서 덴트가 그 권고를 무시하며 말했다.

포드와 자포드가 자동 항법 장치로부터 조종권을 빼앗으려고 애쓰자, 우주선은 앞뒤 좌우로 현기증이 날 지경으로 마구 요동쳤다. 엔진은 슈퍼마켓에 따라갔다가 지친 아이처럼 울부짖으며 칭얼댔다.

"난 이 요란한 색채 감각에 질려버렸어." 비행을 시작한 지 거의 삼 분도 안 돼 우주선에 대한 연애 감정이라곤 모조리 사라져버린 자포드가 말했다. "검은 바탕에 검은색으로 표시되어 있는 이 괴상한 검은 조종 장치들 중 하나를 건드리려 할 때마다, 조그만 검은 등에 검은 불빛이 들어와서 상황을 알려주지. 이게 뭐야? 무슨 은하 초장의선(超葬儀船)이라도 돼?"

요동치고 있는 선실 벽 또한 검은색이었고, 천장도 검은색, 의자들 ── 이것들은 구색 갖추기용에 불과했다. 이 우주선이 할 유일한 중요한 여행은 무인 여행이었기 때문이다 ── 도 검은색, 조종판도 검은색, 장치들도 검은색, 그 장치들을 고정시키고 있는 조그만 나사들도 검은색, 작은 술이 달린 나일론 바닥 깔개도 검은색이었다. 깔개 구석을 조금 걷어보자 그 아래에 깔린 미끄럼 방지용 밑깔개 역시 검은색이었다.

"이걸 디자인한 사람은 우리하고는 다른 파장에 반응하는 눈을 가지고 있을지도 몰라." 트릴리언이 견해를 내봤다.

"아니면 상상력이 별로 없는 사람이거나." 아서가 중얼거렸다.

"어쩌면……아주 심각하게 우울한 사람인지도 몰라요." 마빈이 끼어들었다.

그들은 모르고 있었지만, 사실 이 실내 장식은 우주선 소유주의 슬프고 유감스러우면서도 세금 공제가 되는 상태를 기념하기 위해 선택된 것이었다.

우주선이 특히 심하게 덜컹거렸다.

"제발, 난 우주 멀미가 날 것 같아." 아서가 호소했다.

"시간 멀미겠지. 우린 시간을 거슬러 내리꽂히고 있다고." 포드가 말했다.

"고마워. 이젠 정말 토할 것 같아." 아서가 말했다.

"그렇게 해. 여기 색깔을 좀 더할 수 있을 테니까." 자포드가 말했다.

"이런 게 저녁 식사 후의 정담이라는 거야?" 아서가 쏘아붙였다.

자포드는 조종법 알아내는 일을 포드에게 넘겨버리고는, 비틀거리며 아서에게 다가왔다.

"이봐 지구인, 너한테는 할 일이 있어, 안 그래? 궁극적인 해답에 대한 질문, 알지?" 그가 화난 목소리로 말했다.

"뭐, 그거? 모두 그런 건 다 잊어버린 줄 알았는데." 아서가 말했다.

"난 아냐, 친구. 생쥐들도 말했지만, 그건 임자만 제대로 만나면 엄청난 돈이 된다고. 게다가 그건 너의 소위 머리라는 것 안에 들어 있단 말이야."

"그래, 하지만……."

"잔말 필요 없어! 생각해봐. 삶의 의미! 그거만 손에 넣을 수 있다면, 은하계의 정신과 의사 녀석들을 몽땅 다 인질로 잡는 거나 마찬가지라고. 떼돈을 버는 거지. 조폐소 하나가 생기는 거야."

아서는 그다지 열의를 보이지 않으면서 깊은 숨을 들이쉬었다.

"알았어. 하지만 어디서 시작하지? 내가 어떻게 아느냐고. 궁극적인 해답인지 뭔지 하는 게 42라는데, 그 질문이 뭔지를 내가 어떻게 아느냐고? 그 질문은 뭐든지 될 수 있다고. 말하자면, '육 곱하기 칠은?' 같은 거."

자포드가 잠시 동안 그를 물끄러미 쳐다봤다. 그러더니 그의 눈이 흥분으로 환하게 밝아졌다.

"42." 그가 외쳤다.

아서는 손바닥으로 이마를 훔쳤다.

"그래, 나도 알아." 그가 참을성 있게 말했다.

자포드가 낙담한 표정을 지었다.

"내 말은, 아무거나 다 그 질문이 될 수 있다는 거야. 그리고 내가 그걸 어떻게 알 수 있는 건지도 모르겠고." 아서가 말했다.

"왜냐하면 너희 행성이 불꽃놀이를 할 때 네가 거기 있었으니까." 자포드가 씩씩거렸다.

"지구에 이런 게 있어……" 아서가 말을 시작했다.

"있었어." 자포드가 수정했다.

"…… 요령이라는 말. 아, 상관 마. 어쨌든, 난 모르겠어."

조종실 내에 나직한 목소리 하나가 흐릿하게 울려 퍼졌다.

"전 아는데요." 마빈이 말했다.

포드가 조종실에서 소리를 질렀다. 그는 아직도 속수무책으로 끙끙대고 있었다.

"야, 마빈, 넌 빠져. 이건 생명체들끼리의 얘기니까." 그가 말했다.

"그건 저 지구인의 뇌파 패턴에 새겨져 있어요. 하지만 그런 건 별로 흥미 없으시죠?" 마빈이 말을 계속했다.

"네 말은, 네가 내 속을 들여다볼 수 있다는 거야?" 아서가 말했다.

"그래요." 마빈이 말했다

아서가 경악하며 그를 뚫어져라 쳐다봤다.

"그래서……?" 그가 말했다.

"어떻게 그렇게 작은 걸 가지고 사실 수가 있는지 놀라울 따름이에요."

"아하, 모욕하는 거군." 아서가 말했다.

"그래요." 마빈이 대꾸했다.

"에이, 저놈은 무시해버려. 지어낸 얘기라고." 자포드가 말했다.

"지어낸다고요?" 사람들이 놀랄 때 하는 짓을 우스꽝스럽게 흉내 내느라 머리를 빙글빙글 돌리며 마빈이 말했다. "제가 뭐 하러 지어내겠어요? 뭘 꾸며내지 않아도 인생은 있는 그대로 충분히 지저분하다고요."

"마빈, 그걸 내내 알고 있었다면 왜 그때 우리에게 얘기해주지 않았니?" 트릴리언이 부드럽고 친절한 목소리로 말했다.

이 덜된 녀석에게 이야기하면서 그런 목소리를 낼 수 있는 사람은 그녀밖에 없었다.

마빈이 머리를 빙그르르 돌려 그녀를 바라보았다.

"안 물어보셨잖아요." 그가 간결하게 답했다.

"자, 그럼 지금 물어보지, 금속 인간아." 포드가 돌아서서 그를 바라보며 말했다.

바로 그 순간 갑자기 우주선이 사방으로 요동치던 것을 멈췄다. 엔진 소리가 부드러운 웅 소리로 잦아들었다.

"이봐, 포드, 그 소리 괜찮은데. 조종법을 알아냈어?" 자포드가 말했다.

"아니. 난 방금 이 녀석과 씨름하길 포기했어. 내 생각엔, 이 우주선이 가자는 데로 가서 빨리 내리는 게 나을 것 같아." 포드가 말했다.

"그래, 그 말이 맞아." 자포드가 말했다.

"흥미 없으실 줄 알았어요." 마빈이 혼자 중얼거리더니, 한구석에 처박혀 스스로 자기 스위치를 꺼버렸다.

"문제는, 이 우주선 전체에서 글자가 나오는 유일한 장치야. 그 내용이 좀 걱정스럽거든. 이 장치가 내가 생각하는 그런 장치가 맞고 내가 그 내용을 제대로 읽었다면, 우리는 너무 과거로 돌아간 것 같아. 우리 시대보다 한 이백만 년쯤 전으로." 포드가 말했다.

자포드가 어깨를 으쓱했다.

"시간은 사기야." 그가 말했다.

"이 우주선의 주인이 도대체 누군지 궁금하군." 아서가 말했다.

"그야 나지." 자포드가 말했다.

"아니, 진짜 주인 말이야."

"정말 나야." 자포드가 우겼다. "이봐, 소유는 도둑질이야, 알겠어? 그러니까 도둑질은 소유이기도 하지. 그러므로 이 우주선은 내 거야, 맞지?"

"이 우주선한테 그렇게 말해보시지." 아서가 말했다.

자포드는 조종 계기판으로 성큼성큼 걸어갔다.

"우주선아, 너의 새 주인이 말씀하신다……." 그가 패널을 두드리며 말했다.

그는 더 이상 말하지 못했다. 여러 가지 일이 동시에 일어났다.

우주선은 시간 여행 모드에서 벗어나 진짜 우주로 다시 나왔다.

시간 여행을 하는 동안 차단되어 있었던 모든 조종 장치들에 이제 불이 들어왔다.

커다란 전망 스크린이 계기판 위에 나타나더니 광활한 별의 바다와 그들 코앞에 있는 거대한 태양 하나를 보여주었다.

하지만 바로 그 순간 자포드와 다른 이들이 모두 조종실 뒤편으로 송두리째 날아가 처박힌 것은 이 모든 일과는 아무 상관이 없었다.

그들은 전망 스크린을 둘러싸고 있는 모니터 스피커에서 쿵쿵거리며 쏟아져 나온 우레와도 같은 소음으로 인해 날아가 처박힌 것이었다.

21

저 아래, 메마른 빨간 행성 카크라푼의 거대한 루들 릿 사막 한복판에서는 무대 기술자들이 사운드 시스템을 점검하고 있었다.

다시 말하자면, 사운드 시스템은 사막에 있었지만, 기술자들이 거기 있는 건 아니었다. 그들은 행성 표면에서 사백 마일 떨어진 궤도를 돌고 있는 '재앙 지대'의 거대한 컨트롤 우주선 안으로 안전하게 대피해서, 거기서 사운드를 점검하고 있었다. 스피커 사일로(원탑 모양의 저장고 — 옮긴이주)에서 반경 오 마일 이내에 있는 사람들이라면 모두 그 조율 소리를 견디지 못하고 죽었을 것이다.

만일 아서 덴트가 그 스피커 사일로에서 반경 오 마일 이내에 있었다면, 숨을 거두는 중에 그 음향 장치가 크기나 모양에 있어서 맨해튼과 굉장히 닮았다고 생각했을지도 모른다. 사일로에서는 중성자 위상 스피커가 하늘을 향해 괴물처럼 치솟아 올라, 그 뒤에 줄지어 있는 플루토늄 반응기와 지진(地震) 앰프들을 가리고 있었다.

그 스피커들의 도시 아래 깊숙이 감춰진 콘크리트 벙커 안에는 연주자들이 자기네 우주선에서 조작할 악기들, 즉 육중한 광자─아주타, 베이스 폭음기, 메가뱅 드럼 세트 등이 놓여 있었다.

거대한 컨트롤 우주선 안에서는 모든 것이 활발하고 부산하게 돌아가고 있었다. 그 우주선에 비하면 올챙이 크기밖에 안 되는 핫블랙 데지아토의 리무진 우주선이 도착하더니 컨트롤 우주선과 도킹했다. 고인이 된 음악가는 자신의 심령 파동을 해석해서 아주타 키보드에 전달할 영매를 만나기 위해 높다란 둥근 천장이 있는 복도를 따라 옮겨지고 있었다.

의사이자 논리학자이자 해양생물학자인 어떤 사람도 방금 도착했다. 그는, 약병을 들고 욕실에 들어가 문을 잠그고는 자기가 물고기가 아니라는 사실이 결정적으로 증명될 때까지는 절대로 나오지 않겠다고 고집을 피우고 있는 리드 싱어를 설득하기 위해 맥시메갈론에서 어마어마한 보수를 받고 막 날아오는 길이었다. 베이스 연주자는 자신의 침실을 기관총으로 갈겨대느라 바빴고, 드럼 주자는 우주선 안에 있지도 않았다.

미친 듯이 수배한 끝에, 그가 백 광년이나 떨어진 산트라기누스 5호 행성의 바닷가에 서 있다는 것이 밝혀졌다. 그의 주장에 따르면, 그는 거기서 지금 반 시간째 행복감에 젖어 있으며 친구가 되어줄 작은 돌멩이를 하나 발견했다는 것이었다.

밴드의 매니저는 크게 안도했다. 이렇게 되면, 이번 투어 사상 열

일곱 번째로 로봇이 드럼을 연주하게 될 테고, 그러면 심벌리스틱의 타이밍이 제대로 맞을 수 있기 때문이었다.

서브-에서가 스피커 채널을 점검하는 무대 기술자들의 교신으로 윙윙거렸고, 이것은 검정 우주선 내부로 전달되고 있었다.

검정 우주선의 승객들은 정신이 나간 상태로 선실의 뒤편 벽에 기대어, 모니터 스피커에서 나오는 목소리에 귀를 기울였다.

"좋아, 9번 채널 동작. 15번 채널 시험 중……." 한 목소리가 말했다.

또 한 번의 깨지는 듯한 천둥소리가 우주선을 강타했다.

"15번 채널도 오케이." 다른 목소리가 말했다.

세 번째 목소리가 끼어들었다.

"검정 우주선이 이제 준비됐다. 좋아 보인다! 멋진 선다이브가 될 것 같다. 무대 컴퓨터 연결됐나?" 그 목소리가 말했다.

컴퓨터 목소리가 답했다.

"연결 완료."

"검정 우주선을 조종하라."

"검정 우주선 탄도 프로그램 고정. 대기 중."

"20번 채널 시험 중."

자포드가 벌떡 일어나 조종실을 가로질러 뛰어갔고, 정신을 빻아대는 것 같은 소음이 또다시 그들을 강타하기 전에 서브-에서 수신기의 주파수를 바꿔버렸다. 그는 몸을 부르르 떨며 서 있었다.

"도대체 선다이브라는 게 뭐야?" 트릴리언이 작은 목소리로 소곤소곤 물었다.

"그건요, 이 우주선이 태양 안으로 다이빙을 할 거란 말이지요. 선Sun……다이브Dive. 간단하잖아요? 핫블랙 데지아토의 스턴트 우주선을 훔쳤다면 뭐 때문이셨어요." 마빈이 말했다.

"이게 핫블랙 데지아토의 스턴트 우주선이라는 걸 넌 어떻게 알았지?" 자포드가 베가 행성의 눈(雪)도마뱀조차 덜덜 떨게 만들 것 같은 목소리로 말했다.

"간단하죠. 제가 이 우주선을 주차시켰으니까요." 마빈이 말했다.

"그러면……어째서……그런 말을 안 한 거야!"

"전율과 모험, 진짜로 굉장한 일을 원한다고 하셨잖아요."

"끔찍하군." 모두들 잠잠한 가운데 아서가 쓸데없는 소리를 했다.

"제 말이 그 말이라니까요." 마빈이 동조했다.

서브-에서 수신기가 다른 주파수로 공공 방송을 잡았다. 그 소리가 이제 조종실 안을 가득 채웠다.

"……오늘 오후 콘서트가 열리는 이곳의 날씨는 아주 상쾌합니다. 저는 지금 여기 무대 앞에 서 있습니다." 리포터가 거짓말을 했다. "루들릿 사막 한가운데에요. 초광학 쌍안경을 통해 보니, 제 주변을 둘러싸고 있는 저 지평선에 쪼그리고 있는 엄청난 관중들이 겨우 보이는군요. 제 뒤에는 가파른 절벽처럼 쌓인 스피커들이 있고, 제 머리 위에는 태양이 빛나고 있습니다. 무엇이 자신을 덮칠지도 모르고 말입니다. 환경보호론자들의 압력 단체는 무엇이 태양을 덮칠지 알고 있습니다. 그들은 이 콘서트가 지진과 해일, 허리케인, 그리고 회복 불가능한 피해와, 그 외 환경보호론자들이 늘상 말하는 그런 것들을 불러올 것이라고 주장합니다.

그러나 재앙 지대의 대변인이 그 환경보호론자들과 점심 식사를 같이 하고는 그들을 다 쏴버렸다는 소식이 방금 들어왔군요. 이제 그들을 가로막을 일은 아무것도……."

자포드가 스위치를 꺼버렸다. 그는 포드에게 돌아섰다.

"내가 무슨 생각 하는지 알아?" 자포드가 말했다.

"알 것 같아." 포드가 말했다.

"그럼 내가 무슨 생각을 한다고 생각하는지 말해봐."

"우리가 이 우주선에서 나가야 한다고 네가 생각하고 있다고 생각해."

"네가 맞다고 생각해." 자포드가 말했다.

"너도 맞다고 생각해." 포드가 말했다.

"어떻게?" 아서가 말했다.

"조용히 해. 우린 생각 중이야." 포드와 자포드가 말했다.

"그래서 이걸로 끝이군. 우린 죽는 거야." 아서가 말했다.

"그런 말 좀 그만해." 포드가 말했다.

이쯤에서 포드가 지구인을 처음 만났을 때 그들의 특이한 버릇에 대해 정립했던 이론을 다시 한번 되짚어보는 게 좋겠다. 그가 보기에 지구인들은 너무너무 명백한 사실들을 계속해서 말하고 또 말하는 괴상한 버릇이 있었다. '아, 좋은 날씨로군'이라든지 '키가 상당히 크시군요'라든지 '그래서 이걸로 끝이군, 우리는 죽는 거야' 같은 소리들 말이다.

그의 첫 번째 이론은, 만일 지구인들이 계속해서 입술을 사용하지 않는다면 그들의 입은 시들어빠질 것이라는 것이었다.

몇 달간 관찰한 뒤 그는 두 번째 이론을 내놓았다. '만일 지구인들이 계속 입술을 움직이지 않는다면 그들의 머리가 작동하기 시작할 것이다.'

사실, 이 두 번째 이론은 오히려 카크라푼의 벨세레본 사람들에게 정확하게 들어맞는 것이었다.

벨세레본인들은 은하계에서 가장 계몽되고, 교양 있고, 무엇보다도 조용한 문명의 종족이라는 이유로 주변 종족들을 분개하게 하고 불안하게 만들곤 했다.

기분 나쁘게 독선적이고 도발적이라고 해석된 이들의 행동에 대한 벌로 은하 재판소는 가장 가혹한 사회적 질병인 텔레파시를 선고했다. 그 결과, 이들의 마음속에 드는 생각들은 아무리 사소한 거라도 그 하나하나가 반경 오 마일 내의 사람들에게 모두 방송되어 버렸다. 이를 막기 위해, 그들은 이제 아주 커다란 목소리로 이야기를 해야만 했다. 그들은 날씨나 아주 사소한 아픔, 고통에 대해, 그날 오후의 경기에 대해, 카크라푼이 갑자기 얼마나 시끄러운 장소가 되어버렸는지에 대해 끊임없이 떠들어댔다.

그들의 마음을 일시적으로 백지 상태로 만드는 또 한 가지 방법은 재앙 지대의 콘서트를 유치하는 것이었다.

콘서트는 타이밍이 핵심이었다.

검정 우주선에 관련된 노래가 클라이맥스에 도달하기 육 분 삼십칠 초 전에 태양에 부딪치기 위해서는 콘서트가 시작되기 전에 다이빙을 시작해야 했다. 그래야 태양 불꽃의 빛이 제시간에 카크라푼에 와 닿기 때문이었다.

포드 프리펙트가 검정 우주선의 내부에 대한 조사를 마쳤을 때, 우주선은 이미 다이빙에 돌입한 지 몇 분 지난 뒤였다. 그는 조종실로 달려 들어왔다.

카크라푼의 태양이 전망 스크린에 무시무시하게 크게 떠올라 있었다. 우주선은 조종 패널을 치고 두들겨대는 자포드의 손은 아랑곳하지 않고 마구 돌진해 들어갔고, 그럴수록 수소 핵융합으로 이글거리는 하얀 불꽃 같은 지옥이 시시각각으로 커지고 있었다. 아서와 트릴리언은, 심야의 도로에서 자신에게 돌진해 오는 헤드라이트를 피하는 유일한 방법은 그것을 노려보는 것이라고 생각하고 있는 토끼처럼 멍한 표정을 짓고 있었다.

자포드가 눈을 번득이며 휙 돌아섰다.

"포드, 구명 캡슐이 몇 개나 있지?" 그가 말했다.

"하나도 없어." 포드가 말했다.

자포드가 뭐라 지껄였다.

"세어보긴 한 거야?" 그가 소리를 질렀다.

"두 번이나. 넌 무전기로 무대 기술자들하고 얘기해봤어?" 포드가 답했다.

"그래. 내가 이 우주선에 사람들이 엄청 타고 있다고 했더니, 모두에게 안부를 전해달라고 하더군." 자포드가 씁쓸하게 내뱉었다.

포드는 왕방울 눈이 되었다.

"네가 누군지 말 안 해줬어?"

"아, 했지. 대단한 영광이라더군. 그 외에도 레스토랑 음식 값과 내 유언 집행자에 대해서 뭐라고 주절거리더군."

포드는 거칠게 아서를 옆으로 밀쳐내고 조종 계기판 위로 몸을 숙였다.

"이 중에 작동되는 게 하나도 없어?" 그가 사납게 소리쳤다.

"하나도 작동 안 돼."

"자동 항법 장치를 부숴버리자."

"먼저 찾기부터 해야지. 아무것도 연결이 안 돼."

잠시 냉랭한 침묵이 흘렀다.

아서는 조종실 뒤편에서 비틀거리며 서성거리고 있었다. 그러다가 그는 돌연 걸음을 멈췄다.

"그냥 물어보는 건데…… 텔레포트라는 게 대체 뭐지?" 그가 말했다.

시간이 좀더 흘렀다.

천천히, 다른 사람들이 돌아서서 그를 바라봤다.

"아마 질문 같은 걸 하기 좋은 때는 아니겠지만, 그냥 조금 전에 너희가 그런 단어를 쓰는 걸 들었고, 그래서 말하는 건데……" 아서가 말했다.

"그런 말이 어디 쓰여 있는데?" 포드 프리펙트가 조용히 물었다.

아서가 조종실 뒤쪽의 검정 조종 박스를 가리키며 말했다.

"사실은 바로 여기……'비상용'이라는 말 바로 아래, '시스템'이라는 말 바로 위에, '고장'이라는 말 바로 옆에."

곧이어 벌어진 아수라장 속에서 유일하게 말이 되는 행동은, 선실을 가로질러서 아서가 말한 조그만 검정 박스를 향해 몸을 날려 그 안에 있는 조그만 검정 버튼을 미친 듯이 눌러대는 포드 프리펙트의 행동밖에 없었다.

그 옆에서 육 피트 높이의 사각형 패널이 미끄러져 열리더니 칸막이 방이 하나 나타났다. 그 칸막이 방은 전기 기술자의 고물 창고라는 용도로 새 인생을 얻은 샤워장 같은 모양새를 하고 있었다. 천장에는 설치하다 만 전선들이 늘어져 있었고, 바닥에는 버려진 부속들이 여기저기 흩어져 있었다. 그리고 프로그램 패널은 들어가 있어야 할 벽구멍 안에 있지 않고 거기서 축 늘어져 매달려 있었다.

이 우주선이 만들어지고 있던 조선소를 방문한 재앙 지대의 부회계사는 십장에게, 용도라곤 단 한 번의 중요한 여행밖에 없는, 그것도 무인으로 여행할 우주선에 그렇게 엄청나게 비싼 텔레포트를 집어넣는 이유를 설명하라고 요구했다. 십장은 그 텔레포트를 십 퍼센트 세일가로 구할 수 있었다고 설명했다. 회계사는 그건 전혀 중요하지 않다고 설명했다. 십장은 그게 돈으로 살 수 있는 물건 중 가장 품질이 좋고 강력하며 세련된 것이라고 설명했다. 회계사는 그런 걸 돈 주고 사고 싶지 않다고 설명했다. 십장은 그래도 사람들이 그 우주선에 들어왔다가 나갈 일이 있지 않겠느냐고 설명했다. 회계사는 그 우주선에는 그런 용도로 쓰일 수 있는 완벽한 문이 당당히 있지 않느냐고 설명했다. 십장은 회계사에게 가서 끓는 물에 머리나 처박으라고 설명했다. 회계사는 지금 십장의 왼쪽에서 빠른 속도로 접근하고 있는 것은 당신을 한 방 먹이려는 주먹이라고 설명했다. 모든 설명들이 종결되고 나자, 텔레포트 설치 작업은 거기서 중단되고 말았다. 그리고 그 비용은 '기타, 설명필'이라는 항목 아래 본래 가격의 다섯 배로 책정되어 몰래 끼어 들어갔다.

"젠장." 자포드가 중얼거렸다.

그와 포드는 이리저리 얽힌 전선들을 풀어보려 애쓰고 있었다.

잠시 후 포드가 그에게 뒤로 좀 물러나보라고 말했다. 그는 동전 하나를 텔레포트 안에 던져 넣고는 늘어져 있는 조종 패널의 스위치를 가볍게 건드렸다. 딱 하는 소리, 번쩍 하는 섬광과 함께 동전은 사라져버렸다.

"저 정도는 작동되는군. 하지만 유도 장치가 없어. 유도 장치가 없는 물질 이동 텔레포트는 사람을……음, 아무 데로나 보내버릴 수 있지." 포드가 말했다.

카크라푼의 태양이 전망 스크린에 거대하게 떠 있었다.

"아무러면 어때. 아무 데나 가는 거야." 자포드가 말했다.

"게다가……자동 장치도 없어. 우리 모두가 갈 순 없다고. 누군가 남아서 기계를 작동시켜야 해." 포드가 말했다.

숙연한 시간이 지나갔다. 태양은 점점 더 크게 다가오고 있었다.

"이봐, 마빈 친구, 기분이 어때?" 자포드가 쾌활하게 말했다.

"아주 나빠요, 제 생각엔." 마빈이 투덜거렸다.

잠시 후, 카크라푼의 콘서트는 예상치 못했던 클라이맥스를 맞이 했다.

시무룩한 승객 단 한 명만을 태운 검정 우주선은 예정대로 태양 의 핵 용광로 속으로 돌진했다. 엄청난 불꽃이 일어나 수백만 마일 의 공간을 핥고 지나갔다. 그 불꽃은 그 순간을 기대하며 태양 표면 을 가까이 비행하던 불꽃 라이더들 열두어 명을 전율케 했고 그중 몇몇을 내동댕이쳤다.

그 불꽃이 카크라푼에 도달하기 직전, 진동하던 사막이 깊은 단 층을 따라 갈라졌다. 이제까지 알려지지 않고 지표 저 아래에서 흐 르던 거대한 지하 강물이 땅 위로 솟구쳐 올랐고, 몇 초 뒤에는 그 뒤를 이어 펄펄 끓는 용암이 수백만 톤 분출해 공중으로 수백 피트 나 솟아올랐다. 이 폭발로 지표 위와 아래쪽의 강이 순식간에 증발 했고, 그 소리는 세상 저 끝까지 울려 퍼졌다가 다시 돌아왔다.

그 사건을 경험하고 살아남은 사람들 —— 진짜 소수에 불과했다 —— 은 십만 제곱마일의 사막 전체가 두께 일 마일짜리 팬케이크 처럼 공중으로 날아올라 뒤집히더니 다시 떨어졌다고 목소리를 높 였다. 그리고 바로 그 순간, 태양 불꽃의 방사능이 증발된 물로 이 루어진 구름을 뚫고 내려와 지상을 강타했다.

그로부터 일 년 뒤, 십만 제곱마일의 사막에는 꽃이 만발했다. 그 행성의 대기 구조는 미묘하게 변했다. 여름의 태양은 예전보다 덜 혹독하게 이글거렸고, 겨울의 추위는 전처럼 살을 에는 것처럼 느껴지지 않았으며, 달콤한 빗줄기가 더 자주 내렸다. 카크라푼의 사막은 천국이 되었다. 카크라푼 사람들의 저주받은 형벌인 텔레파시조차 그 폭발의 위력으로 인해 영원히 흩어져버렸다.

재앙 지대의 대변인 —— 모든 환경보호론자들을 총으로 쏴버렸던 바로 그 사람 —— 은 후에 그것이 '훌륭한 연주회'였다고 말했다고 전해진다.

많은 사람들이 음악이 지닌 '치료의 힘'에 대해 감동하며 이야기했다. 몇몇 회의적인 과학자들은 당시의 기록을 면밀히 분석해보더니, 인공적으로 유도된 거대한 불가능 확률 자장이 그 근처 우주에서 흘러 들어온 희미한 흔적을 발견했다고 주장했다.

22

아서는 정신을 차리고 나서 즉시 후회했다. 숙취야 전에도 겪어봤지만, 이 정도로 지독했던 적은 없었다. 이게 바로 그것, 그 엄청난 것, 궁극의 최악이었다. 물질 이동 광선은 가령 머리를 한 대 호되게 걷어차이는 것만큼 재미없는 일이라고 그는 판단 내렸다.

심장이 쿵쿵 밟아대기라도 하는 것처럼 둔탁하게 고동쳐 그는 지금은 꼼짝도 하고 싶지 않았다. 그는 가만히 누워서 생각에 잠겼다. 대부분의 운송 수단의 문제는 기본적으로 탈 만한 게 하나도 없다는 것이다. 지구에서는──새로운 초공간 우회로를 내느라 파괴되기 이전, 지구라는 것이 있었을 때──자동차들이 골칫거리였다. 아무런 해도 안 입히고 땅속 깊숙이 안전하게 잘 감춰져 있던 검고 끈끈한 물질을 끄집어내서 땅을 뒤덮을 타르와 대기를 채울 매연으로 바꾸고 나머지는 바다에 버리는 과정에 따르는 그 모든 불이익을 생각하면, 한 장소에서 다른 장소로 좀더 빨리 갈 수 있다는 이익 정도는 도대체 상대가 안 돼 보였다. 게다가 그 결과, 그렇게 해서 도착한 장소라는 게 자기가 떠나온 장소와 별다를 바 없는 장소가 되었다는 점을 생각하면 더욱 그러하다. 결국 거기도 타르로 덮여 있고, 매연으로 가득 차 있고, 물고기 따위는 없는 것이다.

그렇다면 이 물질 이동 광선이란 또 어떤가? 사람의 몸을 원자 하나하나로 갈기갈기 찢어서 이 원자들을 서브-에서를 통해 냅다 집어던졌다가 그 원자들이 처음으로 자유를 느껴보려는 순간 다시 원래대로 쑤셔 넣는 방식의 운송 수단이란 건 좋을 게 하나도 없었다.

이에 대한 노래라도 하나 지어볼까 하는 무리한 생각을 아서 덴트가 하기 이전에, 이미 많은 사람들이 똑같은 생각을 했었다. 많은 군중들이 해피 웰드 3행성에 있는 시리우스 사이버네틱스 주식회사 텔레포트 시스템 공장 밖에서 정기적으로 부르던 노래가 여기 있다.

알데바라 여자들은 굉장해, 좋아
알골 여자들도 괜찮지
베텔게우스의 예쁜이들은
다리를 후들거리게 만들지
네가 원하는 건 뭐든지 하지
정말 빠르게 다음엔 정말 느리게

하지만 갈기갈기 찢겨서 거기 가야 한다면
난 안 가고 싶어

후렴,
날 갈기갈기 찢어, 갈기갈기 찢어
정말 희한한 이동 방법이지
하지만 갈기갈기 찢겨서 거기 가야 한다면
난 그냥 집에 있을래

시리우스의 도로는 황금빛이라네
사람들은 그렇게 말하지
하지만 미친 녀석들은 그러고는 이렇게 밀하지
"죽기 전에 타우 행성을 봐야지"
난 기꺼이 고속도로를 탈래
아니 저속도로도 괜찮아
하지만 갈기갈기 찢겨서 거기 가야 한다면
난 절대로 안 갈래.

후렴,
날 갈기갈기 찢어, 갈기갈기 찢어
완전히 돌아버려야 해.
그래도 갈기갈기 찢겨서 거기 가야 한다면

난 여기 침대에 누워 있을래.

……등등. 또 하나의 인기곡은 훨씬 더 짧았다.

어느 날 밤 집으로 텔레포트되었지
론과 시드, 그리고 멕과 함께
론은 메기의 심장을 훔쳤고
나는 시드니의 다리를 달았네.

아직 쿵쿵 밟아대는 듯한 둔탁한 고동 소리가 완전히 사라지지는 않았지만, 고통의 파도가 점차 물러나는 게 느껴졌다. 아서는 천천히, 조심스럽게 일어섰다.

"둔탁한 쿵쿵 소리 들려?" 포드 프리펙트가 말했다.

아서는 빙빙 돌며 불안하게 비틀거렸다. 포드 프리펙트가 빨갛게 충혈된 눈에 창백한 얼굴을 하고 그에게 다가왔다.

"여기가 어디지?" 아서가 헐떡이며 말했다.

포드는 주변을 둘러보았다. 그들은 양쪽으로 아득하게 펼쳐진 길고 휘어진 복도에 서 있었다. 강철 외벽이 ── 학교나 병원, 정신병자 수용소에서 수용자들을 진정시키기 위해 칠하는 창백한 녹색으로 칠해진 ── 그들의 머리 위로 곡선을 그리며 이어져 수직 내벽과 만나고 있었다. 그 내벽은 괴상하게도 진갈색의 삼베 직물로 씌워져 있었다. 바닥은 골이 진 진녹색 고무였다.

포드는 외벽에 붙어 있는 매우 두껍고 어두운 투명 창틀로 다가 갔다. 그것은 몇 겹이나 되었지만, 바늘 끝 같은 먼 별들의 빛을 내다볼 수는 있었다.

"내 생각에, 우리는 어떤 우주선 안에 있는 것 같아." 그가 말했다.

회랑 아래쪽에서 둔탁하게 쿵쿵거리는 소리가 들려왔다.

"트릴리언? 자포드?" 아서가 초조하게 불러보았다.

포드가 어깨를 으쓱했다.

"이 근처에는 없어. 내가 봤어. 어디 있는지 알 수 없어. 프로그램이 안 된 텔레포트는 사람을 아무 방향으로 몇 광년이나 내던져버릴 수 있다고. 내 느낌으로 볼 때, 우리는 진짜 상당히 먼 거리를 여행해 온 게 틀림없어." 그가 말했다.

"느낌이 어떤데?"

"나빠."

"그럼 걔네들은……."

"어디에 있는지, 어떤 상태인지, 우리는 알 수도 없고 어찌할 도리도 없어. 내가 하는 대로나 해."

"그게 뭔데?"

"생각하지 마."

아서는 이 생각을 마음속에서 짚어보고는, 내키지는 않았지만 그게 현명하다는 것을 깨달았다. 그는 그 문제를 마무리 짓고 밀쳐내버렸다. 그는 심호흡을 했다.

"발소리야!" 포드가 갑자기 외쳤다.

"어디?"

"저 소리. 저 쿵쿵거리는 소리. 발 구르는 소리 말이야. 들어봐."

아서는 귀를 기울였다. 그 소리는 거리를 가늠할 수 없는 곳으로 부터 복도를 울리며 그들에게 다가오고 있었다. 둔하게 발을 쿵쿵 굴러대는 소리였다. 소리는 눈에 띄게 점점 더 커지고 있었다.

"움직이자." 포드가 날카롭게 소리쳤다.

그들은 움직였다. 각기 반대 방향으로.

"그쪽 말고. 소리가 그쪽에서 오고 있잖아." 포드가 말했다.

"아니라니까, 그 소리는……."

그들은 모두 말을 멈췄다. 그들은 둘 다 몸을 돌렸다. 그들은 둘 다 정신을 집중해 소리에 귀를 기울였다. 그들은 서로 상대방의 의견에 동의했다. 그들은 다시 서로 반대 방향으로 출발했다.

두려움이 그들을 사로잡았다.

양쪽 방향에서 소리가 점점 더 커지고 있었다.

그들의 왼쪽에서 몇 야드 떨어진 곳에 내벽과 직각을 이루는 또 하나의 복도가 있었다. 그들은 거기로 달려가 허둥지둥 복도를 따라 뛰었다. 복도는 어두침침하고 엄청나게 길었다. 달려갈수록 복도가 점점 더 추워지는 듯한 느낌이 들었다. 그 복도에서 왼쪽과 오른쪽으로 다른 복도들이 뻗어나가고 있었다. 모두 매우 어두웠고, 그 복도들을 지나갈 때면 하나같이 얼음장같이 매서운 바람이 확 불어닥쳤다.

그들은 깜짝 놀라서 잠깐 멈춰 섰다. 복도를 따라 내려갈수록 쿵쿵거리는 발소리가 점점 더 크게 들렸다.

그들은 차가운 복도 벽에 몸을 바짝 붙이고 미친 듯이 귀를 기울였다. 추위와 어둠, 실체 없는 발소리가 그들을 육박해오고 있었다. 포드는 부르르 몸을 떨었다. 추위 탓이기도 했지만, 한편으로는 그의 키가 아크투란 메가 메뚜기의 발꿈치 정도밖에 되지 않았던 베텔게우스 꼬마 시절에 그가 좋아하는 어머니가 들려줬던 이야기가 생각났기 때문이기도 했다. 그것은 악마들이나 잊힌 선원들의 유령들이 횡행하는 고적한 우주 공간을 쉼 없이 방황하는 유령선들에 관한 이야기였다. 그런 우주선에 잘못 발을 들여놓은 조심성 없는 여행자들에 대한 이야기들도 있었다. 또 어떤 이야기들은……그때 그는 첫 번째 복도에 있었던 갈색 삼베 벽을 떠올리고 정신을 수습했다. 유령들과 악마들이 자기들 유령선을 어떻게 장식하는지는 모르겠지만, 갈색 삼베로 벽을 장식하지는 않으리라는 데 얼마든지 돈을 걸 수 있다고 그는 생각했다. 그는 아서의 팔을 붙잡았다.

"왔던 길로 돌아가자." 그는 단호히 말하고 돌아가기 시작했다.

잠시 뒤 그들은 놀란 도마뱀처럼 펄쩍 뛰어서 가까운 교차점에 몸을 숨겼다. 쿵쿵거리는 발소리의 주인공들이 그들 정면에 갑자기 모습을 드러냈기 때문이었다.

모퉁이 뒤에 숨은 그들의 눈이 놀라움으로 휘둥그레졌다. 운동복 차림의 뚱뚱한 남녀 스물댓 명이 쿵쿵대며 그들을 지나쳐 갔다. 그들은 심장 전문의의 말문이 막힐 정도로 숨을 헐떡이고 씩씩대며 달리고 있었다.

포드 프리펙트가 눈을 떼지 못하고 그들을 지켜봤다.

"조깅하는 사람들이잖아!" 그들의 발소리가 거미줄처럼 얽힌 복도 위아래로 울리며 사라지자 포드가 말했다.

"조깅하는 사람들?" 아서 덴트가 속삭였다.

"조깅하는 사람들." 포드 프리펙트가 어깨를 으쓱하며 말했다.

그들이 몸을 숨기고 있던 복도는 다른 복도들과 좀 달랐다. 이 복도는 매우 짧았고, 그 끝에 커다란 강철 문이 있었다. 포드가 문을 살피더니 여는 방법을 발견하고는 문을 밀어 활짝 열었다.

처음으로 그들의 눈에 들어온 것은 관(棺)처럼 생긴 물건이었다.

그리고 뒤이어 그들의 눈에 들어온 사천구백구십구 개의 물건들 역시 관들이었다.

23

그 지하실은 천장이 낮고 흐린 조명이 밝혀진 거대한 공간이었다. 약 삼백 야드쯤 떨어진 저쪽 끝에는 구름다리가 있었는데, 그 다리는 비슷한 것들로 채워진 비슷하게 보이는 방으로 연결되어 있었다.

포드 프리펙트가 지하실 바닥으로 내려서며 낮게 휘파람을 불었다.

"굉장하군." 그가 말했다.

"죽은 사람들이 뭐 그리 대단해?" 아서가 불안한 듯 그의 뒤를 따르며 말했다.

"그거야 모르지. 우리가 알아보자고." 포드가 말했다.

가까이서 살펴보니 그 관들은 석관처럼 보였다. 높이는 허리 정도였고, 하얀 대리석 같은 물질로 만들어져 있었는데, 과거에는 하얀 대리석이었던 게 틀림없었다. 하얀 대리석이라고밖에 볼 수 없었으니 말이다. 뚜껑은 반투명이었고, 그 뚜껑을 통해, 고인이 되어 누군가를 애통하게 한 관 주인들의 윤곽이 희미하게 보였다. 그들은 인간형 생물체였고, 자신들이 멀리 떠나온 세계의 골칫거리들을 분명 떨쳐버린 게 틀림없었다. 그러나 그 이상은 알 수 없었다.

묵직하고 기름진 하얀 가스가 석관들 사이 바닥에서 서서히 흘러다니고 있었다. 처음에 아서는 그 가스가 분위기를 내기 위한 것이라고 생각했으나 나중에 보니 자기의 발목도 꽁꽁 얼어 있었다. 그 석관들 또한 손도 대지 못할 정도로 차가웠다.

갑자기 포드가 한 석관 옆에 웅크리고 앉았다. 그는 가방에서 타월을 꺼내 무언가 열심히 문지르기 시작했다.

"여기 봐, 여기 조그만 명판이 하나 있어. 온통 서리가 꼈지만." 그가 아서에게 설명했다.

그는 서리를 문질러 닦아내곤 거기 새겨진 글씨들을 살펴보기 시작했다. 아서가 보기에 그것은, 뭔지 모르겠지만 거미들끼리 놀 때 마시는 그 무엇인가를 과음한 거미가 남긴 발자국처럼 보였다. 그러나 포드는 그것이 고대 은하계의 에지리드 문자임을 즉시 알아봤다.

"여기 '골가프린참 방주 함대, B 함선, 제7실, 제2급 전화 위생 요원'이라고 쓰여 있어. 그리고 일련 번호가 있고."

"전화 위생 요원? 죽은 전화 위생 요원?" 아서가 말했다.

"그게 최고지."

"근데 여기서 뭘 하는 거야?"

포드는 관 속의 인물을 위에서 들여다봤다.

"별일 하는 것 같지 않은데." 그가 말하더니, 갑자기 최근 무리했으니 좀 쉬는 게 좋겠다고 말해주고 싶게 하는 그런 미소를 지었다.

그는 다른 석관으로 뛰어갔다. 잠시 열심히 타월로 문지르더니 그가 말했다.

"이쪽은 죽은 미용사야, 야호!"

다음 석관은 광고 회사 중역의 마지막 휴식처로 밝혀졌다. 그 다음 것은 제3급 중고차 세일즈맨의 것이었다.

바닥에 나 있는 열람 해치 하나가 돌연 포드의 시선을 사로잡았다. 그는 주위를 에워싸고 몰려드는 차가운 가스 구름을 손으로 저어가며 쭈그려 앉아 그걸 열어보려고 했다.

아서에게 어떤 생각이 떠올랐다.

"이게 만일 그냥 관들이라면, 왜 이렇게 꽁꽁 얼어 있는 거지?" 그가 말했다.

"게다가 도대체 왜 보관되어 있는 걸까?" 포드가 끙끙거리며 해치를 열면서 말했다. 가스가 그 구멍으로 쏟아져 나갔다. "사실 누가 오천 구의 시체를 우주 공간으로 나르는 수고와 비용을 감당하겠어?"

"만 구." 아서가 구름다리를 가리키며 말했다. 그 너머로 옆방의 모습이 희미하게 보였다.

포드가 바닥 해치 속으로 머리를 쑥 집어넣었다. 그가 다시 고개를 들었다.

"만 오천 구. 아래쪽에 이런 게 하나 더 있어." 그가 말했다.

"천오백만 구." 어떤 목소리가 말했다.

"그거 많군. 굉장히 많아." 포드가 말했다.

"천천히 돌아서라. 손을 미리 위로 들고. 허튼 수작 부리면 너희를 아주 잘게 산산조각내주겠다." 그 목소리가 소리쳤다.

"누구세요?" 손을 머리 위로 번쩍 들고 허튼 수작을 전혀 하지 않으며 천천히 돌아선 포드가 말했다.

"어째서……우리를 만나 반가운 사람이 하나도 없는 걸까?" 아서 덴트가 말했다.

그들이 지하실로 들어오면서 통과했던 문에 그들을 만나 반갑지 않은 사람이 실루엣을 드러내며 서 있었다. 그의 불쾌한 심사는 버럭버럭 소리를 지르는 그의 목소리에서도 일부 전달되었지만, 그가 심술궂게 흔들어대고 있는 기다란 은빛 킬-오-잽 총에서도 잘 드러나고 있었다. 그 총의 디자이너는 핵심으로 곧바로 들어가라는 교육을 받았음이 틀림없었다. "무시무시하게 만들어"라는 지시를 받은 것이다. "이 총에는 좋은 쪽과 나쁜 쪽이 있다는 것을 분명히 하도록 해. 이 총의 나쁜 쪽에 서 있는 사람으로 하여금 상황이 영 좋지 않다는 것을 확실히 알게 해. 온갖 종류의 대못들과 갈퀴, 시커먼 것들을 붙여야 한다면 그렇게 해. 이건 벽난로 위에 매달아놓거나 우산통에 꽂아두는 그런 총이 아니야. 이건 나가서 사람들을 비참하게 만들 총이야."

포드와 아서는 불행한 마음으로 그 총을 바라봤다.

총을 든 사람이 문에서 걸어 나오더니 그들 주위를 한 바퀴 돌았다. 그가 불빛 속으로 나오자, 그들은 검은색과 황금색이 섞인 그의 제복을 볼 수 있었다. 거기 달린 단추들은 어찌나 눈이 부실 정도로 번쩍이는지, 오토바이를 탄 사람이 다가온다면 화가 나서 라이트를 켤 만했다.

그가 문을 향해 손짓했다.

"나가." 그가 말했다. 그 정도의 화력을 가진 사람은 말이 많을 필요가 없다. 포드와 아서는 밖으로 나갔다. 킬-오-잽 총의 나쁜 쪽과 단추들이 그 뒤를 바싹 따랐다.

복도로 나오자 그들은 조깅하던 사람들 스물네 명과 맞닥뜨렸다. 그들은 이세 샤워를 하고 옷을 갈아입은 상태였고, 아서와 포드를 우르르 지나치더니 지하실로 들어갔다. 아서는 고개를 돌리고 그들을 혼란스럽게 바라보았다.

"움직여!" 그들을 체포한 사람이 소리쳤다.

아서는 걸었다.

포드는 어깨를 으쓱하고 걸었다.

지하실에서는, 조깅하던 사람들이 벽을 따라 늘어선 스물네 개의 빈 석관에 도착했다. 그들은 석관을 열고 그 안으로 기어 들어가, 꿈도 없는 스물네 개의 잠 속으로 빠져들었다.

24

"저, 선장님⋯⋯."

"왜, 넘버 원?"

"방금 넘버 투로부터 보고 비슷한 것을 받았습니다."

"아, 저런."

그 우주선의 브리지 안 저 위에서 선장은 약간 짜증을 내며 무한하게 펼쳐진 우주 공간을 내다보고 있었다. 거대한 돔 아래에 기대어 앉은 그는, 그의 앞과 위에서 펼쳐지는 거대한 별들의 파노라마를 볼 수 있었다. 우주선은 그 파노라마 속을 항해하는 중이었다. 하지만 항해를 계속할수록 그 장관은 눈에 띄게 점점 빈약해져갔다. 고개를 돌려 뒤를 보면, 이 마일이나 되는 거대한 우주선 동체 뒤로 훨씬 더 빽빽한 별들의 무리가 보였다. 어찌나 빽빽한지 거의 하나의 띠처럼 보일 정도였다. 이것이 그들이 떠나온 은하계 중심부의 광경이었다. 그들은 실로 몇 년째, 당장 기억은 안 나지만, 끔찍할 정도로 빠른 속력으로 항해를 계속하고 있었다. 그 속도는 무엇인가의 속도에 거의 맞먹었다. 아니면 다른 무엇인가의 속도의 세 배던가? 하여간 굉장히 인상적이었다. 그는 우주선 뒤로 밝게 보이는 저 먼 곳을 물끄러미 바라보며 무언가를 찾았다. 그는 이 짓을 몇 분 간격으로 계속하고 있었지만, 자기가 무엇을 찾고 있는지는 알지 못했다. 하지만 그는 그런 일로 걱정 따위는 하지 않았다. 누구도 겁먹지 말고 모두가 계속 자기 할 일을 질서정연하게 하면 모든 일이 완벽하게 될 거라고 과학자 녀석들이 끈덕지게 주장했으니까.

그는 겁을 먹은 게 아니었다. 그가 아는 한, 모든 일은 멋지게 진행 중이었다. 그는 거품이 수북한 커다란 스펀지로 어깨를 톡톡 두들겼다. 무슨 일 때문에 약간 짜증이 났었다는 생각이 슬금슬금 그의 마음에 스며들었다. 그게 뭐였더라? 나직한 헛기침 소리에 그는 우주선의 일등 항해사가 아직도 옆에 서 있다는 사실을 깨달았다.

넘버 원, 좋은 녀석이지. 굉장히 영리한 편은 아니지만. 신발 끈 매는 걸 어려워하는 약간 괴상한 면이 있긴 하지만, 그래도 괜찮은 장교감이었다. 선장은 시간이 아무리 걸려도 신발 끈을 매느라 허리를 굽히고 있는 녀석을 걷어차는 그런 사람이 아니었다. 단추를 번쩍번쩍하게 광내고, 보무 당당하게 사방을 휘젓고 다니고, 매 시간 보고서를 내놓는——"우주선은 아직 움직이고 있습니다, 선장님", "아직 순항 중입니다, 선장님", "산소 레벨은 아직 잘 유지되고 있습니다, 선장님"——무시무시한 넘버 투 같은 사람이 아니었다. "제발 그만 좀 해." 이것이 선장의 의견이었다. 아, 그랬다. 그가 짜증이 났던 건 바로 그 때문이었다. 그는 넘버 원을 내려다보았다.

"그렇습니다, 선장님. 포로를 몇 명 잡았다는 둥, 그런 말을 외치고 있었습니다……."

선장은 이 일에 대해 생각했다. 별로 일어날 것 같지 않은 사건이었지만, 그는 장교들이 하는 일에 방해가 되고 싶지 않았다.

"뭐, 어쩌면 그 덕에 그가 잠시 행복할 수도 있겠지. 항상 포로를 좀 잡았으면 했으니까." 그가 말했다.

포드 프리펙트와 아서 덴트는 끝도 없어 보이는 복도를 따라 터덜터덜 걷고 있었다. 넘버 투는 등 뒤에서 행진하듯 따라오며 때때로 엉뚱한 짓 하지 말라는 둥, 허튼 수작 하지 말라는 둥 명령을 해 댔다. 끝도 없이 이어진 갈색 삼베 벽을 따라 일 마일은 족히 걸어온 것 같았다. 마침내 그들은 거대한 강철 문 앞에 이르렀다. 넘버 투가 문에 대고 소리를 지르자 문이 스르르 미끄러져 열렸다.

그들은 들어갔다.

포드 프리펙트와 아서 덴트가 보기에, 그 우주선 브리지에서 가장 대단한 것은 휘황찬란한 별빛을 쏟아대는 별들을 가득 담고서 브리지 위를 덮고 있는 직경 오십 피트짜리 반구형 돔이 아니었다. 우주의 끝에 있는 레스토랑에서 저녁 식사를 한 사람들에게는 그런 경이로운 광경이 지극히 평범했다. 그들을 둥그렇게 에워싸고 있는 기다란 벽을 빼곡히 채우며 늘어서 있는, 뭐가 뭔지 알 수 없는 장치들도 아니었다. 아서가 보기엔, 이것이야말로 전형적인 우주선 모습이라고 할 만했다. 포드가 보기엔, 이 우주선은 철두철미하게 구식이었다. 그래서, 재앙 지대의 스턴트 우주선이 자신들을 이백만 년까지는 아니더라도 적어도 백만 년 정도 전의 과거로 보냈을지도 모른다는 그의 의심이 확고해졌다.

당황스러울 정도로 그들의 눈길을 끈 것은 목욕통이었다.

그 목욕통은 대충 깎은 파란 물 빛깔의 크리스털로 만든, 높이 육 피트의 받침대 위에 놓여 있었다. 그 목욕통은 맥시메갈론의 '병적인 상상력 박물관' 밖에서는 좀처럼 보기 힘든, 바로크적인 기괴함이 돋보이는 물건이었다. 창자처럼 뒤죽박죽으로 얽힌 배관들은 심야에 비석도 없는 무덤에 얌전히 묻히는 대신, 황금 이파리 장식을 써서 돋보이게 되어 있었다. 수도꼭지들과 샤워 장치들은 이무 기돌(고딕 건축에서 낙숫물받이로서 만들어 붙인 기괴한 괴물 형상들 ― 옮긴이주)도 무색하게 할 정도였다.

그것은 우주선 브리지에서 당당하게 중심을 차지하고 있는 물건으로는 전혀 맞지 않았다. 넘버 투는 이 사실을 잘 알고 있는 사람의 씁쓸한 태도를 보이며 그쪽으로 다가갔다.

"선장님!" 그가 이를 악물고 외쳤다. 어려운 기술이지만, 그는 여러 해 동안 연습한 끝에 이를 완벽하게 마스터했다.

커다랗고 상냥한 얼굴과 비누 거품이 잔뜩 묻은 상냥한 팔이 그 흉물스러운 목욕통 가장자리에서 튀어나왔다.

"아, 안녕, 넘버 투. 즐거운 시간 보내고 있나?" 선장이 경쾌하게 스펀지를 흔들며 말했다.

넘버 투는 기존의 차려 자세를 더욱 딱딱하게 취했다.

"제7냉동실에서 찾아낸 포로들을 데려왔습니다!" 그가 요란하게 소리쳤다.

포드와 아서는 어리둥절해하며 헛기침을 했다.

"어……안녕하십니까?" 그들이 말했다.

선장은 그들에게 환한 미소를 보냈다. 넘버 투가 정말 포로를 잡아왔군. 뭐, 그를 위해선 좋은 일이지. 자기가 가장 잘하는 일을 하고 있으니 보기 좋군. 선장은 생각했다.

"아, 안녕하시오. 일어나지 못해 미안합니다. 잠깐 목욕 중이라. 자, 그럼 '지낸 토닉스'나 한 잔씩 돌리지. 냉장고 안에 있네, 넘버 원." 선장이 말했다.

"알겠습니다, 선장님."

어느 정도의 중요성을 부여해야 할지는 아무도 모르지만, 상당히 재미있는 사실이 하나 있다. 즉, 원시적인 세상이건 굉장히 진보한 세상이건 간에, 은하계 내의 알려진 세계 전체의 팔십오 퍼센트 정도가 지낸 토닉스 또는 지-앤-앤-트닉-스, 또는 지논드-오-닉스, 또는 같은 음성학적 주제를 좀 달리 변주했을 뿐인 수천 가지 이름으로 불리는 어떤 칵테일을 만들어냈다는 사실이다. 술 자체는 똑같지 않다. 가령 시볼리아 행성의 '치난토 / 므닉스'는 실내 온도보다 약간 높은 온도로 내놓는 맹물일 뿐이지만, 가그라카카 행성의 '친-앤소니-익스'는 그 술을 마신 암소가 백 걸음도 못 가서 죽어버릴 정도로 독하다. 사실 발음이 같다는 사실 외에 이들 모두가 지닌 유일한 공통점, 그 술들은 그것들을 만들어낸 세상이 다른 세상과 접촉하기 전에 만들어지고 이름 붙여졌다는 것이다.

그러면 이 사실에서 알 수 있는 것은 무엇인가? 그 단어는 완전히 고립된 상태로 존재한다는 것이다. 구조언어학 이론의 견지에서 보자면, 그것은 그래프에서 혼자 뚝 떨어져 나와 고집스레 버티고 있는 단어다. 늙은 구조언어학자들은 젊은 구조언어학자들이 이 문제에 대해 연구하는 걸 매우 싫어한다. 젊은 구조언어학자들은 자신들이 뭔가 심오하게 중요한 것에 거의 접근해가고 있다고 확신하면서 엄청나게 흥분해 밤을 꼴딱 새우며 이 문제를 연구한다. 그러다가 결국은 제대로 뭔가를 해보지도 못하고 늙은 구조언어학자가 되어서는 젊은 학자들에게 노발대발해대는 것이다. 구조언어학은 사방으로 패가 갈린 불행한 학문이다. 그리고 많은 구조언어학자들은 위스기안 조다스를 퍼마시는 것으로 자기들 문제를 잊어버리며 수많은 밤을 보낸다.

넘버 투는 분노로 부들부들 떨면서 선장의 목욕통 앞에 서 있었다.

"포로들을 심문하지 않으실 겁니까, 선장님?" 그가 깩깩거리며 항의했다.

선장은 멍한 표정으로 그를 바라봤다.

"도대체 내가 왜 그래야 하나?" 그가 물었다.

"그들에게서 정보를 얻기 위해섭니다, 선장님! 그들이 왜 여기

왔는지 알아내려고요!"

"아, 아냐, 아냐, 아냐. 그저 지낸 토닉스나 한 잔 가볍게 걸치려고 온 거겠지, 안 그런가?" 선장이 말했다.

"하지만 선장님, 그들은 제 포로들입니다! 저는 그들을 심문해야 합니다!"

선장은 회의적인 시선으로 돌아보았다.

"아, 맘대로 하게. 꼭 그래야 하겠다면. 뭘 마시고 싶은지 심문해 보라고." 그가 말했다.

딱딱하고 차가운 빛이 넘버 투의 눈에 번쩍였다. 그는 포드 프리 펙트와 아서 덴트에게 천천히 걸어왔다.

"좋아, 이 쓰레기들. 이 벌레 같은 놈들……." 그가 으르렁댔다.

그는 킬-오-잽 총구로 포드를 찔렀다.

"진정해, 넘버 투." 선장이 부드럽게 충고했다.

"뭘 마시고 싶은가?!!" 넘버 투가 고함을 질렀다.

"뭐, 지낸 토닉스가 좋을 것 같군요. 넌 어때, 아서?" 포드가 말했다.

아서는 눈을 꿈벅거렸다.

"뭐? 아아, 어, 좋아." 그가 말했다.

"얼음 넣고, 넣지 말고?" 넘버 투가 포효하듯 말했다.

"아, 넣어주세요." 포드가 말했다.

"레몬은?!!!"

"넣어주세요. 그리고 그 조그만 비스킷은 없습니까? 있잖아요,

치즈맛 나는 거." 포드가 말했다.

"질문은 내가 하는 거야!!!!" 넘버 투가 악을 썼다.

그의 몸은 중풍에라도 걸린 것처럼 떨리고 있었다.

"이봐, 넘버 투……." 선장이 부드럽게 말했다.

"네?"

"좀 꺼져주겠나? 좋은 사람 같으니까. 난 지금 느긋하게 목욕이나 하고 싶단 말이다."

넘버 투의 눈이 가느다랗게 좁아지면서, 고함을 치며 사람을 죽이는 직업을 가진 사람들 사이에서 '냉정한 찢어진 눈'이라 불리는 상태가 되었다. 그것은 적에게 안경을 잊어버렸다든지 지금 졸려서 죽을 지경이라든지 하는 인상을 주기 위한 것 같았다. 이것이 왜 무시무시한 것인지는 아직 밝혀지지 않았다.

그는 선장에게 다가갔다. 그의 입술은 얇고 단단한 선을 그리며 앙다물어져 있었다. 이것 역시 왜 무시무시한 것으로 여겨지는지는 풀리지 않았다. 만일 트랄 행성의 정글 속을 헤매다가 갑자기 그 유명한 레이브너스 버그블래터 비스트와 맞닥뜨렸을 때 그 녀석의 입이 얇고 단단한 선 만들기를 하고 있다면 고맙게 여겨도 좋다. 왜냐하면 녀석은 보통 침을 질질 흘리며 송곳니를 전부 드러내고 있기 때문이다.

"선장님, 기억을 상기시켜드리자면, 선장님은 지금 삼 년이 넘도록 그 목욕통 안에 계시거든요!!" 넘버 투가 선장에게 씩씩댔다. 이 마지막 탄환을 날린 뒤 넘버 투는 발뒤꿈치로 휙 돌아서 한구석으로 뚜벅뚜벅 걸어가더니, 거울을 보며 다트 같은 눈으로 쏘아보기를 연습하기 시작했다.

선장은 목욕통 안에서 몸을 꿈틀했다. 그리고 포드에게 조금 어색한 미소를 지어 보였다.

"저어, 나 같은 일을 하다 보면 휴식이 많이 필요하거든요." 그가 말했다.

포드는 서서히 팔을 내렸다. 어떤 반응도 없었다. 아서도 팔을 내렸다.

아주 천천히, 그리고 조심스럽게, 포드는 목욕통의 받침대로 걸어갔다. 그는 그것을 톡톡 두들겨보았다.

"좋군요." 그는 거짓말을 했다.

그는 지금 미소를 지어도 괜찮을지 궁금했다. 아주 서서히, 그리고 조심스럽게, 그는 미소를 지었다. 안전했다.

"어……." 그가 선장에게 말했다.

"왜요?" 선장이 말했다.

"저기 말입니다, 당신이 하는 일이라는 게 정확히 뭔지 여쭤도 될까요?" 포드가 말했다.

손 하나가 그의 어깨를 두드렸다. 그는 몸을 휙 돌렸다.

일등 항해사였다.

"당신 술입니다." 그가 말했다.

"아, 고맙습니다." 포드가 말했다.

그와 아서는 각자 지낸 토닉스를 받아 들었다. 아서는 자신의 술을 맛보았다. 그리고 그것이 위스키 소다와 비슷한 맛인 걸 알고 깜짝 놀랐다.

"저, 안 볼 수가 없어서 본 건데, 시체들 말입니다. 창고에 있는." 포드도 술을 한 모금 맛보며 말했다.

"시체요?" 선장이 깜짝 놀라 말했다.

포드는 말을 멈추고 잠깐 생각에 잠겼다. 어떤 것도 당연히 받아들여서는 안 되지, 그는 생각했다. 혹시 이 선장은 자기 우주선에 천오백만 구의 시체가 실려 있다는 것을 모르고 있는 것일까?

선장은 그를 향해 쾌활하게 고개를 끄덕이고 있었다. 또 그는 고무 오리를 가지고 놀고 있는 것 같았다.

포드는 주위를 둘러보았다. 넘버 투는 거울을 통해 그를 노려보고 있었지만, 아주 잠시뿐이었다. 그의 눈동자는 계속해서 움직였다. 일등 항해사는 술 쟁반을 들고 선 채로 친절한 미소를 짓고 있었다.

"시체라고요?" 선장이 다시 말했다.

포드는 입술을 핥았다.

"예, 저기 죽은 전화 위생 요원들과 회계 중역들 말입니다. 저 아래 창고에 있는." 그가 말했다.

선장이 그를 뚫어져라 쳐다봤다. 그러더니 갑자기 고개를 뒤로 젖히며 웃음을 터뜨렸다.

"아, 그 사람들 죽은 거 아닙니다. 세상에나, 아니에요, 아닙니다. 그 사람들은 냉동되어 있을 뿐이에요. 다시 살려낼 겁니다." 그가 말했다.

포드는 좀처럼 하지 않는 행동을 했다. 그는 눈을 깜박였다.

아서는 망연자실한 상태에서 깨어나는 것 같았다.

"그럼 냉동한 미용사를 한 창고 가득 가지고 계시다는 말입니까?" 그가 말했다.

"아, 그래요. 몇백만 명은 될 거예요. 미용사들, 지쳐빠진 텔레비전 프로듀서들, 보험 세일즈맨들, 인사부 직원들, 경비원들, 홍보 경영진들, 경영 컨설턴트들. 말씀만 하세요. 우린 다른 행성을 식민화하러 가는 길입니다." 선장이 말했다.

포드가 눈에 띌락 말락 하게 비틀거렸다.

"굉장하지 않습니까?" 선장이 말했다.

"뭐라구요, 저 사람들을 데리고 말입니까?" 아서가 말했다.

"아아, 제 말을 오해하지 마세요. 우린 그저 방주 함대 중 하나일 뿐입니다. 우리는 B 방주예요. 미안하지만 뜨거운 물 좀 틀어주시겠어요?" 선장이 말했다.

아서는 기꺼이 그렇게 했다. 그러자 거품이 이는 핑크빛 작은 폭포가 목욕통 안에서 소용돌이쳤다. 선장은 만족해서 으음 하고 신음 소리를 토해냈다.

"대단히 고맙습니다, 친절하신 양반. 술은 물론 마음껏 드세요."

포드는 잔을 홀짝 비운 뒤 일등 항해사의 쟁반에서 술병을 가져다가 잔을 가득 채웠다.

"그 B 방주라는 게 도대체 뭡니까?" 그가 말했다.

"바로 이거죠." 선장이 말하고는 고무 오리로 거품 물을 신나게 휘휘 저었다.

"그렇군요. 하지만……." 포드가 말했다.

"뭐, 사실 일이 어떻게 됐냐 하면, 우리 행성, 우리가 떠나온 세상은 말하자면 저주를 받은 겁니다." 선장이 말했다.

"저주요?"

"아, 그래요. 그래서 모두들 이렇게 생각했죠. 인구를 거대한 우주선에 몽땅 싸가지고 다른 행성에 가서 정착하자."

여기까지 말하고 나서, 그는 만족스러운 으음 소리와 함께 몸을 길게 눕혔다.

"그러니까 저주를 덜 받은 행성으로 말이죠?" 아서가 불쑥 나섰다.

"뭐라고 하셨죠, 친구?"

"저주를 덜 받은 행성이요. 당신들이 정착하려는 곳 말입니다."

"정착하려는 곳, 아, 그래요. 그래서 우주선 세 척을 만들기로 결정이 됐죠. 우주 공간의 방주 세 척, 그리고……제 이야기가 지루한 건 아닌지?"

"아니, 아니에요. 정말 흥미롭습니다." 포드가 단호히 말했다.

"기쁘군요. 이야기할 새로운 상대가 있어서 기분 전환을 할 수 있다니." 선장이 생각에 잠긴 채 말했다.

넘버 투의 눈빛이 다시 방 안을 열정적으로 쏘아보다가 다시 거울 속으로 돌아갔다. 마치 총애해 마지않던 일 개월 묵은 고깃덩어리에서 잠깐 한눈을 팔았다가 돌아가는 파리 한 쌍 같았다.

"이런 긴 여행의 문제점은……이러다 보면 혼잣말을 많이 하게 된다는 겁니다. 그러다 보면 굉장히 지루해지죠. 반쯤은 자기가 다음에 무슨 말을 할지 알고 있으니까요." 선장이 말을 계속했다.

"겨우 반이라고요?" 아서가 놀라 물었다.

선장은 잠시 생각에 잠겼다.

"그래요, 반 정도. 하여간에……그런데 비누가 어딨지?" 그는 사방을 한참 뒤져서 비누를 찾아냈다.

"그래요, 하여간에…….." 그가 다시 말을 시작했다. "계획은 이런 거였어요. 첫 번째 우주선인 A 방주에는 뛰어난 지도자들, 과학자들, 위대한 예술가들, 뭐 그런 성공한 사람들 있잖아요, 그런 사람들이 타고, 세 번째 우주선인 C 방주에는 진짜 일을 하는 사람들, 그러니까 물건을 만들고 일을 하는 사람들이 탔죠. 그리고 B 방주에는 —— 그게 우리 우주선이죠 —— 그 밖의 사람들이 탔어요. 중간치들 말이에요."

그는 그들을 향해 행복한 미소를 지었다.

"그리고 우리가 가장 먼저 보내진 겁니다." 그는 이야기를 맺고, 짤막한 목욕 노래를 흥얼거렸다.

그 짤막한 목욕 노래는 그의 행성에서 가장 재미있고 가장 왕성하게 활동하는 어떤 소품 작곡가(그는 현재 그들 뒤로 구백 야드 떨어진 삼십육 호 창고 안에서 잠들어 있다)가 만들어준 것으로, 그 노래가 없었다면 방 안에는 어색한 침묵만 흘렀을 것이었다. 포드와아서는 발을 질질 끌면서 서로의 시선을 피하려고 애썼다.

"어……그런데 당신네 행성은 정확히 뭐가 문제였죠?" 잠시 후 아서가 말을 꺼냈다.

"아, 말씀드렸듯이, 저주를 받은 거죠. 태양인가 뭔가 하고 충돌하게 될 판이었어요. 아니면, 달이 우리한테 날아와서 박힌다는 거였나? 아무튼 그런 종류의 일이었죠. 그게 뭐든지 간에, 있을 수 없을 정도로 끔찍한 일이 벌어질 상황이었어요." 선장이 말했다.

일등 항해사가 갑자기 끼어들었다. "아, 저는 그게 발이 열두 개 달린 피라니아(떼를 지어 사람이나 짐승을 뜯어먹는 남아메리카산 담수어―옮긴이주) 벌떼가 엄청나게 몰려와 침입한다는 것인 줄 알았는데, 그게 아니었나요?"

넘버 투가 획 돌아섰다. 그의 눈은 그가 치른 엄청난 연습을 통해서만 가능한 차갑고 딱딱한 빛으로 불타오르고 있었다.

"그건 제가 들은 얘기가 아닙니다! 저희 사령관은 전 행성이 어마어마한 돌연변이 별 염소한테 곧 잡아먹힐 위험에 처해 있다고 말씀하셨어요!" 그가 고함을 질렀다.

"아, 그래요……?" 포드 프리펙트가 말했다.

"그래요! 지옥에서 뛰쳐나온 듯한 괴물 같은 그 녀석은 길이가 만 마일이나 되는 낫 같은 이빨에, 바다도 펄펄 끓게 만들 정도의 숨결, 대륙을 뿌리째 뽑아낼 것 같은 발톱, 태양처럼 이글이글 불타오르는 천 개의 눈동자를 가졌고, 만 마일이나 되는 길이의 턱에서 침을 질질 흘린다고 했어요. 당신 같은 사람은 도저히, 도저히, 도저히……."

"그리고 분명 당신들을 가장 먼저 보낸 거죠?" 아서가 물었다.

"아, 그래요. 모두들 그렇게 말했죠. 매우 친절하게요. 자신들이 도착하게 될 행성에서도 머리를 멋지게 깎을 수 있고 깨끗한 전화기를 사용할 수 있다고 느끼는 것이 사기 진작을 위해서 아주 중요하다고 했죠." 선장이 말했다.

"아, 그래요. 그게 정말 중요하단 걸 알겠군요." 포드가 동조했다. "그러면 다른 우주선들은 음……당신들 뒤를 바로 따라왔나요?"

잠시 동안 선장은 대꾸를 하지 않았다. 그는 목욕통 안에서 몸을 한바탕 뒤척이고는, 우주선의 거대한 동체 너머를, 저 뒤쪽의 빛으로 가득한 은하계 중심을 바라보았다. 그는 감도 잡을 수 없는 그 먼 곳을 눈을 가늘게 뜨고 바라봤다.

"음, 당신 말을 들으니 조금 이상하군요." 그는 이렇게 말하고, 포드 프리펙트를 향해 미간을 약간 찌푸렸다. "왜냐하면 이상하게도 오 년 전 떠난 이후로는 그들 소식을 듣지도 보지도 못했으니까요……하지만 저 뒤 어딘가에서 우리 뒤를 따라오고 있을 겁니다."

그는 다시 그 먼 곳을 응시했다.

포드는 그와 함께 그곳을 바라보다, 생각에 잠겨 눈살을 찌푸렸다.

"물론, 그 염소한테 몽땅 잡아먹히지 않았다면 말이죠……." 그가 부드럽게 말했다.

"아, 그래요……그 염소……." 선장이 약간 머뭇거리며 말했다.

그의 눈동자는 브리지 안을 일사불란하게 채우고 있는 장비들과 컴퓨터들의 단단한 모양새를 둘러보았다. 그것들은 천진난만하게 그에게 눈을 깜박이고 있었다. 그는 바깥의 별들을 바라보았다. 하지만 별들은 한마디 말도 하지 않았다. 그는 일등 항해사와 이등 항해사를 힐끗 쳐다봤다. 하지만 그들은 잠시 각자 혼자 생각하느라 여념이 없는 듯했다. 그는 자신을 향해 눈을 치뜨고 있는 포드 프리펙트를 힐끔거렸다.

"그것 참 이상하네." 마침내 선장이 말했다. "하지만 그 이야기를 다른 사람에게 해본 것은 이번이 처음이라서……넘버 원, 자네도 이상하다는 생각이 드나?"

"에에에에에……." 넘버원이 말했다.

"서로 하실 이야기가 많으신 것 같군요. 그럼, 칵테일 잘 마셨습니다. 그냥 가까운 행성 아무 데나 저희를 내려주실 수 있으면……." 포드가 말했다.

"아아, 그런데 그게 좀 어려워요. 우리 우주선의 궤도는 우리가 골가프린참을 떠나기 전에 미리 세팅됐거든요……아마 내가 숫자에 좀 약해서 그렇게 했던 것 같습니다만." 선장이 말했다.

"그럼 우리가 이 우주선에서 꼼짝 못하게 됐다 이 말입니까? 당신들이 식민화한다는 그 행성에는 대체 언제 도착하게 되는 겁니까?" 포드가 이 빤한 사기극을 더 이상 참지 못하고 버럭 소리를 질렀다.

"아, 거의 다 온 것 같아요. 몇 초 안 남았을 거예요. 이제 이 목욕통에서 나가야 할 시간인 것 같군요. 아, 하지만 기분이 좋은데 왜 그만둬야 하는 거죠?" 선장이 말했다.

"그러면 일 분 후면 우리가 착륙하는 건가요?" 아서가 말했다.

"글쎄, 사실 착륙이라고 하기는 좀 그렇고, 사실 차륙이라기보다 는……아……."

"무슨 소립니까?" 포드가 날카롭게 물었다.

"글쎄, 내 기억엔, 우린 그곳에 추락하도록 프로그래밍되었던 것 같아요." 선장이 단어를 조심스레 고르며 말했다.

"추락?" 포드와 아서가 소리쳤다.

"예, 그래요. 아마 모두 계획의 일환일 겁니다. 지금 당장은 생각 이 잘 안 나지만, 뭔가 대단히 중요한 이유가 있었어요. 그건 아마 ……아……." 선장이 말했다.

포드가 폭발했다.

"너희는 천하에 쓸모없는 바보 천치 짐짝들이야!" 그가 소리쳤 다.

"아, 그래요, 바로 그겁니다. 그게 바로 그 이유였어요." 선장이 환하게 미소 지었다.

25

《은하수를 여행하는 히치하이커를 위한 안내서》는 골가프린참이라는 행성에 대해 다음과 같이 말하고 있다.

골가프린참은 길고 신비한 역사와 풍부한 전설을 가진 행성으로, 지난 시절 이 행성을 정복하러 온 사람들의 피로 붉게, 때로는 푸르게 물들었다. 땅은 메마르고 황량하며, 공기는 달착지근하고 찌는 듯하다. 공기는, 뜨겁고 메마른 바위 위로 똑똑 떨어져 바위 아래에서 어둡고 사향 냄새가 나는 이끼를 자라게 하는 향기 어린 샘물의 냄새를 머금고 있다. 이 땅에 오면, 이마에서는 미열이 나고 몽롱한 환상이 어른거린다. 특히 이끼를 먹은 사람은 더하다. 하지만 이끼를 멀리할 줄 알고 나무 그늘을 찾는 사람들에게는 차갑고 그늘진 생각들이 찾아오는 땅이기도 하다. 이곳은 강철과 피, 영웅주의의 땅이기도 하다. 몸의 땅이며, 정신의 땅이다. 이것이 그 행성의 역사다.

이런 신비한 역사 중에서도 가장 신비한 인물들은 단연코 아리움의 위대한 순환 시인들이었다. 이 순환 시인들은 깊은 산길에 살면서 방심한 여행자 무리들이 지나가기를 기다렸다가 이들을 둘러싸고 돌며 돌을 던지곤 했다.

그리고 그 여행자들이 왜 가서 시나 계속 쓰지 않고 이렇게 돌을 던지며 사람들을 괴롭히느냐고 소리치면, 그들은 갑자기 돌 던지기를 그만두고 칠백아흔네 수의 위대한 바실리안 장시를 읊어대곤 했다. 이 노래들은 모두 더할 나위 없이 아름다웠고, 더할 나위 없이 길었으며, 모두 똑같은 구조로 이루어져 있었다.

각 노래의 시작 부분은 모두 먼 옛날 현명한 왕자 다섯 명이 말 네 마리를 나누어 타고 바실리안의 도시를 출발하게 된 과정에 대해 이야기한다. 물론 용감하고 고귀하며 지혜로운 그 왕자들은 머나먼 나라들로 널리 여행을 다니며 거대한 도깨비들과 싸우고, 이국의 철학을 탐구하고, 괴상한 신들과 함께 차를 마시고, 게걸스러운 공주들로부터 아름다운 괴물들을 구출해낸다. 그리고 마침내 자신들이 깨달음을 이루었으며, 따라서 이제 방랑도 끝났다고 선언한다.

각 노래의 두 번째 부분이자 훨씬 더 긴 부분인 뒷부분은 그들 중 누가 걸어서 돌아갈 것인지를 놓고 벌어진 심한 언쟁에 대해 이야기한다.

이 모든 이야기는 그 행성의 머나먼 과거 속에 묻혀 있다. 하지만 이 괴상한 시인들의 후손 하나가 곧 닥칠 파멸에 대한 그럴싸한 이야기를 만들어냈고, 그 이야기로 인해 골가프린참 사람들은 완전히 쓸모없는 삼분의 일의 인구를 처리할 수 있게 되었다. 나머지 인구 삼분의 이는 집에 꿋꿋하게 눌러앉아 풍요롭고도 행복한 삶을 살았지만, 결국은 어느 날 갑자기 더러운 전화기에서 감염된 전염병 때문에 완전히 싹쓸이당하고 말았다.

26

그날 밤 우주선이 불시착한 곳은, 시대에 뒤처진 은하계 서쪽 소용돌이의 끝, 지도에도 나와 있지 않은 변두리 지역에서 아무의 주목도 끌지 못하는 아주 작은 노란색 항성 주위를 돌고 있는 시시하기 그지없는 작은 청록색 행성이었다.

추락 전 몇 시간 동안 포드 프리펙트는 조종 장치에 미리 입력된 항로를 풀어보려고 기를 썼지만 아무 소용 없었다. 이 우주선이 새로운 고향까지 수하물을 편안하지는 않더라도 안전하게 운반하도록 프로그래밍되었다는 건 금방 알 수 있었다. 또한 우주선은 운항 도중 절대로 수리가 불가능할 정도로 철저하게 고장나도록 프로그래밍되어 있었다.

우주선은 비명을 지르고 불꽃을 튀기며 대기를 통과해 추락했고, 그 와중에 상부 구조와 외장 대부분이 전부 뜯겨 나갔다. 그리고 결국에는 수치스럽게도 배치기를 하며 음산한 늪지에 내려앉았다.

우주선은 거대한 동체를 천천히 곧추세우며 끈적끈적한 썩은 늪지 속으로 금세 가라앉기 시작했다. 덕분에 승무원들은 캄캄한 어둠 속에서 불과 몇 시간 만에, 버려진 냉동 수하물을 되살려 부려야 했다. 밤사이 다오르는 유성 —— 우주선의 추락으로 인한 파편조각 —— 이 하늘을 가로질러 빛을 발할 때면, 우주선은 하늘을 배경으로 한두 차례 선명한 윤곽을 드러냈다.

새벽이 오기 직전의 잿빛 여명 속에서 우주선은 망측스럽게 커다란 꿀럭 소리를 토해내더니 썩은 심연 속으로 영영 가라앉아버렸다.

그날 아침 태양이 떠올랐을 때, 습기 머금은 가냘픈 태양빛에 비친 광활한 늪지대는 마른 땅으로 올라가려고 기를 쓰고 버둥대는 울부짖는 미용사들, 홍보 경영진들, 여론 조사원들과 그 밖의 사람들로 들끓고 있었다.

비위가 약한 태양이었다면 즉시 다시 내려가버렸겠지만, 이 태양은 하늘 위로 계속해서 올라갔다. 잠시 후, 그 따뜻한 햇살은 기운이 다해 꼬물대고 있던 생물체들에게 조금이나마 기운을 북돋워주기 시작했다.

당연한 일이지만, 밤사이 수없이 많은 사람들이 그 늪지에서 실종됐다. 수백만이 넘는 사람들이 우주선과 함께 가라앉았다. 하지만 살아남은 사람들도 수십만 명에 달했고, 시간이 지남에 따라 이들은 늪 주변으로 기어 나와 딱딱한 땅 조각을 찾은 다음, 쓰러져서 지난밤의 악몽을 잊으려 했다.

두 인물이 그보다 훨씬 먼 곳까지 움직였다.

근처의 언덕 위에서 포드 프리펙트와 아서 덴트가 자신들이 공감할 수 없는 무시무시한 광경을 지켜보고 있었다.

"정말 더럽고 치사한 사기극이야." 아서가 중얼거렸다.

포드가 작대기로 땅을 후벼 파다가 어깨를 으쓱했다.

"글쎄, 나는 창의적인 문제 해결 방법이라고 생각했는데." 그가 말했다.

"어째서 사람들은 평화롭고 조화롭게 함께 살아가는 법을 배우지 못할까?" 아서가 말했다.

포드가 공허하게 너털웃음을 터뜨렸다.

"42!" 그가 사악한 미소를 지으며 말했다. "아니, 소용없어. 신경 쓰지 마."

아서는 그가 미쳐버린 것이 아닌가 싶어서 포드를 바라보았고, 이를 거스르는 증거를 찾을 수 없자, 사실 그가 미쳐버렸다고 추정해도 완벽하게 말이 되지 않나 생각했다.

"저 사람들에게 무슨 일이 벌어지게 될까?" 아서가 잠시 후 말했다.

"무한한 우주 안에서는 어떤 일이든 벌어질 수 있지. 심지어 생존조차. 이상한 일이지만 사실이라고." 포드가 말했다.

먼 곳의 경치들을 훑다가 아래에서 벌어지는 참담한 광경으로 다시 돌아온 그의 눈동자에 이상한 표정이 떠올랐다.

"저 사람들, 당분간은 그럭저럭 살아갈 거야." 그가 말했다.

아서는 날카롭게 그를 올려다봤다.

"무슨 근거로 그렇게 말하는 거야?" 아서가 말했다.

포드가 어깨를 으쓱했다.

"그냥 육감이야." 그는 이렇게 말하고 더 이상의 질문을 거부했다.

"저것 봐." 갑자기 그가 입을 열었다.

아서의 시선이 포드의 손가락을 따라갔다. 뻗어 있는 수많은 사람들 중에서 한 사람이 움직이고 있었다. 아니, 비틀거리고 있었다는 게 더 정확한 표현일지도 모른다. 그는 어깨에 뭔가를 둘러메고 있었다. 그는 엎어져 있는 사람들 사이를 비틀비틀 다니면서 어깨에 메고 있는 그 무언가를 술주정뱅이처럼 흔들어대고 있었다. 잠시 후, 그는 애쓰기를 포기하고 사람들 사이에 쓰러졌다.

아서는 이게 무슨 의미인지 도무지 알 수가 없었다.

"무비 카메라야. 역사적인 장면을 기록하는 거지." 포드가 말했다.

잠시 후 포드가 다시 말했다. "너는 어떤지 모르겠지만 말이야, 나는 떠날 거야."

그는 잠시 아무 말 없이 앉아 있었다.

잠시 후 아서는 이것이 설명이 필요한 말이라는 생각이 들었다.

"음, 떠나겠다는 말, 정확하게 무슨 뜻이지?" 아서가 말했다.

"좋은 질문이야." 포드가 말했다. "아무 소리도 안 들려."

아서가 뒤를 돌아보니, 포드는 조그만 검은 상자의 손잡이를 만지작거리고 있었다. 포드는 이 상자가 서브-에서 센스-오-매틱이라고 아서에게 소개해준 적이 있었다. 하지만 그때 아서는 멍하게 고개만 끄덕일 뿐, 더 이상 알려고 하지 않았었다. 그의 마음속에는 아직도 우주가 두 부분, 즉 지구와 그 외의 것들로 나뉘어 있었다. 초공간 우회로를 만드느라 지구가 파괴되어버렸다는 사실이 이 견해를 다소 균형 안 맞는 것으로 만들어놓았지만, 아서는 균형이 맞지 않는 이 의견에 집착했다. 그에게 있어 이건 유일하게 남은 고향과의 마지막 연결점이었다. 서브-에서 센스-오-매틱은 확실하게 '그 외의 것들' 범주에 들어가는 물건이었다.

"소시지 하나 없군." 포드가 그 물건을 흔들어대며 말했다.

소시지라고? 아서는 주위에 펼쳐진 원시 세계를 멍하게 바라보며 생각했다. 맛있는 지구 소시지 하나만 먹을 수 있다면 뭐라도 다 내줄 텐데.

"이거 믿을 수 있겠어?" 포드가 격분해서 말했다. "이 미개한 곳에서 반경 몇 광년 내에는 전파라고는 하나도 없다는 거? 내 말 듣고 있어?"

"뭐?" 아서가 말했다.

"우린 아주 곤란해졌다고." 포드가 말했다.

"아." 아서가 말했다.

그 말은 아서에게는 한물 가도 한참 한물 간 뉴스처럼 들렸다.

"우리가 이 기계로 무슨 신호를 잡지 못하면……이 행성에서 떠날 수 있는 가능성은 제로야. 어쩌면 이 행성의 자장에 무슨 변칙

정재파(진행파와 반사파가 합성되어 외형상 정지해 있는 것처럼 보이는 전파—옮긴이주)가 있기 때문인지도 몰라. 그렇다면 신호가 잘 잡히는 지역을 찾을 때까지 이리저리 돌아다녀야 해. 같이 갈 거지?" 포드가 말했다.

그는 장비를 들고 성큼성큼 걸어가기 시작했다.

아서는 언덕 아래쪽을 바라봤다. 무비 카메라를 든 사람이 다시 억지로 몸을 일으키더니, 때마침 쓰러지는 자기 동료 하나를 찍었다.

아서는 풀 한 포기를 뽑아 들고 포드를 따라 걸어가기 시작했다.

27

"식사는 괜찮았겠지?" 자니우프가, 순수한 마음 호의 조종실에 재합성되어 나타나 바닥에 누워 숨을 헐떡이고 있는 자포드와 트릴리언에게 말했다.

자포드는 눈을 몇 개 뜨고 그를 노려보았다.

"너." 그가 내뱉었다. 그는 비틀거리며 일어나더니 쓰러져 앉을 의자를 찾아 비척대며 걸어갔다. 그는 의자를 하나 찾아 거기 쓰러졌다.

"내가 우리 여행에 적합한 불가능 확률 좌표를 컴퓨터에 입력했네. 좀 있으면 거기 도착할 거야. 그동안 좀 쉬면서 회의 준비나 하는 게 어떤가?" 자니우프가 말했다.

자포드는 아무 말도 하지 않았다. 그는 다시 일어나 작은 캐비닛 앞으로 성큼성큼 걸어가더니, 올드 쟁크스 스피릿 한 병을 꺼냈다. 그는 길게 한 모금 들이켰다.

"그리고 이 일이 다 끝나면, 그럼 끝이야, 알겠나?" 자포드가 사납게 말했다. "난 아무 데나 갈 수 있고, 내가 하고 싶은 대로 할 수 있고, 바닷가에 가서 누울 수도 있게 되는 거야, 알겠나?"

"우리 회합의 결과에 달려 있네." 자니우프가 말했다.

"자포드, 이 사람 누구야? 여기서 뭘 하는 거야? 왜 우리 우주선에 있지?" 트릴리언이 비틀거리며 일어나 떨리는 목소리로 물었다.

"대단히 멍청한 사람이야. 우주의 지배자를 만나고 싶어하지." 자포드가 말했다.

"아아, 출세주의자구나." 트릴리언이 자포드의 병을 빼앗아 들이켜며 말했다.

28

사람들을 통치하는 데 있어 중요한 문제는—물론 중요한 문제는 여러 가지가 있으므로, 그중 '하나'는—누구에게 통치하는 일을 시키느냐 하는 것이다. 아니면, 누가 사람들이 그 일을 스스로 저지르도록 조종하고 있냐는 것이다.

요약하자면, 사람들을 통치하기를 '원하는' 사람이 사실상 그 일에 가장 부적합한 사람이라는 사실은 이미 잘 알려져 있다. 이 요약을 다시 한번 요약하자면, 스스로를 대통령으로 만들 수 있는 사람에게는 어떤 일이 있어도 그 일을 수행하도록 허락해서는 안 된다. 요약에 대한 이 요약을 다시 요약하자면, 문제는 사람들이다.

그래서 우리가 알아낸 상황은 이러하다. 은하계 대통령들은 권력의 재미와 감언이설에 홀딱 빠진 나머지, 사실은 자신들이 전혀 권력을 갖고 있지 않다는 사실을 거의 눈치 채지 못한다.

그들 뒤의 그림자 속 어딘가에—누가?

통치하고 싶어하는 사람에게는 절대로 통치를 허락해서는 안 된다면, 통치자가 될 수 있는 사람은 과연 누구인가?

29

아무도 알 수 없는 곳 어딘가에 있는 호젓하고 조그만 세상——그곳은 아무도 찾을 수 없다. 그곳은 거대한 비가능 확률 자장에 의해 보호받고 있으며 그 열쇠는 이 은하계에서 오직 여섯 사람만이 가지고 있기 때문이다——에는 비가 내리고 있었다.

비는 몇 시간째 퍼붓듯이 쏟아지고 있었다. 비는 물안개를 일으키며 바다에 쏟아졌고, 나무들을 두들겨댔으며, 바닷가 근처의 덤불 우거진 작은 땅을 휘저어 진창으로 만들었다.

비는 덤불 우거진 이 조그만 땅의 한가운데 서 있는 조그만 오두막의 물결 모양 양철 지붕을 때리며 춤췄다. 비는 오두막에서 바다로 이어지는 작고 울퉁불퉁한 오솔길을 지워버리고 그곳에 놓여 있던 깔끔한 조개무지를 산산이 흩어놓았다.

오두막 지붕에 떨어지는 빗소리는 안에서 들으면 귀가 멍해질 정도였지만, 그 집의 주인은 그다지 신경 쓰지 않았다. 그는 다른 곳에 주의를 기울이고 있었다.

그는 키가 크고 느릿느릿한 사람으로, 그의 헝클어진 밀짚 색 머리칼은 지붕에서 새는 비로 젖어 있었다. 옷은 허름했고, 등은 굽었으며, 눈은 뜨고 있었지만 꼭 감고 있는 것처럼 보였다.

그의 오두막 안에는 낡아빠진 안락의자와 낡고 흠집이 많이 난 테이블, 오래된 매트리스, 쿠션 몇 개와 작지만 따뜻한 난로가 하나 있었다.

풍상에 시달린 늙은 고양이도 한 마리 있었다. 집주인은 지금 이 고양이에 관심을 기울이고 있었다. 그는 꾸물거리며 고양이에게 허리를 굽혔다.

"나비야, 나비야, 나비야. 츳츳츳츳츳……나비야, 물고기 줄까? 아주 맛있는 물고기란다……나비야, 먹고 싶지?" 그가 말했다.

고양이는 그 문제에 대해 아직 마음을 정하지 못한 모양이었다. 고양이는 그가 내밀고 있는 물고기에게 선심이라도 베풀듯 앞발을 내밀었다가, 이어 마루에 굴러다니는 작은 먼지 덩이에 정신이 팔려버렸다.

"나비야, 밥 안 먹으면 뼤뼤 말라서 죽어." 그가 말했다. 그의 목소리에 의혹이 살금살금 밀려들기 시작했다.

"내 생각에는 그런 일이 벌어질 것 같은데……하지만 어떻게 알겠어?" 그가 말했다.

그는 다시 물고기를 내밀었다.

"나비 네가 생각해라, 물고기를 먹을 건지 안 먹을 건지. 내가 안 끼어드는 게 나을 것 같다." 그가 말했다. 그리고 한숨을 쉬었다.

"나는 물고기가 맛있다고 생각해. 하지만 또 난 비가 축축하다고 생각하지. 그러니 내가 누구를 판단하겠어?"

그는 고양이를 위해 물고기를 바닥에 내려놓고는 자리로 돌아갔다.

고양이는 먼지 덩이가 주는 놀이 가능성의 밑천이 떨어지자 물고기에 달려들었고, 그러자 그는 마침내 이렇게 말했다. "네가 물고기를 먹는 게 보이는 것 같네."

"난 네가 물고기 먹는 걸 보는 게 좋아. 네가 그걸 안 먹으면 빼빼 말라 죽어버릴 것 같거든." 그가 말했다.

그는 책상에서 종이 한 장과 몽당 연필 하나를 집어 들었다. 그는 한 손에 종이를, 다른 한 손에 연필을 들고, 그 두 개를 한데 모으는 갖가지 방법을 시험했다. 그는 연필을 종이 아래에서 잡아봤다가, 다음에는 종이 위에서, 그리고 다음에는 종이 옆에서 잡아봤다. 그는 종이로 연필을 둘둘 말아봤다. 연필의 뭉툭한 부분을 종이에 대고 문질러봤다. 그리고 이번에는 연필의 뾰족한 부분을 종이에 대고 문질러봤다. 연필은 종이에 흔적을 남겼고, 그는 늘 그렇듯이 이 발견이 기뻤다. 그는 책상에서 다른 종이 한 장을 집어 들었다. 여기에는 크로스워드 퍼즐이 있었다. 그는 잠깐 퍼즐을 살피더니 두어 개를 풀고 곧 흥미를 잃었다.

그는 자기 손 하나를 깔고 앉아봤다. 엉덩이뼈의 느낌이 재미있었다.

"물고기는 아주 먼 데서 와. 그렇다고 들었어. 아니면, 그런 말을 들었다고 상상하고 있는 것일 수도 있지. 그 사람들이 올 때, 아니, 그 사람들이 빛나는 검정 우주선 여섯 대를 타고 온다고 내가 상상할 때, 네 마음속에서도 그 사람들이 오니? 나비야, 넌 뭘 보니?" 그가 말했다.

그는 고양이를 바라봤다. 고양이는 이런 생각을 하기보다는 물고기를 가능한 한 빨리 먹어치우느라 여념이 없었다.

"그리고 내가 그 사람들의 질문을 들을 때, 네게도 그 질문들이 들리니? 그 사람들 목소리가 네겐 어떻게 들리니? 넌 어쩌면 그 사람들이 네게 노래를 불러주고 있다고 생각할지도 모르겠구나." 그는 이 점에 대해 생각해보았다. 그리고 이 가정에 오류가 있음을 발견했다.

"어쩌면 그 사람들이 네게 노래를 불러주고 있는 것인지도 몰라. 그런데 내가 그냥 그 사람들이 내게 질문을 하고 있다고 생각하는 거지." 그가 말했다.

그는 다시 말을 멈췄다. 어떤 때는 그는 며칠씩이나 말을 멈추기도 했다. 그저 그러면 어떨까 해서 그러는 거였다.

"그 사람들이 오늘도 왔던 거 같니? 난 그래. 마루에 흙 자국이 있거든. 책상에는 담배랑 위스키가 있고. 네 접시에는 물고기가, 내 마음속에는 그 사람들에 대한 기억이 있지. 물론 결정적인 증거가 아니라는 건 알아. 하지만 모든 증거들은 원래 정황으로 추론하는 거잖아. 뭘 더 두고 갔는지 한번 봐." 그가 말했다.

그는 책상 위로 손을 뻗어 몇 가지 물건을 꺼냈다.

"크로스워드, 사전들, 전자 계산기."

그는 전자 계산기를 가지고 한 시간 동안 놀았다. 그동안 고양이는 잠이 들었고, 바깥에서는 비가 계속 쏟아졌다. 마침내 그는 계산기를 치웠다.

"그 사람들이 내게 질문을 한다는 내 생각이 맞는 것 같아. 네게 노래를 불러주는 영광을 누리기 위해 그 먼 길을 와서 이런 물건들을 두고 간다는 건 참으로 말이 안 되는 행동이야. 적어도 내가 보기엔 그래. 누가 알겠어, 누가 알겠어." 그가 말했다.

그는 책상에서 담배 하나를 집어 난로 불꽃으로 불을 붙였다. 그는 연기를 깊이 들이마시고는 몸을 젖혀 앉았다.

그가 마침내 입을 열었다. "오늘 하늘에서 우주선을 한 대 더 본 것 같아. 커다랗고 하얀 우주선이었지. 커다랗고 하얀 우주선을 본 건 처음이야. 검정 우주선 여섯 대뿐이었거든. 아니면 녹색 우주선 여섯 대. 그리고 먼 곳에서 왔다고 말하는 다른 사람들. 커다랗고 하얀 우주선은 처음이야. 어쩌면 작은 검정 우주선 여섯 대가 때로는 커다랗고 하얀 우주선 한 대로 보일 수도 있겠지. 위스키 한 잔 마셔야 할 것 같아. 그래, 그러는 편이 좋겠군."

그는 자리에서 일어나 매트리스 옆의 바닥에 놓여 있는 잔을 찾아냈다. 그는 위스키 병에서 술을 좀 따랐다. 그리고 다시 자리에 앉았다.

"어쩌면 다른 사람들이 찾아올지도 모르지." 그가 말했다.

그곳에서 백 야드 떨어진 곳에서, 순수한 마음 호가 억수같이 쏟아지는 비를 맞으며 서 있었다.

해치가 열리더니 세 사람이 나타났다. 그들은 얼굴이 비에 젖지 않게 하려고 잔뜩 어깨를 웅크리고 있었다.

"저 안에요?" 트릴리언이 시끄러운 빗소리를 뚫고 소리쳤다.

"그렇소." 자니우프가 말했다.

"저 오두막?"

"맞아요."

"괴상하네." 자포드가 말했다.

"하지만 저기는 마을에서 멀리 떨어져 있잖아. 우리가 잘못 온 거야. 저런 오두막에서 우주를 통치할 수는 없다고." 트릴리언이 말했다.

그들은 쏟아지는 비를 뚫고 뛰어서 온몸이 푹 젖은 상태로 오두막의 문 앞에 도착했다. 그들은 문을 두드렸다. 그들은 몸을 부르르 떨었다.

문이 열렸다.

"누구세요?" 그 사람이 물었다.

"아, 실례합니다. 제가 알기로는……." 자니우프가 말했다.

"당신이 우주를 통치합니까?" 자포드가 말했다.

그 사람이 그에게 미소를 지었다.

"난 안 그러려고 하는데요. 당신 젖었나요?" 그가 말했다.

자포드는 깜짝 놀라 그를 바라봤다.

"젖었냐고요? 우리가 젖은 것같이 보이지 않아요?" 그가 외쳤다.

"그렇게 보이기는 합니다. 하지만 당신이 그것에 대해 어떻게 느끼느냐는 전혀 다른 문제죠. 만일 따뜻한 곳이 당신을 말려준다고 생각한다면, 들어오십시오." 그 사람이 말했다.

그들은 들어갔다.

자니우프는 약간 냉정하게, 트릴리언은 흥미롭게, 자포드는 신나하며 손바닥만 한 오두막 안을 둘러보았다.

"이봐요, 저…… 당신 이름이 뭔가요?" 자포드가 말했다.

그 사람은 의아스러운 눈으로 그들을 쳐다보았다.

"나도 몰라요. 왜요, 내가 이름을 갖고 있어야 한다고 생각하나요? 흐리멍덩한 감각 기관 덩어리에게 이름을 지어준다는 건 굉장히 괴상한 일 같군요."

그는 트릴리언에게 의자에 앉으라고 권했다. 그는 의자 모서리에 앉았다. 자니우프는 딱딱한 자세로 책상에 기대어 섰다. 자포드는 매트리스 위에 드러누웠다.

"야아! 이게 바로 권좌로군!" 자포드가 말했다.

그는 고양이 목을 간질였다.

"저, 몇 가지 질문을 해야겠습니다." 자니우프가 말했다.

"좋아요. 원한다면, 고양이한테 노래를 불러줘도 좋아요." 그 사람이 친절하게 대답했다.

"고양이가 좋아할까요?" 자포드가 물었다.

"고양이한테 물어보시죠." 그 사람이 말했다.

"말을 합니까?" 자포드가 말했다.

"그 녀석이 말하는 걸 들어본 기억은 없는데요. 하지만 내 기억력은 도통 믿을 만하지 않답니다." 그 사람이 말했다.

자니우프는 호주머니에서 메모한 것을 좀 꺼냈다.

"자, 당신이 우주를 통치하죠, 맞습니까?" 그가 말했다.

"내가 어찌 알겠어요?" 그 사람이 말했다.

자니우프는 종이의 메모에 표시를 했다.

"이 일을 얼마나 하셨죠?"

"아아, 이건 과거에 대한 질문이로군요, 그렇죠?" 그 사람이 말했다.

자니우프는 어리둥절해서 그 사람을 바라보았다. 이것은 정말이지 그가 기대했던 것이 아니었다.

"그렇습니다." 그가 말했다.

"내가 어찌 알겠어요? 과거란 현재의 나의 육체적 감각과 마음 상태 사이의 괴리를 설명하기 위해 만들어낸 허구일지도 모르는데." 그 사람이 말했다.

자니우프는 그를 노려보았다. 푹 젖은 그의 옷에서 수증기가 피어오르기 시작했다.

"언제나 이런 식으로 질문에 답을 하나요?" 그가 말했다.

"사람들이 말하는 소리가 들린다고 생각될 때 말해야겠다고 떠오르는 생각을 말할 뿐이에요. 그 이상은 모릅니다." 그 사람은 재빨리 대답했다.

자포드가 유쾌한 웃음을 터뜨렸다.

"그걸 위해 건배해야지." 그는 이렇게 말하고 쟁크스 스피릿 술병을 꺼냈다. 그는 벌떡 일어나 술병을 우주의 지배자에게 건넸고, 그는 기꺼이 받았다.

"훌륭해요, 위대한 통치자님. 마음대로 말하세요." 자포드가 말했다.

"아니, 이것 보세요, 사람들이 당신에게 오죠, 네? 우주선을 타고……." 자니우프가 말했다.

"그런 것 같아요." 그 사람이 말했다.

그는 술병을 트릴리언에게 넘겼다.

"그리고 그 사람들이 당신한테, 자기들 대신 결정을 해달라고 부탁하죠? 사람들의 인생, 세상, 경제, 전쟁, 저 바깥 우주에서 벌어지는 모든 문제들에 대해서 말이에요." 자니우프가 말했다.

"저 바깥이라고요? 어디요?" 그 사람이 말했다.

"저 바깥 우주 말입니다!" 자니우프가 문을 가리키며 말했다.

"저 바깥에 뭐가 있는지 어떻게 알겠어요?" 그 사람이 예의 바르게 말했다. "저 문은 닫혀 있는데."

비가 계속해서 지붕을 때려댔다. 오두막 안은 따뜻했다.

"하지만 저 바깥에 우주 전체가 있다는 걸 당신도 알잖아요! 그게 존재하지 않는다는 말로 당신의 책임을 회피할 수는 없다고요!" 자니우프가 소리쳤다.

우주의 통치자는 오랫동안 생각에 잠겼고, 그동안 자니우프는 분노로 몸을 떨었다.

"당신은 당신이 알고 있는 사실들에 대해 대단히 확신하는군요." 그 사람이 마침내 입을 열었다. "난 우주를——그런 게 정말 있다면 말입니다——그렇게 당연히 받아들이는 사람의 생각을 믿을 수가 없어요."

자니우프는 여전히 몸을 떨면서 침묵을 지키고 있었다.

"난 나의 우주에 대해서만 결정을 내리죠." 그 사람이 조용히 말을 이었다. "내 우주는 나의 눈이고 귀예요. 그 외의 것들은 소문에 불과하죠."

"그럼 당신은 아무것도 믿지 않는단 말입니까?"

그 사람은 어깨를 으쓱하더니 고양이를 안아 올렸다.

"당신이 말하는 걸 이해 못하겠군요." 그가 말했다.

"당신이 이 오두막 안에서 결정하는 일들이 수백만 사람들의 생명과 운명에 영향을 미친다는 사실을 이해 못한단 말이에요? 이건 정말 어마어마하게 잘못된 일이라고요!"

"모르겠군요. 당신이 말하는 그 모든 사람들을 만나본 일도 없는걸요. 그리고 내 생각에 당신도 안 만나봤을 거예요. 그 사람들은 우리가 듣는 말 속에서만 존재하죠. 다른 사람들에게 어떤 일이 벌어지는지 당신이 안다고 말한다면 그건 잘못이에요. 그 사람들만이 알죠. 그 사람들이 정말 존재한다면 말이에요. 그 사람들도 눈과 귀라는 자신들만의 우주를 가지고 있으니까요."

"난 잠시 밖에 나갈래." 트릴리언이 말했다.

그녀는 나가서 빗속으로 걸어 들어갔다.

"다른 사람들이 존재한다는 것은 믿습니까?" 자니우프가 물고 늘어졌다.

"모릅니다. 내가 뭐라고 말할 수 있겠어요?"

"난 트릴리언이 뭐 하나 보러 가는 게 낫겠다." 자포드가 이렇게 말하고 살짝 빠져나갔다.

밖에서 그는 그녀에게 말했다.

"내 생각에, 우주는 꽤 괜찮은 사람 손에 맡겨진 것 같아, 안 그래?"

"매우 훌륭해." 트릴리언이 답했다.

그들은 빗속으로 걸어갔다.

안에서 자니우프는 대화를 계속했다.

"당신 말 한마디에 사람들이 죽기도 하고 살기도 한다는 사실을 이해 못해요?"

우주의 통치자는 가능한 한 오래 기다렸다. 우주선에 시동이 걸리는 소리가 희미하게 들려오자, 그는 그 소리를 감추기 위해 말을 시작했다.

"나하고는 아무 상관이 없어요. 나는 사람들하고 상관이 없어요. 내가 잔인한 사람이 아니라는 건 주님도 알아요."

"아하! 당신 '주님'이라고 하셨죠! 당신 뭔가를 믿기는 하는군요!" 자니우프가 소리를 질렀다.

"내 고양이죠." 그 사람이 인자한 목소리로 말하더니 고양이를 안아 올려 쓰다듬었다. "난 이 녀석을 주님이라 부르죠. 난 이 녀석에게 정말 잘해준답니다."

"좋아요, 그게 존재한다는 건 어떻게 알죠? 당신이 잘해준다는 걸 그 녀석이 아는지 당신이 어떻게 알아요? 당신이 친절이라 생각하는 그걸 저 녀석이 좋아하는지 어떻게 알아요?" 자니우프가 자기의 주장을 밀어붙이며 말했다.

"물론 모르죠." 그 사람이 미소를 띠며 대답했다. "전혀 몰라요. 고양이처럼 보이는 대상에게 어떤 특정한 방식으로 행동했을 때 내 기분이 좋을 뿐이죠. 당신은 다르게 행동하나요? 하여간, 이제 난 피곤한 것 같아요."

자니우프는 완전히 실망해서 긴 한숨을 내쉬고는 주위를 둘러봤다.

"다른 두 사람은 어디 갔죠?" 갑자기 그가 말했다.

"무슨 두 사람이요?" 우주의 통치자가 의자에 다시 기대어 앉아 위스키 잔을 채우며 말했다.

"비블브락스하고 그 여자요! 여기 있던 두 사람이요!"

"난 아무도 기억 안 나요. 과거란 현재의 나의 육체적……."

"닥쳐요." 자니우프가 소리치고는 빗속으로 달려 나갔다. 우주선은 없었다. 비는 계속해서 흙탕물을 휘젓고 있었다. 우주선이 있던 자리임을 보여주는 흔적조차 없었다. 그는 빗속에다 고함을 질러댔다. 그는 돌아서서 다시 오두막으로 달려왔지만 문은 잠겨 있었다.

　우주의 통치자는 의자에 앉아 가볍게 졸았다. 잠시 후 그는 다시 연필과 종이로 장난을 치기 시작했고, 하나를 가지고 다른 것에다 흔적을 남길 수 있다는 사실을 발견하고 기뻐했다. 바깥에서는 갖가지 소음이 계속해서 들려왔지만, 그는 그것들이 실재하는 것인지 아닌지 알지 못했다. 그 다음으로 그는 책상이 어떻게 반응하나 보려고 일주일 동안 책상에다 말을 걸어보았다.

30

그날 밤, 찬란하고 선명한 빛을 발하며 별들이 떴
다. 포드와 아서는 그들이 잴 수 있는 것보다 훨씬 더 많이 걸었고
그제야 휴식을 취하려고 걸음을 멈췄다. 밤은 차갑고 향기로웠으
며, 공기는 청아했고, 서브-에서 센스-오-매틱은 찍소리도 없었
다.

세상은 황홀한 고요함으로 가득했다. 이 마법 같은 평온함이 숲
의 부드러운 향기와 벌레들의 고요한 울음소리, 반짝이는 별빛과
합쳐져 곤두선 그들의 신경을 달래주었다. 오후 내내 세도 자기가
본 세상을 다 헤아리지 못할 정도로 세상 구경을 많이 한 포드 프리
펙트조차 감동해서 자신이 본 중에 가장 아름다운 밤이 아닐까 생
각할 정도였다. 그들은 그날 하루 종일 잔디와 진한 향기의 꽃들, 잎
이 무성한 키 큰 나무들로 뒤덮인, 굽이치는 언덕과 계곡을 지나왔
다. 태양은 그들을 따뜻하게 데워주었고, 미풍은 그들의 땀을 식혀

주었다. 포드 프리펙트가 서브-에서 센스-오-매틱을 점검하는 횟수가 점점 줄어들었고, 그는 그 계속되는 침묵에 대해 점차 짜증을 덜 내게 됐다. 그는 이곳이 마음에 들기 시작했다.

밤 공기는 차가웠지만, 그들은 바깥에서도 깊고 편안한 잠을 잤고, 이슬이 살짝 내리기 시작한 지 몇 시간이 지나면 허기를 느끼며 상쾌한 기분으로 잠에서 깨어났다. 그들은 포드가 밀리웨이스에서 가방에 쑤셔 넣어온 작은 롤빵 몇 개로 아침을 먹고 움직이기 시작했다.

지금까지 그들은 아무렇게나 되는 대로 돌아다니고 있었다. 하지만 이제 그들은 동쪽으로 방향을 확실히 잡고 움직였다. 이 세계를 탐험해볼 요량이면 그들이 온 방향과 가고 있는 방향을 분명히 해야겠다는 생각이 들었기 때문이었다.

정오가 되기 직전, 그들은 자신들이 착륙한 땅이 아무도 살지 않는 행성이 아님을 보여주는 첫 번째 증거와 만났다. 나무 사이에서 그들을 바라보고 있는 얼굴 하나를 슬쩍 본 것이다. 그 얼굴은 그들이 보자마자 사라져버렸지만, 두 사람 모두 그것이 인간의 형상을 한 생물이며, 자신들을 호기심 있게 보긴 했지만 놀라지는 않았다는 인상을 받았다. 약 반 시간 뒤 그들은 그런 얼굴과 다시 마주쳤고, 십 분 뒤 또다시 마주쳤다.

일 분 뒤, 그들은 갑자기 넓은 개간지에 다다랐고, 거기서 깜짝 놀라 걸음을 멈췄다.

그들 앞 개간지의 한가운데에 이십여 명의 남녀가 서 있었다. 그들은 포드와 아서를 바라보며 조용히 서 있었다. 그중 몇몇 여자들에게는 어린아이들이 달라붙어 있었고, 그 뒤로는 진흙과 나뭇가지들로 만들어진 허술하고 작은 오두막이 어지럽게 늘어서 있었다.

포드와 아서는 숨을 죽였다.

그중 가장 키가 큰 사람도 오 피트를 넘지 않을 정도였고, 그들은 모두 등이 약간 굽었으며, 긴 팔과 좁은 이마, 반짝이는 눈을 갖고 있었다. 그들은 반짝이는 눈으로 이방인들을 뚫어져라 쳐다봤다.

그들이 아무 무기도 지니지 않고 있고 자신들에게 다가오지도 않는 것을 보고 포드와 아서는 약간 마음을 놓았다.

한동안 그들 두 그룹은 그저 서로를 쳐다보고만 있었다. 어느 쪽도 움직이지 않았다. 원주민들은 침입자 때문에 어리둥절한 것 같았다. 그들은 어떠한 공격적인 징후도 보이지 않았지만, 그렇다고 해서 초대하려는 의사가 있는 것도 아니었다.

아무 일도 일어나지 않았다.

꼬박 이 분 동안 아무 일도 일어나지 않았다.

이 분 후, 포드는 무슨 일이든 일어나야 한다고 판단했다.

"안녕하십니까?" 그가 말했다.

여자들이 아이들을 자기들 옆으로 조금 더 끌어당겼다.

남자들은 이렇다 할 움직임을 전혀 보이지 않았지만, 그들의 전반적인 태도로 볼 때, 조금 전의 인사말을 전혀 환영하지 않는 게 확실했다. 그렇다고 그 인사말을 굉장히 싫어하는 것도 아니었다.

다만 환영하지 않을 뿐이었다.

그 사람들 중, 남들보다 조금 앞에 서 있던, 그러므로 지도자일지도 모르는 남자 하나가 앞으로 걸어 나왔다. 그의 얼굴 표정은 조용하고 침착했다. 거의 평온에 가까운 표정이었다.

"으ㄱㄱㅎㅎㅎ으으ㄱㄱㄱㅎㅎㅎ흐르르르르 어흐 어흐 러흐 으르그." 그가 조용히 말했다.

아서는 깜짝 놀랐다. 귀 안에 넣어진 바벨 피시를 통해 자기가 듣는 모든 말을 즉시, 무의식적으로 통역받는 일에 너무 익숙해진 나머지, 그는 이제 바벨 피시의 존재조차 의식하지 않고 있었다. 그런데 갑자기 그게 작동하지 않는 것 같아 새삼 그 존재가 상기된 것이었다. 그의 마음속에서 뭔가 희미한 그림자들이 날아다니는 느낌이었지만 손에 확실하게 잡히는 것은 아무것도 없었다. 그는 이 사람들이 아직 가장 기본적인 형태의 언어도 만들어내지 못한 게 아닐까, 그래서 바벨 피시가 전혀 도움이 안 되는 게 아닐까 생각했다. 그 생각은 우연히도 정확했다. 그는 이런 일에 훨씬 더 경험이 많은 포드를 힐끗 쳐다봤다.

"자기네 마을을 우회해서 지나가 달라고 부탁하는 것 같은데." 포드가 입술을 움직이지 않으려 애쓰며 슬쩍 말했다.

잠시 후 그 인간 형상의 생물이 보여준 제스처가 이를 입증하는 듯이 보였다.

"르우우ㄱㄱㄱㅎㅎㅎㅎ 우르르ㄱㄱㄱㅎ 우르그 우르그 (어흐 러흐) 르르우우르우우호 우그." 인간 형상의 생물이 계속 말했다.

"대략의 요점은, 그러니까 내가 파악할 수 있는 한에서의 요점은, 우리가 어디로든 맘대로 여행을 계속해도 되지만, 자기네 마을을 관통하지 말고 빙 돌아서 가준다면 참 행복할 거라는 얘기야." 포드가 말했다.

"그럼 어떻게 하지?"

"저 사람들을 행복하게 해주지 뭐." 포드가 말했다.

두 사람은 천천히, 그리고 조심스럽게 그 개간지의 경계선을 따라 걸어갔다. 이 행동의 뜻이 원주민들에게 잘 전해진 것 같았다. 그들은 두 사람에게 살짝 고개 숙여 절하더니 자신들의 일상으로 돌아갔다.

포드와 아서는 숲을 지나 여행을 계속했다. 개간지를 지나 몇백 마일가량 걸었을 때, 그들은 갑자기 길에 놓인 과일 한 더미와 마주쳤다. 나무딸기나 딸기와 너무나도 비슷하게 생긴 딸기류와, 배와 매우 흡사한 모습에다가 푸른 껍질을 가진 열매였다.

이제까지 그들은 나무와 덤불들에 아무리 과일들이 주렁주렁 매달려 있어도 그 과일과 딸기들에 손을 대지 않았었다.

"이렇게 생각해봐. 낯선 행성의 과일과 딸기들은 너를 살릴 수도 있고 죽일 수도 있어. 그러므로 그것들에 손을 대기 시작하는 시점은, 그러지 않으면 꼼짝없이 죽게 될 바로 그 순간뿐이지. 그래야 살아남을 수 있어. 건강한 히치하이크의 비결은 인스턴트 음식이라고." 포드가 말했다.

그들은 자신들 앞에 놓인 과일 더미를 의심스러운 눈초리로 쳐다봤다. 그 과일들이 너무나 달콤해 보여서, 그들은 허기로 머리가 어지러워질 지경이었다.

"이렇게 생각해봐, 음⋯⋯." 포드가 말했다.

"어떻게?" 아서가 말했다.

"난 지금 우리가 저걸 먹을 수 있는 논리를 생각해내려고 하는 거야." 포드가 말했다.

나뭇잎 사이로 어른거리는 햇살이 배처럼 생긴 과일의 통통한 껍질 위에서 빛나고 있었다. 딸기와 나무딸기처럼 보이는 것들은 아서가 보았던 어떤 딸기류보다도 더 탐스럽고 잘 익은 듯이 보였다. 심지어 아이스크림 광고보다 더 나았다.

"우선 먹고 나서 나중에 생각해보면 어떨까?" 아서가 말했다.

"아마 그게 바로 그 사람들이 원하는 것일 거야."

"좋아, 그럼 이렇게 생각해봐⋯⋯."

"아직까지는 괜찮게 들리는데."

"저 과일은 우리가 먹으라고 저기 있어. 좋을 수도 있고 나쁠 수도 있지. 우리 배를 불려줄 수도 있고, 독으로 우리를 죽일 수도 있어. 만일 저게 독이 든 건데 우리가 안 먹는다면, 그들은 다른 방법으로 우리를 공격할 거야. 우리가 먹지 않더라도 우리는 어쨌든 지는 거라고."

"네가 생각하는 방식이 맘에 들어. 그럼 하나 먹어봐."

아서는 주저하면서 배처럼 생긴 과일 하나를 집어 들었다.

"난 에덴 동산 이야기 중에서 항상 그 부분이 생각나." 포드가 말했다.

"뭐?"

"에덴 동산. 나무. 사과. 그 부분 말이야. 생각나?"

"그래, 물론 생각나지."

"너희의 신이 정원 한가운데다 사과나무를 하나 심고는 이렇게 말하지. 하고 싶은 대로 뭐든지 마음대로 해라. 얘들아, 하지만 그 사과는 먹으면 안 돼. 자, 기대하시라. 다음 순간, 그 사람들은 그걸 먹고, 신은 덤불 뒤에서 펄쩍 뛰어나와 '걸렸지' 하고 외치는 거야. 그 사람들이 그걸 안 먹었다고 해도 달라지는 건 하나도 없었을 거야."

"어째서?"

"왜냐하면 너희가 상대하는 사람이 도로 위에다 모자를 놓고 그 속에 벽돌을 감춰놓기를 좋아하는 정신 상태를 가진 사람이라면, 잘 알겠지만 그런 사람은 절대로 포기하지 않아. 결국은 상대방을 잡고야 말지."

"대체 무슨 소리야?"

"신경 쓰지 마. 과일이나 먹어."

"그러고 보니 이곳이 꼭 에덴 동산 같네."

"과일이나 먹어."

"네가 말하는 것도 딱 그렇고."

아서는 배처럼 생긴 과일을 한 입 깨물었다.

"이건 배야." 그가 말했다.

잠시 후 다 먹고 나서 포드 프리펙트는 돌아서서 외쳤다.

"고마워요, 정말 고마워요, 정말 친절하시군요."

그들은 여행을 계속했다.

동쪽으로 향하는 이후 오십 마일의 여행 중에 그들은 길목에 놓인 과일 선물을 자주 발견할 수 있었다. 한두 번은 나무들 사이로 인간 형상의 원주민을 잠깐 보기도 했지만, 직접 마주친 적은 한 번도 없었다. 그들은, 단지 귀찮게 굴지 않아 고맙다는 뜻을 그렇게까지 명백하게 표시하는 종족이 꽤나 마음에 들었다.

오십 마일이 지난 후에는 더 이상 과일과 딸기를 볼 수 없었다. 거기서부터 바다가 시작됐기 때문이다.

시간에 쫓길 까닭이 전혀 없었기 때문에 그들은 뗏목을 만들어 바다를 건넜다. 바다는 비교적 잔잔하고 너비가 육십 마일밖에 되지 않기 때문에, 그들은 꽤 즐거운 항해를 했고 적어도 떠나온 곳만큼 아름다운 곳에 도착했다.

간단히 말해서, 이곳의 삶은 바보스러울 정도로 느긋했다. 그래서 그들은 적어도 얼마 동안은 목적 없는 느낌과 고립감을 무시하기로 결심함으로써 이 감정들을 견뎌낼 수 있었다. 사람들과의 교류에 대한 갈망이 너무 커질 때는 어디에 가야 그 문제가 해결될지 그들은 알고 있었다. 하지만 지금으로선 그 골가프린참인들이 수백만 마일 뒤에 있다는 게 오히려 좋았다.

그럼에도 불구하고 포드 프리펙트는 다시 서브-에서 센스-오-

매틱을 더 자주 사용하기 시작했다. 그가 신호를 잡은 것은 오직 딱 한 번뿐이었다. 하지만 그 신호는 너무나 희미하고 너무나 먼 곳에서 온 것이어서, 그 신호가 안 왔더라면 계속되었을 침묵보다 더 그를 우울하게 했다.

그들은 일시적인 변덕으로 북쪽으로 방향을 틀었다. 몇 주간 여행한 끝에 그들은 또 다른 바다에 도착했고, 다시 뗏목을 엮어 바다를 건넜다. 이번 항해는 지난번 항해보다 힘들었고, 날씨는 점점 더 추워졌다. 아서는 포드 프리펙트에게 마조히즘 같은 게 있지 않나 의심스러웠다. 여행이 힘들어지면 힘들어질수록 다른 때에는 보이지 않던 목적 의식이 포드에게 솟아나는 것 같았다. 그는 가차 없이 진군했다.

그들은 북쪽을 향해 여행해 숨이 막힐 정도로 아름답게 펼쳐진 가파른 산지에 도착했다. 암석들이 삐죽삐죽하게 솟아 있고 눈으로 뒤덮인 거대한 산봉우리들이 그들을 황홀경에 빠뜨렸다. 추위는 뼛속 깊숙이까지 파고들기 시작했다.

그들은 포드 프리펙트가 가진 기술로 잡은 짐승 가죽과 털로 몸을 감쌌다. 후니안의 구릉지에서 마인드 서핑 휴양지를 운영하고 있는 전직 프랠라이트 수도사들에게서 한때 전수받은 기술이었다.

전직 프랠라이트 수도사들은 은하계 사방에 흩어져 있고, 모두 잘나가고 있다. 왜냐하면 이 수도원에서 기도 수양의 한 형태로 만들어진 정신 제어 기술이, 솔직히 말해 대단한 것이기 때문이다. 엄청난 수의 수도사들이 기도 수행을 마치고 나서 남은 생애 내내 작은 금속 상자에 갇혀 지내겠노라는 최종 서약을 하기 직전에 수도원을 떠난다.

포드의 기술이란 잠시 동안 가만히 서서 미소를 짓는 것 외에는 별다른 것이 없어 보였다.

잠시 후 짐승 한 마리가——가령 한 마리의 사슴이——숲 사이에서 나타나 조심스레 그를 바라보게 된다. 포드는 부드러운 눈빛으로 짐승에게 계속 미소를 짓는다. 그 눈에서는 깊고도 우주적인 사랑, 세상의 모든 생명들에게 손을 내밀어 다 포용하는 사랑이 발산되어 나오는 듯하다. 이 거룩한 사람으로부터 황홀한 고요함이 뿜어져 나와 주변 정경에 평화롭고도 고요하게 내려앉는다. 천천히 한 발 한 발 사슴이 다가와, 거의 코를 비빌 수 있을 정도로 가까워진다. 바로 그 순간 포드 프리펙트가 손을 뻗어 사슴의 목을 부러뜨린다.

"페로몬(유인 물질―옮긴이주) 제어법이야. 냄새만 제대로 피울 줄 알면 되는 거라고." 그가 말했다.

31

이 산지에 들어선 지 며칠 후 그들은 해안에 도착했다. 그 해안은 그들 앞에 남서쪽에서 북동쪽으로 비스듬히 펼쳐져 있었다. 기념비적인 장관을 보여주는 해안이었다. 깊고 장엄한 계곡들, 높이 치솟은 얼음 봉우리들. 그것은 피오르드 해안이었다.

그들은 그 아름다움에 넋이 빠져, 이틀 동안 바위와 빙벽 위를 마구잡이로 등반하고 다녔다.

"아서!" 포드가 갑자기 소리쳤다.

이틀째 되는 날 오후였다. 아서는 높은 바위 위에 앉아서 울퉁불퉁한 곳에 바다가 천둥소리를 내며 부딪치는 것을 바라보고 있었다.

"아서!" 포드가 다시 외쳤다.

아서는 바람 속에 희미하게 실려 오는 포드의 목소리를 향해 고개를 돌렸다.

포드는 빙하를 조사하러 갔었다. 아서는 포드가 푸른빛이 도는 단단한 빙벽 앞에 쭈그리고 앉아 있는 것을 봤다. 그는 흥분해서 잔뜩 긴장해 있었다. 그의 시선이 화살처럼 날아와 아서의 눈과 만났다.

"이것 좀 봐. 보라고!" 그가 말했다.

아서는 봤다. 그것은 푸른빛이 도는 단단한 빙벽이었다.

"그래. 빙하야. 아까 벌써 봤다고." 그가 말했다.

"아니, 너는 그냥 봤을 뿐이야. 제대로 안 봤다고. 이거 봐." 포드가 말했다.

포드는 얼음 속 깊은 곳을 손가락으로 가리켰다.

아서는 자세히 응시했다. 보이는 것이라곤 흐릿한 얼음뿐이었다.

"뒤로 물러서. 그리고 다시 봐." 포드가 우겼다.

아서는 뒤로 물러나서 다시 보았다.

"안 보여. 내가 뭘 봐야 하는데?" 그가 어깨를 으쓱하며 말했다. 그러다가 갑자기 그것을 봤다.

"보여?"

그는 그것을 보았다.

그의 입술은 뭔가 말하려고 했지만, 그의 뇌는 아직 아무것도 말할 게 없다고 결정하고 입을 닫아버렸다. 그러고 나서 그의 뇌는 그의 눈들이 보고 있다고 말하는 것의 문제점과 논쟁을 벌이기 시작했다. 하지만 그러는 과정에서 입에 대한 통제력을 상실했고, 입은 금세 다시 쩍 벌어졌다. 다시 한번 턱을 모아 올리느라 그의 뇌는 왼팔에 대한 통제력을 상실했고, 왼팔은 아무 목적 없이 이리저리 흔들렸다. 약 일이 초 동안 뇌는 입에 대한 통제력을 잃지 않으면서 왼팔을 잡으려고 노력했고, 동시에 얼음 속에 묻혀 있는 것에 대해 생각해보려고 애썼다. 그래서인지 다리의 맥이 풀려버렸고, 아서는 조용히 땅에 쓰러지고 말았다.

이 엄청난 신경 조직의 혼란을 초래한 것은 얼음 표면에서 십팔 인치 정도 아래에 있는, 어떤 그림자들이 연결된 모양새였다. 각도를 잘 잡아 보면, 그 그림자는 각각 높이가 삼 피트 정도 되는 어떤 외계 알파벳 문자의 모양이라는 게 선명하게 드러났다. 그리고 아서처럼 마그라테아 문자를 읽을 수 없는 사람을 위해, 얼음 속에는 어떤 얼굴의 윤곽이 문자들 위에 걸려 있었다.

그것은 한 노인의 얼굴이었다. 말랐고 윤곽이 뚜렷하고 근심걱정이 가득하지만 불친절하지는 않은 얼굴이었다.

그것은 그 해안선을 디자인해서 상을 받은 인물의 얼굴이었고, 이제 그들은 자신들이 어디에 서 있는지 알게 됐다.

32

희미하게 징징대는 소리가 공중에 가득했다. 그 소리는 공중을 빙빙 돌다가 나무들 사이를 울부짖으며 지나가 다람쥐들의 기분을 상하게 만들었다. 새 몇 마리가 진절머리를 내며 하늘로 날아올랐다. 그 소음은 개간지 주변을 춤추며 경쾌하게 뛰어다녔다. 그것은 웅웅거리고 삐걱거렸으며, 하여간 대체로 신경 거슬리는 소리였다.

그러나 선장은 그 외로운 백파이프 연주자를 관대한 눈으로 바라보고 있었다. 어떤 것도 그의 마음의 평안을 뒤흔들 수는 없었다. 수개월 전 늪지에서 일어난 그 불쾌한 사건 당시 잃어버린 그 멋진 목욕통에 대한 감정을 일단 정리하고 나자, 그는 여기서의 새로운 삶도 굉장히 쾌적하다고 생각하려던 참이었다. 그는 개간지 한가운데 서 있는 커다란 바위를 우묵하게 파내곤, 그 안에 들어가 매일매일 몸을 녹였다. 수하들은 옆에서 물을 끼얹었다. 물론 특별히 따뜻한 물이라고 말할 수는 없다. 아직 불 피우는 법을 알아내지 못했기 때문이었다. 하지만 상관없다. 그건 시간이 지나면 해결될 것이니까. 그사이 수색대는 온천을 찾아 사방을 헤집고 다녔다. 잎이 우기진 숲 속 빈터에 있나면 좋을 테고, 근처에 비누 광산이라도 있다면 완벽하다. 비누가 광산에서 나는 게 아닌 것 같다고 말하는 사람들에게 선장은 그것은 아마도 열심히 찾아보지 않았기 때문일 것이라는 주장을 감히 폈다. 사람들은 마지못해 이 가능성을 인정했다.

그렇다. 삶은 매우 쾌적했다. 잎이 우거진 숲 속 빈터와 쌍을 이룬 온천이 발견되고, 시간이 지나면서 비누 광산이 발견되었다는 외침이 언덕을 뒤흔들고, 하루에 비누가 오백 개씩 생산되고 있다면 삶은 훨씬 더 쾌적해질 것이다. 무언가를 기대한다는 것은 매우 중요한 일이다.

어우, 어우, 끼이익, 어우, 멍멍, 끼룩, 끼이익, 백파이프가 울부짖었다. 선장은 이미 꽤 기분이 좋았지만, 저 소리가 이제 곧 멈출 거라고 생각하니 기분이 더욱 좋아졌다. 이것 역시 그가 기대하는 일이었다.

또 뭐가 즐겁지? 그는 스스로에게 질문했다. 음, 너무 많지. 이제 가을이 다가오니 빨갛고 노랗게 물드는 나무들. 목욕통에서 얼마 떨어지지 않은 곳에서 졸고 있는 미술 감독과 그의 조수에게 자신들의 기술을 발휘하고 있는 미용사들의 평화로운 가위 소리. 바위를 잘라내 만든 목욕통 가장자리를 따라 가지런히 놓인 여섯 대의 빛나는 전화기 위에서 반사되는 햇살. 내내 울려대지 않는 (또는 전혀 울리지 않는) 전화기 한 대보다 더 좋은 것은 내내 울려대지 않는 (또는 전혀 울리지 않는) 전화기 여섯 대였다.

그중에서도 가장 멋진 일은 오후 위원회 모임을 구경하러 그의 주위 개간지로 천천히 모여드는 수백 명의 사람들이 행복하게 중얼대는 소리였다.

선장은 고무 오리의 부리를 장난스레 툭 쳤다. 오후 위원회 모임은 그가 가장 좋아하는 일이었다.

또 하나의 눈이 모여드는 군중을 지켜보고 있었다. 개간지 한쪽 구석의 나무 위에 이국에서 돌아온 포드 프리펙트가 웅크리고 앉아 있었다. 육 개월간의 여행으로 그는 날씬하고 건강해져 있었고, 눈은 반짝거렸으며, 순록 가죽 코트를 입고 있었다. 그는 컨트리 록 가수만큼이나 짙은 수염에 불그레한 얼굴을 하고 있었다.

포드 프리펙트와 아서 덴트는 지난 한 주일 동안 골가프린참인들을 지켜보고 있었다. 포드는 이제 슬슬 일을 시작할 때라고 판단했다.

개간지는 이제 가득 찼다. 수백 명의 남녀들이 모여들어 잡담을 나누거나 과일을 먹고 카드 놀이를 하며, 대체로 여유로운 시간을 보내고 있었다. 그들의 운동복은 이제 온통 더러웠고 찢어지기까지 했지만, 머리만은 흐트러진 구석 하나 없이 말끔하게 손질되어 있었다. 포드는 많은 사람들이 운동복 안에 나무 잎사귀들을 잔뜩 채워 넣고 있는 것을 보고 어리둥절했다. 다가오는 겨울에 대비한 일종의 방한책이라도 되는 것일까? 포드의 눈이 가늘어졌다. 이 사람들이 느닷없이 식물학에 관심을 가질 리가 없는데.

그가 이런 생각들을 하고 있을 때, 선장의 목소리가 왁자지껄한 소음들을 뚫고 들려왔다.

"좋습니다. 이제 정리를 좀 하고 모임을 시작합시다. 그게 가능하다면 말이죠. 모두들 동의하십니까?" 그가 말했다. "일 분 뒤에요, 모두들 준비가 되시면요."

이야기 소리가 점차 잦아들고 개간지는 조용해졌다. 백파이프 연주자만 제외하고. 그는 아무도 살 수 없는 자신만의 격정적인 음악 세계에 빠져 있는 것 같았다. 바로 옆에 있는 사람들 몇 명이 그에게 잎사귀들을 던졌다. 거기에 무슨 이유가 있는지, 포드 프리펙트는 그때는 알지 못했다.

사람들 한 무리가 선장을 둘러싸고 모여 있었고, 그중 한 사람이 말을 할 태세였다. 그는 자리에서 일어서서 헛기침을 하고 곧 말을 시작하겠다는 듯이 먼 곳을 바라봄으로써 자신의 의사를 전달했다.

군중은 물론 주의를 집중하며 시선을 그에게 돌렸다.

잠시 침묵이 흘렀다. 포드는 지금이 자기가 드라마틱하게 등장할 순간이라고 판단했다. 그 사람이 이야기를 시작하려고 돌아섰다.

포드가 나무에서 뛰어내렸다.

"안녕하십니까?" 그가 말했다.

군중들이 고개를 획 돌렸다.

"아, 나의 친구, 성냥 가진 거 있어요? 라이터는? 뭐 그 비슷한 거라도?" 선장이 외쳤다.

"아뇨." 포드가 약간 김이 새서 말했다.

이건 그가 예상하지 못한 바였다. 그는 좀더 강하게 나가는 게 낫겠다고 결심했다.

"없습니다. 성냥은 없어요. 그 대신에 뉴스를 가져왔죠." 그가 말을 이었다.

"저런, 우린 성냥이 다 떨어졌는데. 뜨거운 목욕을 못한 지가 몇 주는 됐다고요." 선장이 말했다.

포드는 단념하지 않았다.

"제가 뉴스를 가지고 왔어요. 당신들이 흥미로워할 만한 발견을 했거든요." 그가 말했다.

"그게 의제에 있었나요?" 포드에게 방해받은 남자가 딱딱거리며 말했다.

포드는 컨트리 록 가수처럼 환하게 미소 지었다.

"자아, 말도 안 되는 소리 하지 마시고요." 그가 말했다.

"미안하지만, 오랜 경험을 가진 경영 고문으로서 말하는데, 난 위원회 체계를 따르는 게 중요하다고 주장합니다." 그 사람이 심술궂게 말했다.

포드는 군중을 둘러보았다.

"저 사람 미쳤군요. 여긴 선사 시대 행성이라고요." 그가 말했다.

"의장석에 말씀하세요!" 경영 고문이 딱딱거리며 말했다.

"의장석은 없어요. 그건 바위일 뿐이라고요." 포드가 설명했다.

경영 고문은 이 상황에서 필요한 것은 퉁명스러움이라고 판단했다.

"그럼 그걸 의장석이라고 불러요." 그가 퉁명스레 말했다.

"왜 바위라고 부르지 않죠?" 포드가 물었다.

경영 고문은 이제 퉁명스러움 대신 옛날식의 거만한 태도를 취하며 말했다.

"당신은 정말이지……현대 경영 기법에 대해 아무 개념이 없군요."

"당신은 자신이 어떤 곳에 와 있는지에 대해 아무 개념이 없고요." 포드가 말했다.

귀에 거슬리는 목소리를 가진 여자가 벌떡 일어나 그 목소리를 사용했다.

"둘 다 입 닥쳐요. 의안을 의장석에 상정하고 싶습니다." 그녀가 말했다.

"의안을 돌덩어리에 상정한다는 말이겠지." 미용사 하나가 킥킥댔다.

"정숙, 정숙!" 경영 고문이 고함을 질렀다.

"좋아요. 당신네들이 어떻게 하나 한번 봅시다." 포드가 말했다. 그는 자기가 얼마나 성질을 참을 수 있나 보려고 땅바닥에 쿵 하고 앉았다.

선장은 사람들을 달래려는 듯이 헛기침을 몇 번 했다.

"자아, 이제, 제573차 핀틀우들웍스 행성 식민지 위원회 회합을 시작……." 그가 쾌활하게 말했다.

십 초…… 포드는 더 이상 못 참고 벌떡 일어났다.

"다 소용없어요. 위원회 회합을 오백칠십세 번이나 하고도 아직 불도 못 발견했잖아요!" 그가 외쳤다.

"의제 인쇄물을 보시면……." 귀에 거슬리는 목소리를 가진 여자가 말했다.

"의제 돌멩이겠지." 좀 전의 미용사가 즐겁게 재잘거렸다.

"고맙지만, 됐어요." 포드가 투덜거렸다.

"…… 그걸…… 보시면…… 알겠지만…… 오늘은 미용사들의 불 개발 소위원회에서 보고를 할 예정이에요." 그 여자가 단호하게 말했다.

"어……아아……." 미용사가 수줍어하며 말했다.

그 표정은 은하계 어디에서나 '어, 다음 주 화요일에 하면 안 될까요?'로 통하는 표정이었다.

"좋아요, 그동안 뭘 했죠? 앞으로는 어쩔 작정인가요? 불 개발에 관한 당신의 의견은 어떤 것입니까?" 포드가 그에게 대들며 말했다.

"글쎄요, 난 모르겠는데요. 그들이 나한테 준 거라곤 막대기 몇 개뿐인데……." 미용사가 말했다.

"그래서 그걸 가지고 뭘 했습니까?"

미용사는 불안해하며 자기 운동복 상의를 더듬더니 자기 노력의 결실을 포드에게 건넸다.

포드는 모두가 볼 수 있게 그것을 높이 들었다.

"머리 마는 집게군요." 그가 말했다.

군중이 환호했다.

"그만둡시다. 로마는 하루아침에 불태워지지 않았으니까." 포드가 말했다.

군중은 그가 무슨 소리를 하는지 전혀 이해하지 못했지만, 그래도 그 말이 마음에 들었다. 그들은 박수를 쳤다.

"음, 당신은 정말 너무 순진하게 구는군요. 나처럼 마케팅 분야에서 오래 일했다면, 신상품이 개발되기 전에는 제대로 된 연구가 있어야 한다는 걸 알게 될 텐데요. 우린 사람들이 불에서 뭘 원하는지, 불과 어떤 관계를 갖고 있는지, 불에 대해 어떤 이미지를 갖고 있는지 먼저 알아내야 한다고요." 여자가 말했다.

군중은 긴장했다. 그들은 포드가 뭔가 멋진 말을 하길 기대했다.

"당신 코에나 넣으쇼." 그가 말했다.

"그게 바로 우리가 알아야 할 것이에요." 여자가 주장했다. "사람들이 코에 잘 맞는 불을 원하나요?"

"그렇습니까?" 포드가 군중에게 물었다.

"예!" 그중 일부가 소리쳤다.

"아니요!" 다른 이들이 즐겁게 외쳤다.

그들은 뭐가 뭔지 몰랐지만, 어쨌든 재미있다고 생각했다.

"그리고 그 바퀴라는 거……그 바퀴 어쩌고 하는 건 뭔가요? 그거 굉장히 재미있는 프로젝트 같은데." 선장이 말했다.

"아아, 그게 약간 문제가 있어요." 마케팅 여자가 말했다.

"문제? 문제? 문제라니, 무슨 소립니까? 그건 우주 전체에서 가장 간단한 기계인데!" 포드가 소리쳤다.

마케팅 여자가 심술궂은 표정으로 그를 바라봤다.

"좋아요, 똑똑하신 양반. 그렇게 똑똑하시다면, 무슨 색깔이 좋을지 말해보시죠." 그녀가 말했다.

군중은 마구 흥분했다. 홈팀 일 점 추가, 그들은 생각했다. 포드는 어깨를 으쓱하고는 다시 자리에 앉았다.

"위대한 자쿠온이시여, 맙소사, 도대체 당신들은 아무것도 안 했단 말입니까?" 그가 말했다.

그의 질문에 대답이라도 하듯, 개간지 입구 쪽에서 갑자기 소란스러운 소리가 들렸다. 군중은 이날 오후에 이렇게 엄청난 구경거리들이 줄줄이 일어난다는 게 믿을 수 없었다. 낡은 골가프린참 제3연대의 제복을 걸친 일 개 분대의 남자들 열두어 명이 행진해 들어왔다. 그들 중 반 정도는 아직 킬-오-잽 총을 가지고 있었고, 나머지는 창을 들고 있었다. 그들은 행진하면서 창을 서로 부딪쳐댔다. 그들은 검게 그을렸고, 건강했으며, 완전히 녹초가 됐고, 지저분했다. 그들은 덜걱거리며 멈춰 서더니 탁 하고 차려 자세를 취했다. 그중 하나는 쓰러지더니 더 이상 꼼짝도 하지 않았다.

"선장님! 보고드리겠습니다!" 넘버 투가 외쳤다. 그가 그들의 대장이었다.

"그래, 넘버 투. 귀환 등등을 환영한다. 온천은 찾았나?" 선장이 의기소침하게 말했다.

"못 찾았습니다, 선장님!"

"그럴 줄 알았어."

넘버 투는 군중 사이를 헤치며 걸어가더니 목욕통 앞에서 받들어 총 자세를 취했다.

"다른 대륙을 찾았습니다."

"그게 언제였나?"

"바다 건너에 있습니다……동쪽에요!" 넘버 투가 눈을 상당히 가늘게 뜨며 말했다.

"아."

넘버 투는 군중을 향해 돌아섰다. 그는 머리 위로 총을 번쩍 들어 올렸다. 이거 갈수록 더 재미있어지는군, 군중은 생각했다.

"우리는 거기에 선전 포고를 했습니다!"

개간지 구석구석에서 마구잡이식 환호성이 터져 나왔다. 이건 정말 꿈도 못 꿔본 재미였다.

"잠깐 기다려요. 잠깐!" 포드 프리펙트가 소리쳤다.

그는 벌떡 일어나 조용히 하라고 말했다. 잠시 후 그는 원하는 것을 얻었다. 아니, 적어도 그 상황에서 기대할 수 있는 한은 최대한 조용해졌다. 그 상황이란 바로, 백파이프 연주자가 자발적으로 국가를 작곡하고 있는 상황이었다.

"저 백파이프 연주자가 꼭 있어야 합니까?" 포드가 물었다.

"아, 그럼요. 그에게 허락했습니다." 선장이 대답했다.

포드는 이 점을 토론에 부칠까 하다가 그건 미친 짓이라고 재빨리 판단했다. 대신에 그는 돌 하나를 잘 겨누어 백파이프 연주자에게 던지고 넘버 투에게 돌아섰다.

"전쟁이라고요?" 그가 말했다.

"그래요!" 넘버 투가 경멸스러운 눈빛으로 포드 프리펙트를 쏘아보았다.

"옆 대륙을 상대로?"

"그래요! 전면전이요! 모든 전쟁을 종식시킬 그런 전쟁!"

"하지만 거기엔 아직 사람이 살지도 않는데!"

아아, 재미있군, 군중은 생각했다. 좋은 지적이야.

넘버 투는 조금도 흔들리지 않는 시선으로 사방을 둘러봤다. 이런 점에서, 그의 눈초리는 손바닥이나 파리채, 둘둘 만 신문지 따위에 굴하지 않고 보란 듯이 코 바로 삼 인치 앞에서 날아다니는 모기와도 같았다.

"나도 알아요. 하지만 언젠가는 사람이 살 겁니다! 그래서 우린 시간을 명시하지 않은 최후 통첩을 놔두고 왔죠!" 그가 말했다.

"뭐라고요?"

"그리고 군사 시설을 몇 개 폭파했습니다."

선장이 목욕통 밖으로 몸을 내밀었다.

"군사 시설이라고, 넘버 투?" 그가 말했다.

그의 눈동자가 잠시 흔들렸다.

"그렇습니다, 잠재적인 군사 시설이죠. 좋아요, 말씀드리죠……
나무들 말입니다."

반신반의한 순간은 지나갔다. 그의 시선이 채찍처럼 청중들 위를
날았다.

"그리고…… 우리는 가젤 영양을 심문했습니다!" 그가 울부짖었
다.

그는 킬-오-잽 총을 멋지게 휙휙 돌려 겨드랑이에 끼더니, 사방
에서 아수라장을 연출하고 있는 열광하는 군중들 사이를 행진해나
갔다. 그는 몇 발짝도 가지 못하고 사람들에게 붙잡혔고, 사람들의
어깨에 들려 개간지를 한 바퀴 돌며 영예의 행진을 했다.

포드는 돌멩이 두 개를 하릴없이 딱딱 부딪치며 앉아 있었다.

"그 밖에 또 무슨 일을 했죠?" 그는 축하의 환호성이 가라앉은 후
물었다.

"우린 문화를 시작했어요." 마케팅 여자가 말했다.

"아, 그래요?" 포드가 말했다.

"그래요. 영화 프로듀서 하나가 벌써 이 지역 토착 동굴인들에 대
한 매혹적인 다큐멘터리를 찍기 시작했어요."

"그들은 동굴인이 아니에요."

"동굴인처럼 생겼어요."

"그 사람들이 동굴 안에 살던가요?"

"글쎄요……."

"그 사람들은 오두막집에 살아요."

"아마 자기네 동굴들을 개조하는 중인가 보죠." 군중 속에서 까불거리는 사람 하나가 외쳤다.

포드는 화가 나서 그에게 돌아섰다.

"대단히 웃기는군요. 그러면 그 사람들이 죽어가고 있다는 것도 알고 있습니까?" 그가 말했다.

여행에서 돌아오는 길에 포드와 아서는 버려진 마을 두 군데와 원주민의 시체 더미를 보았다. 시체는 이들이 기어 들어가 죽음을 맞는 숲 속에 있었다. 아직 살아 있는 사람들은 정신이 나간 상태로 멍하게 있었다. 마치 육체가 아닌 마음의 병이라도 앓고 있는 것 같았다. 그들은 한없는 슬픔에 빠져 꾸물꾸물 움직였다. 그들은 미래를 빼앗겨버린 것이었다.

"죽어가고 있다고요! 그게 무슨 뜻인지 알아요?" 포드가 다시 말했다.

"어……그 사람들한테 생명 보험을 팔면 안 될까요?" 까불이가 다시 외쳤다.

포드는 그를 무시하고, 군중 전체에게 호소했다.

"한번 이해하려고 노력이라도 해보세요. 그 사람들은 우리가 도착한 직후 죽어가기 시작했단 말입니다!" 그가 말했다.

"사실, 이 영화에서 그게 아주 잘 다뤄지고 있죠. 그리고 거기다가 약간의 비극적인 터치를 가미했는데, 그거야말로 진정으로 위대한 다큐멘터리의 특징이죠. 그 프로듀서는 정말 자기 일에 헌신적이거든요." 마케팅 여자가 말했다.

"그렇겠죠." 포드가 중얼거렸다.

"제가 듣기로는, 다음에는 선장님에 대한 다큐멘터리를 제작하고 싶다고 하더군요." 그녀는 졸기 시작하는 선장에게 고개를 돌리며 말했다.

"아, 그래요? 그거 정말 좋군." 그가 갑자기 정신을 차리며 말했다.

"굉장한 관점을 잡았더라고요. 있잖아요, 그런 거, 엄청난 책임감, 지도자의 고독⋯⋯."

선장은 이에 대해 잠시 으흠 하고 에헴 했다.

"글쎄, 나라면 그 관점을 너무 많이 강조하진 않을 텐데. 고무 오리와 함께 있으면 절대 외롭지 않거든." 마침내 그가 말했다.

그가 오리를 높이 들어 보이자 군중은 감사의 박수를 보냈다.

그러는 동안 내내, 경영 고문은 돌처럼 침묵하며 앉아 있었다. 그는 손끝으로 관자놀이를 누르고 있었는데, 그건 그가 지금 기다리고 있으며, 필요하다면 하루 종일이라도 기다릴 수 있다는 것을 의미했다.

이 시점에서, 그는 하루 종일 기다리지는 않겠다고 결심했다. 그는 지난 반 시간은 아예 없었던 것처럼 행동하기로 했다.

그는 자리에서 일어났다.

"자, 그럼 잠시 재정 정책 문제로 넘어가 볼까요⋯⋯?" 그가 간결하게 말했다.

"재정 정책! 재정 정책이라고요!" 포드 프리펙트가 외쳤다.

경영 고문은 폐어(肺魚)만이 흉내 낼 수 있을 법한 표정으로 그를 쳐다봤다.

"재정 정책…….” 그가 반복했다. "그게 내가 한 말이에요.”

"돈이 어디서 나온단 말이에요? 당신들은 아무것도 생산하지 않는데. 돈이란 건 나무에서 열리는 게 아니잖아요?” 포드가 따지고 들었다.

"발언을 계속하게 해주신다면…….”

포드는 포기하고 고개를 끄덕였다.

"고맙습니다. 몇 주 전 우리가 나뭇잎을 화폐로 사용하기로 의결한 이후로 우리 모두는, 당연하게도, 대단히 부자가 되었습니다.”

포드는, 뭔가 기분 좋게 중얼대며 운동복이 터져라 채워 넣은 잎사귀들을 탐욕스레 만지작거리는 군중들을 믿을 수 없는 표정으로 바라보았다.

"그런데 문제는…….” 경영 고문이 말을 이었다. "나뭇잎의 입수 가능성이 지나치게 높은 나머지 다소의 인플레이션이 발생했다는 것입니다. 그래서 현재 시가로는 선박 한 대분의 땅콩을 사는 데 세 개의 활엽수 숲 정도가 든다고 알고 있습니다.”

놀라서 두런거리는 소리가 군중에게서 들려왔다. 경영 고문은 손을 흔들어 그들을 진정시켰다.

"그러므로 이 문제를 해소하고 나뭇잎 화폐의 가치를 효과적으로 재조정하기 위해서, 우리는 대규모의 고엽 작업을 시작할 예정입니다. 그리고……아, 숲을 모두 태워버리는 거죠. 이런 상황에서는 그게 현명한 행동이라는 데 모두 동의하시리라고 생각합니다." 그가 말을 계속했다.

군중은 약 일이 초간 이 문제에 대해 주저하는 듯했다. 그러다가 누군가가 이것이 그들 주머니 안에 있는 나뭇잎들의 가치를 얼마나 많이 상승시킬 것인지를 지적하고 나서자, 사람들은 즉시 즐거운 환호성을 지르며 경영 고문에게 기립 박수를 보냈다. 회계사들은 자신들이 매우 수익성 있는 가을을 맞이하게 되리라고 전망했다.

"당신들은 모두 미쳤어." 포드 프리펙트가 설명했다.

"당신들은 완전히 돌았어." 그가 시사했다.

"당신들은 집단으로 돌았어." 그가 의견을 피력했다.

여론이 그에게 등을 돌리기 시작했다. 군중이 보기에는, 처음에는 굉장한 여흥거리로 시작된 일이 이제는 일개 모욕으로 전락해 버렸다. 게다가 그 모욕이 대체로 자신들을 향한 것이었기 때문에 그들은 짜증이 났다.

이런 변화를 감지한 마케팅 여자가 그에게 돌아섰다.

"자, 그럼 이제 지난 몇 달 동안 당신은 뭘 하고 지냈는지 물어볼까요? 당신과 또 한 명의 침입자는 우리가 여기 도착한 날부터 보이지 않았잖아요." 그녀가 따지고 들었다.

"우린 여행을 했어요. 이 행성에 대해 뭐 좀 알아낼까 해서." 포드가 말했다.

"오호, 별로 생산적인 일처럼 들리지 않는데요." 여자가 짓궂게 말했다.

"그래요? 글쎄, 당신에게 뉴스를 하나 전해드리지, 예쁜이 양반. 우린 이 행성의 미래를 알아냈어요."

포드는 이 말의 효과가 나타나길 기다렸다. 하지만 아무 효과도 없었다. 그들은 그가 무슨 소리를 하는지 전혀 감을 잡지 못했다.

"이제부터 당신들이 무슨 짓거리를 벌이든 그건 쥐꼬리만큼도 중요하지 않아요. 숲을 다 태워버리든 말든, 손톱만큼도 차이가 없다고요. 당신들의 미래 역사는 이미 정해졌어요. 당신들이 가진 시간은 이백만 년, 그게 다라고요. 그 시간이 지나면 당신 종족은 모두 죽을 거예요. 영영 안녕이죠. 기억해두라고요. 이백만 년!" 그가 말했다.

군중은 화가 나서 투덜거렸다. 그렇게 갑자기 졸부가 된 사람들이 이따위 말도 안 되는 이야기를 들어야 할 이유가 없었다. 저 사람에게 나뭇잎 한 장을 팁으로 주면 가버릴 수도 있지 않을까?

그들은 굳이 그럴 필요가 없었다. 포드는 이미 개간지를 빠져나가고 있었다. 그는 잠시 걸음을 멈추고, 벌써부터 이웃 나무들을 향해 킬-오-잽 총을 쏘아대고 있는 넘버 투를 보며 고개를 절레절레 흔들었다.

그는 다시 한번 고개를 돌렸다.

"이백만 년 남았어!" 그는 이렇게 말하고 웃음을 터뜨렸다.

"그러면 목욕 몇 번 더 할 시간은 있는 거군. 거기 누가 스펀지 좀 줄래요? 방금 여기 옆으로 떨어뜨린 것 같은데." 선장이 느긋하게 미소 지으며 말했다.

ㅌㅌ

숲 속으로 일 마일 정도 들어간 곳에서, 아서 덴트
는 자기 일에 너무나 몰두한 나머지 포드 프리펙트가 다가오는 소
리도 듣지 못했다.

그는 다소 이상한 일을 하고 있었다. 그는 널찍하고 편평한 바윗
돌 위에다가 커다란 사각형 모양을 긁어 새기고, 거기에다가 가로
와 세로로 각각 열세 개씩의 줄을 그어 그것을 모두 백육십구 개의
작은 사각형으로 나누었다.

그런 다음 납작하고 작은 돌멩이들을 한 무더기 모아 와서 돌멩
이마다 문자를 하나씩 긁어 새겼다. 살아남은 지역 원주민 두어 명
이 그 바위를 둘러싸고 시무룩하게 앉아 있었고, 아서 덴트는 그들
에게 이 돌멩이들에 담긴 신기한 개념을 설명하려 애쓰고 있었다.

아직까지는 제대로 되고 있지 않았다. 그들은 돌멩이들을 일부는
먹으려 했고, 일부는 땅에 묻으려 했으며, 나머지는 멀리 던져버리

려 했다. 아서는 마침내 그들 중 한 명을 설득해 자기가 만든 보드 위에 돌멩이 몇 개를 올려놓게 하는 데 성공했다. 그건 그 전날 나간 진도에도 못 미치는 것이었다. 이 생물들의 사기가 빠른 속도로 저하되어가면서, 그들의 실제 지능도 그에 비례해 저하되는 것 같았다.

그들을 계속 부추겨볼 요량으로 아서는 보드에다 몇 개의 문자를 직접 올렸다. 그리고 원주민들에게 몇 개 더 올려보라고 권했다.

일은 제대로 되지 않았다.

포드는 가까운 나무 옆에 서서 이를 말없이 지켜봤다.

끝도 없는 우울증에 빠져 문자 몇 개를 이리저리 뒤섞고 있는 원주민에게 아서가 말했다.

"아니시, Q는 십 점짜리야. 그리고 세 배짜리 점수 칸에 있잖아. 그러니까……잘 봐, 아까 규칙을 설명해줬잖아……아니, 아니, 제발 좀 보라고. 그 턱뼈는 좀 내려놓고……좋아, 다시 해보자. 이번에는 좀 집중해보라고."

포드는 팔꿈치를 나무에 기대고 손으로 머리를 받쳤다.

"뭐 하는 거야, 아서?" 포드가 조용히 물었다.

아서는 깜짝 놀라 위를 올려다봤다. 그는 갑자기 이 모든 게 좀 바보같이 보일지도 모르겠다는 생각이 들었다. 그가 아는 거라곤 자기가 어린아이였을 때는 이 놀이가 정말 꿈처럼 환상적이었다는 것뿐이었다. 하지만 그때는 상황이 지금과는 달랐다. 아니, 지금과는 달라질 것이다.

"난 이 동굴인들에게 스크래블 게임(철자를 이어 붙여 단어를 만드는 게임 — 옮긴이주)을 가르치려는 거야." 그가 말했다.

"이 사람들은 동굴인이 아니야." 포드가 말했다.

"내겐 동굴인들처럼 보이는걸."

포드는 내버려뒀다.

"알겠어." 그가 말했다.

"갈수록 힘들어져. 이 사람들이 아는 단어라고는 '투덜투덜'밖에 없는데, 그것조차 철자를 모르니." 아서가 맥없이 말했다.

그는 한숨을 쉬며 물러나 앉았다.

"그걸로 도대체 뭘 하려는 건데?" 포드가 물었다.

"이 사람들이 진화하도록 우리가 격려해줘야 한다고! 발전하도록 말이야!" 아서가 분통을 터뜨렸다. 그는 지친 한숨과 뒤이은 분노가 지금 자신을 압박하고 있는 바보 같은 기분을 좀 없애줄 수 있기를 바랐다. 하지만 그렇지 않았다. 그는 벌떡 일어섰다.

"이런……정신박약자들에게서 나올 세상이 어떨지 상상할 수 있어?" 그가 말했다.

"상상이라고?" 포드가 눈을 치켜뜨며 말했다. "상상해볼 필요도 없어. 우린 그걸 이미 봤다고."

"그렇지만……." 아서가 절망적으로 양팔을 흔들어댔다.

"우린 봤다고. 피할 도리가 없어." 포드가 말했다.

아서가 돌멩이 하나를 걷어찼다.

"우리가 발견한 사실을 그들에게 말해줬어?" 그가 물었다.

"응?" 포드가 말했지만, 사실 그는 아서의 말에 별로 귀를 기울이고 있지 않았다.

"노르웨이 말이야. 그 빙하 속에 있던 슬라티바트패스트의 서명. 그걸 말해줬느냐고." 아서가 말했다.

"그게 무슨 소용이야? 그게 그 사람들에게 무슨 의미가 있겠어?" 포드가 말했다.

"의미? 의미라고? 그게 무슨 의미가 있는지 잘 알잖아. 그건 이게 바로 지구라는 뜻이라고! 내 고향 말이야! 내가 태어난 곳!" 아서가 말했다.

"태어난?" 포드가 말했다.

"그래, 좋아. 태어날."

"그래, 이백만 년 뒤에 말이지. 네가 말해주지그래? 가서 말하라고. '실례합니다만, 이백만 년 후에 제가 여기서 몇 마일 떨어지지 않은 곳에서 태어날 거라는 말씀을 드리고 싶네요.' 그 사람들이 뭐라고 하나 들어봐. 너를 나무 위로 몰아넣고 거기다 불을 붙일걸."

아서는 씁쓸하게 이 말을 받아들였다.

"인정해. 저기서 흥청망청해대는 놈들이 네 조상들이라고. 여기 이 불쌍한 녀석들이 아니라." 포드가 말했다.

그는 돌멩이 문자들을 맥없이 뒤적이고 있는 원숭이 생물들에게 다가갔다. 그는 머리를 저었다.

"스크래블은 치워버려, 아서. 그게 인류를 구원하진 못해. 이 녀석들이 인류가 되지는 않을 거니까. 인류는 현재 이 언덕 반대편에서 바위 둘레에 모여 앉아 자신들에 관한 다큐멘터리를 찍고 있다고." 그가 말했다.

아서는 주춤했다.

"우리가 할 수 있는 일이 분명 뭔가 있을 기야." 그가 말했다. 무시무시한 외로움이 그의 몸을 뒤흔들고 지나갔다. 그는 여기, 지구에 있다. 끔찍할 정도로 제멋대로 일어난 참사로 인해 미래를 잃어버린 지구, 그리고 과거까지 잃어버리게 생긴 지구에.

"아니, 우리가 할 수 있는 일은 없어. 이게 지구의 역사를 바꾸진 않는다고. 알겠어? 이게 바로 지구의 역사야. 좋건 싫건 간에 저 골가프린참인들이 너희 조상이야. 이백만 년 뒤에 저 사람들이 보고인들한테 싹쓸이당하는 거라고. 역사는 절대로 변하지 않아. 그저 직소 퍼즐처럼 딱 맞아떨어지는 거지. 참 웃기지, 인생이란. 안 그래?" 포드가 말했다.

그는 문자 Q를 집어 저 멀리 쥐똥나무 덤불 속으로 던졌고, 그게 어린 토끼를 맞혔다. 토끼는 깜짝 놀라 맹렬히 달리다가 여우와 맞닥뜨렸고, 그놈에게 잡아먹혔다. 여우는 토끼를 먹다가 뼈가 하나 목에 걸리는 바람에 시냇가에서 죽고 말았고, 계속해서 시냇물에 쓸려 떠내려갔다.

그 후로 몇 주 동안 포드 프리펙트는 자존심을 버리고, 골가프린참에서 인사과 직원이었던 여자와 데이트를 했다. 그러다가 그녀가 죽은 여우의 시체 때문에 오염된 웅덩이 물을 마시고 갑자기 죽어버리자 기분이 몹시 상했다. 이 이야기에서 얻을 수 있는 유일한 교훈은 문자 Q를 쥐똥나무 덤불에 버려서는 안 된다는 것이다. 하지만 불행하게도, 그런 일을 피할 수 없는 순간들이 있는 법이다.

인생에 있어 정말로 중요한 다른 많은 일들과 마찬가지로, 이 일련의 사건들은 포드 프리펙트와 아서 덴트의 눈에는 전혀 보이지 않았다. 그들은 시무룩하게 다른 문자들을 가지고 노닥거리고 있는 원주민 하나를 슬픈 눈으로 바라보고 있었다.

"불쌍한 동굴인." 아서가 말했다.

"저 사람들은 동굴인이……."

"뭐?"

"아, 관둬." 포드가 말했다.

그 불쌍한 생물은 애처롭게 울부짖더니 바위를 쾅 쳤다.

"쟤들에게는 시간 낭비였을 뿐이야, 그렇지?"

"우흐 우흐 우르그흐흐흐." 원주민이 중얼거리더니 다시 바위를 쾅 쳤다.

"쟤네들은 전화 위생 요원들과의 진화 경쟁에서 지고 만 거야."

"우르그, 그르그르, 그루흐!" 원주민이 계속 고집스레 바위를 쳐 댔다.

"왜 자꾸 바위를 쳐대는 거지?" 아서가 말했다.

"내 생각엔 아무래도 네가 자기랑 다시 스크래블 게임을 해줬으면 하는 것 같은데. 글자들을 가리키고 있잖아." 포드가 말했다.

"아마 또 crzjgrdwldiwdc를 썼을 거야, 불쌍한 녀석. crzjgrdwld-iwdc에는 g가 하나밖에 없다고 계속 말해주고 있는 중이야."

원주민이 다시 한번 바위를 쾅 쳤다.

그들은 그의 어깨 너머로 들여다보았다.

그들은 눈이 튀어나올 지경이었다.

뒤죽박죽으로 널린 문자들 사이에 문자 여덟 개가 일식선상으로 깨끗하게 놓여 있었다.

그것은 단어 두 개의 철자였다.

그 단어들은 이러했다.

'사십-이.'

"그루루루그흐 그우흐 그우흐." 원주민이 설명했다. 그는 화를 내며 문자들을 확 쓸어버리더니 가까운 나무 아래에 가서 동료와 노닥거렸다.

포드와 아서는 그를 뚫어지게 바라봤다. 그리고 서로를 바라봤다.

"내가 봤다고 생각하는 말이 거기 쓰여 있었던 거 맞아?" 둘 다 서로에게 말했다.

"그래." 둘 다 이렇게 대답했다.

"사십-이." 아서가 말했다.

"사십-이." 포드가 말했다.

아서는 그 두 원주민에게 달려갔다.

"우리에게 하려는 말이 뭐야? 그게 뭘 뜻하는 거냐고?" 그가 외쳤다.

그들 중 한 명이 갑자기 땅 위를 뒹굴며 허공에 발길질을 해대고 다시 뒹굴더니 잠이 들었다.

다른 한 명은 나무 위로 기어 올라가 포드 프리펙트에게 도토리를 던졌다. 그들이 말하려는 바가 무엇이든, 그들은 이미 그것을 말한 것 같았다.

"넌 이게 무슨 뜻인지 알아." 포드가 말했다.

"다 알지는 못해."

"42는 '깊은 생각'이 궁극적인 해답이라고 내놓은 숫자야."

"그래."

"그리고 지구는 '깊은 생각'이 궁극적인 해답에 대한 질문을 산출해내기 위해 설계해 만든 컴퓨터고."

"우리는 그렇게 믿게 됐지."

"그리고 유기체는 그 컴퓨터 행렬의 일부고."

"네가 그렇게 말한다면."

"내 말이 그거야. 따라서 이 원주민들은, 이 원숭이 인간들은 바로 그 컴퓨터 프로그램의 필수적인 부분인 셈이야. 우리랑 그 골가프린참인들은 아니고."

"하지만 동굴인들은 죽어가고 있고, 골가프린참인들이 분명히 그 자리를 대신할 텐데."

"바로 그거야. 그럼 이게 무슨 의미인지 알겠지?"

"뭔데?"

"엉망진창인 거지." 포드 프리펙트가 말했다.

아서는 주변을 휘둘러보았다.

"이 행성, 참 어려운 시절을 보내고 있구나." 그가 말했다.

포드는 잠시 어리둥절했다.

"하지만 거기서 뭔가가 나왔음이 틀림없어." 그가 마침내 말했다. "왜냐하면 마빈이 네 뇌파 패턴에 그 궁극적 질문이 새겨져 있는 걸 봤다고 했거든."

"하지만……."

"잘못된 것일 수도 있지. 아니면 맞는 게 뒤틀렸거나. 그걸 찾아내면 힌트는 얻을 수 있을 거야. 하지만 어떻게 찾아낼 수 있는지는 모르겠군."

그들은 잠시 의기소침해졌다. 아서는 땅바닥에 앉아 풀 조각을 뜯기 시작했다. 하지만 이 일에 도무지 정신을 온전히 집중할 수가 없었다. 그가 믿을 수 있는 것은 풀이 아니었다. 나무들도 소용없어 보였고, 물결치는 언덕도 아무 소용 없이 물결치는 것만 같았다. 미래는 기어 나갈 터널에 불과한 것만 같았다.

포드는 서브-에서 센스-오-매틱을 만지작거렸다. 그것은 조용했다. 그는 한숨을 내쉬고 그것을 치워버렸다.

아서는 그의 수제 스크래블 세트에서 문자 돌 하나를 집어 들었다. 그것은 T였다. 그는 한숨을 쉬고 그것을 도로 내려놓았다. 그가 문자를 내려놓은 자리 옆에는 I가 놓여 있었다. 그러니 IT가 되었다. 그는 그 옆에 다른 문자 두 개를 더 던졌다. 그것들은 우연히도 S와 H였다. 흥미로운 우연의 일치에 의해 만들어진 그 단어(SHIT : 똥 ─옮긴이주)는 바로 그 순간 아서의 기분을 완벽하게 표현해주었다. 그는 잠시 그것을 노려봤다. 이것은 의도적으로 한 일이 아니라 그냥 무작위로 한 일일 뿐이었다. 그의 두뇌가 천천히 일 단 기어를 넣었다.

"포드." 갑자기 그가 말했다. "만일 그 질문이 내 뇌파 패턴에 새겨져 있는데 내가 그걸 의식하지 못하고 있는 거라면 말이야, 그건 내 무의식 속 어딘가에 있는 게 틀림없어."

"그래. 나도 그렇게 생각해."

"그 무의식 패턴을 끄집어내는 방법이 있을지 몰라."

"정말?"

"그래. 그 패턴에 의해 형성된 무작위적 요소를 도입해서 말이지."

"가령 어떤 거?"

"가령 눈을 가리고 주머니에서 스크래블 문자들을 꺼내는 식으로 말이야."

포드가 벌떡 일어났다.

"훌륭해!" 그가 말했다. 그는 가방에서 타월을 꺼내 숙련된 솜씨로 몇 번 매듭을 짓더니 그걸 작은 가방으로 만들었다.

"완전히 미친 짓이야. 철저하게 허튼 짓이지. 하지만 훌륭한 허튼 짓이니까 해보자고. 어서, 어서." 그가 말했다.

태양은 공손하게 구름 뒤로 들어갔다. 슬픈 빗방울이 몇 방울 떨어졌다.

그들은 남아 있는 문자들을 모두 그러모아 그 가방 안에 던져 넣었다. 그리고 그것들을 잘 흔들었다.

"좋아, 이제 눈을 감아. 문자를 꺼내. 자, 어서, 어서, 어서." 포드가 말했다.

아서는 눈을 감고 돌멩이가 가득한 타월 안으로 손을 밀어 넣었다. 그는 그것들을 이리저리 섞다가 네 개를 꺼내 포드에게 건넸다. 포드는 받은 순서에 따라 돌멩이들을 땅에 정렬했다.

"W, H, A, T⋯⋯What!" 포드가 말했다.

그가 눈을 깜박거렸다.

"이거 뭔가 되는 것 같은데!" 그가 말했다.

아서는 그에게 돌멩이 세 개를 더 내밀었다.

"D, O, Y⋯⋯Doy. 아, 어쩌면 말이 안 될지도⋯⋯." 포드가 말했다.

"여기 세 개 더 있어."

"O, U, G⋯⋯Doyoug⋯⋯ 애석하지만, 전혀 말이 안 되는데."

아서는 가방에서 두 개를 더 꺼냈다. 포드는 그것들을 정리했다.

"E, T, doyouget⋯⋯Do you get!" 포드가 외쳤다. "이거 말 되네! 놀라운 일이야. 이거 정말 된다고!"

"여기 더 있어." 아서는 흥분해서 최대한 빠른 속도로 돌멩이를 꺼내 던졌다.

"I, F, Y, O, U⋯⋯M, U, L, T, I, P, L, Y⋯⋯What do you get if you multiply(곱하면 얼마가 나오나)⋯⋯S, I, X⋯⋯six⋯⋯B, Y, by, six by⋯⋯What do you get if you multiply six by(육에다 곱

하면 얼마가 나오나)……N, I, N, E…… six by nine(육에다 구를)…….” 포드가 말을 멈췄다. “자, 다음 건 어딨어?”

“어, 그게 다야. 그거밖에 없었어.” 아서가 말했다.

그는 당황해서 뒤로 물러앉았다.

그는 매듭으로 묶은 타월 속을 이 잡듯이 뒤졌지만 글자들은 더이상 없었다.

“그게 다란 말이야?” 포드가 말했다.

“그게 다야.”

“육 곱하기 구. 사십-이.”

“그게 다야. 그게 끝이라고.”

34

태양이 나와 쾌활하게 빛을 비추었다. 새 한 마리가
노래를 했다. 따뜻한 미풍이 나무들 사이로 살랑살랑 불어와 꽃들
의 머리를 살짝 들어 올리고 그 향기를 숲으로 실어 갔다. 날벌레
한 마리가 붕붕거리며 지나갔다. 그것은 늦은 오후에 날벌레들이
보통 하는 짓을 하려고 가는 길이었다. 나무들 사이로 경쾌한 목소
리가 들리더니 잠시 후 두 여자가 나타났다. 그들은 포드 프리펙트
와 아서 덴트가 괴로워하며 땅바닥에 누워 있는 것을 보고 깜짝 놀
라 걸음을 멈췄다. 하지만 사실 그들은 소리를 안 내고 웃느라 떼굴
떼굴 구르고 있는 중이었다.

"아니, 가지 마세요. 잠깐만 기다리시면 정신을 차릴 테니까." 포
드가 헐떡거리며 외쳤다.

"무슨 일이에요?" 여자들 중 하나가 물었다. 둘 중 키가 더 크고
더 마른 여자였다. 골가프린참에 있을 때 그녀는 인사과 하급 직원

이었다. 하지만 그녀는 그 일을 별로 좋아하지 않았다.

포드가 정신을 가다듬은 뒤 말했다.

"죄송합니다. 안녕하세요? 제 친구와 저는 지금 인생의 의미에 대해 곰곰이 생각하던 참이었어요. 바보 같은 짓이죠."

"아, 당신이군요. 오늘 오후에 꽤나 소동을 피우셨죠. 처음에는 꽤 재미있었는데, 나중에는 좀 심했어요." 여자가 말했다.

"제가 그랬나요? 아, 그랬죠."

"그럼요. 왜 그런 거예요?" 다른 여자가 물었다. 골가프린참에서는 조그만 광고 회사에서 미술 감독을 했던 키가 작고 얼굴이 동그란 여자였다. 이 세계에 아무리 없는 게 많다 해도, 아침에 일어나 어두침침하게 조명 처리를 한, 똑같이 생긴 치약 사진 수백 장을 들여다보지 않아도 된다는 사실에 그녀는 엄청나게 감사하며 매일 밤 잠자리에 들었다.

"왜냐고요? 아무 이유도 없어요. 이유가 있는 건 아무것도 없죠. 이리 와서 우리하고 얘기나 해요. 난 포드고, 이쪽은 아서예요. 우린 당분간 아무것도 안 하려던 참이었는데, 좀 있다 그러죠 뭐." 포드 프리펙트가 명랑하게 말했다.

여자들은 의심스러운 눈초리로 그들을 바라봤다.

"전 아그다, 앤 멜라예요." 키가 큰 쪽이 말했다.

"안녕 아그다. 안녕, 멜라." 포드가 말했다.

"당신은 말 못해요?" 멜라가 아서에게 말했다.

"아, 포드만큼 많이 하지는 않아요." 아서가 미소를 지으며 대답했다.

"그거 좋군요."

잠깐 침묵이 흘렀다.

"아까 그게 무슨 뜻이었어요? 이백만 년밖에 남지 않았다는 말이요. 당신 말을 도저히 이해할 수가 없었어요." 아그다가 물었다.

"아, 그거요. 별거 아니에요." 포드가 말했다.

"그저 이 세상이 초공간 우회로에 자리를 내주기 위해 파괴된다는 얘기죠." 아서가 어깨를 으쓱하며 말했다. "하지만 그건 아직 이백만 년 뒤의 이야기고, 보고인들은 보고인들이 하는 일을 하는 것 뿐이니까."

"보고인이요?" 멜라가 말했다.

"그래요, 당신은 모를 거예요."

"그런 생각들이 어디서 난 거예요?"

"정말로 별거 아니에요. 과거의 꿈 같은 거죠. 아니면 미래든지." 아서는 미소 짓더니 먼 곳을 바라봤다.

"당신이 말도 안 되는 소리를 한다는 게 걱정되지 않아요?" 아그다가 물었다.

"이봐요, 잊어버립시다. 몽땅 잊어버리자고요. 아무것도 문제 될 것 없으니까. 보세요. 날씨가 기가 막히군요. 그거나 즐기자고요. 햇살, 푸른 언덕, 계곡을 흐르는 강물, 타오르는 나무들." 포드가 말했다.

"아무리 꿈이라 해도, 그건 좀 끔찍한 생각이에요. 우회로를 만들자고 한 세계를 몽땅 파괴하다니." 멜라가 말했다.

"아, 난 그거보다 더 심한 얘기도 들었어요. 제7차원에 있는 한 행성에 대해 읽은 적 있는데, 그 행성은 은하계 간 당구 시합에서 공으로 사용되어서 직통으로 블랙홀 안으로 들어갔다는군요. 백억의 인구가 죽었대요." 포드가 말했다.

"미친 짓이군요." 멜라가 말했다.

"그래요, 점수도 삼십 점밖에 안 됐죠."

아그다와 멜라가 서로 시선을 교환했다.

"저기요, 오늘 밤 위원회 모임 후에 파티가 있어요. 원하신다면 오세요." 아그다가 말했다.

"예, 좋아요." 포드가 말했다.

"저도 좋아요." 아서가 말했다.

몇 시간 뒤 아서와 멜라는 함께 앉아서, 미적지근하게 빨갛게 타오르는 나무들 위로 떠오른 달을 바라보고 있었다.

"이 세상이 파괴된다는 그 얘기 말이에요……." 멜라가 말을 꺼냈다.

"이백만 년 후에요, 네."

"당신은 꼭 그게 사실이라고 생각하는 것처럼 이야기하시네요."

"네. 전 그 이야기가 사실이라고 생각해요. 꼭 직접 겪은 일처럼."

그녀는 어리둥절해하며 고개를 저었다.

"당신은 정말 이상해요." 그녀가 말했다.

"아뇨, 난 정말 평범해요. 하지만 아주 이상한 일들이 내게 벌어 졌죠. 제가 다르다기보다는 강제로 달라졌다고 하는 게 더 맞는 말 일 거예요." 아서가 말했다.

"게다가 당신 친구가 말한 다른 세상 얘기 있잖아요, 블랙홀에 빨 려 들어갔다는 세상 말이에요."

"아아, 그건 저도 몰라요. 그건 어떤 책에 나오는 얘기 같더군요."

"어떤 책이요?"

아서는 잠시 말을 멈췄다.

"《은하수를 여행하는 히치하이커를 위한 안내서》죠." 그가 마침 내 말했다.

"그게 뭔데요?"

"아, 그냥 오늘 밤에 제가 강물에 던져버린 어떤 책이에요. 더 이 상은 필요할 것 같지 않아서요." 아서 덴트가 말했다.